I0583645

ALPHAS GEFAHR

EINE MC-WERWOLF-ROMANZE

RENEE ROSE

LEE SAVINO

Übersetzt von
VALORA FANELL

PROLOG

mber

NOTIZ AN MICH SELBST: Verrückte Leute, die Visionen haben, sollten sich von überfüllten Flughäfen fernhalten.

Ich rolle meinen Koffer bis zum Waschbecken ins Badezimmer und schaue mein Gesicht im Spiegel an, während ich meine Hände wasche. Meine Haare sind immer noch in einem einfachen Knoten hochgesteckt, aber meine stechenden Kopfschmerzen haben mich in ein Monster verwandelt, die Augen sind blutunterlaufen und eingesunken, als würden sie in meinen Schädel zurücktreten, um von alldem wegzukommen.

Großartig. Eine kreischende Migräne am Tag meines Bewerbungsgespräches. Genau das, was ich schon immer wollte.

Ich trockne meine Hände mit einem Papiertuch, klopfe

das feuchte Tuch gegen meine Wangen und unterdrücke ein Stöhnen.

Was habe ich mir nur gedacht, hierherzufliegen? Nichts löst meine Halluzinationen mehr aus, als in der Nähe von zu vielen Menschen zu sein. Ein Mann in einem Business-Anzug hat mich angestoßen und seine Erinnerung ist in meinem Kopf aufgeblitzt: er im Bett mit einer Frau. Er betrügt seine Ehefrau.

Ich weiß nicht, woher ich das weiß, aber ich weiß es. Und ich wünschte, ich würde es nicht wissen.

Vielleicht verstecke ich mich im Waschraum, bis sie meinen Flug aufrufen. Ja, das ist ein Superplan. Verrückte Amber, versteckt sich in Bädern, weil sie Visionen hat, egal wohin sie geht. Hab ich hierfür Jura studiert?

Mein Telefon piept. 10:42 Uhr. Fünfzehn Minuten bis zum Einsteigen und fünf Stunden bis zu meinem Bewerbungsgespräch. Ich wühle nach Aspirin, zucke beim Rasseln der Pillen in der Flasche zusammen.

Weitere Notiz an mich selbst: Kaufe Schmerzmittel in Gelkapseln.

„Entschuldigung", erklingt eine warme Stimme hinter mir und eine alte Frau berührt meinen Rücken, als sie an mir vorbeikommt, um nach einem Papiertuch zu greifen.

Ich versuche, mich ohne Augenkontakt wegzuducken, aber die Frau hat mich zwischen den Waschbecken und den Papiertüchern gefangen, ich kann nicht entkommen. Ich blicke sie an mit meinem höflichsten Lächeln, welches mir wie auf mein Gesicht geklebt ist.

Die Frau hat lange weiße Haare, aber ein überraschend junges Gesicht und große blaue Augen. „Wie lange praktizierst du schon die intuitive Kunst?"

Ich schaue hinter mich, obwohl ich weiß, dass niemand

dort ist. Aber die Frau kann doch nicht mit mir reden, oder? „Entschuldigung?"

Sie berührt mich immer noch, ihre Finger ruhen jetzt leicht auf meinem Ärmel. „Die intuitive Kunst. Wie lange praktizierst du sie schon?"

Eine Kältewelle durchfährt meine Gliedmaßen. „Es tut mir leid, ich weiß nicht, wovon Sie sprechen."

Das Gesicht der Frau wird betrübt. „Oh." Ihr Ausdruck klärt sich. „Nun, das solltest du, Schätzchen, ansonsten wirst du weiter Kopfschmerzen haben, bis du es tust."

Meine Sicht verschwimmt vor lauter Bildern in den Zeitraffer-Filmrollen, die ich unterdrücken wollte. Übelkeit überkommt mich. Ich sehe einen riesigen, muskulösen Mann am Strand stehen, die Stirn runzlig, Fäuste geballt. Dann einen Wolf in einem Käfig, zähnefletschend.

Ich zwinge die Luft aus meiner Lunge, um sie mit frischem Sauerstoff zu füllen, und schüttele meinen Kopf, als ob es meine dummen Visionen klären würde. Als mein Fokus zur Toilette zurückkehrt, blinzele ich. Die Frau ist weg.

Ich packe den Griff meines Koffers und rolle ihn aus dem Bad, suche nach der weißhaarigen Frau, als mir die Uhr ins Auge fällt. 10:42 Uhr, das muss falsch sein.

Ich überprüfe mein Telefon und in dem Moment, ändert sich die Zwei zur Drei. Fast keine Zeit ist in der Toilette vergangen, aber es gibt keine Spur von der Frau.

Wie hat sie sich einfach in die Luft aufgelöst?

KAPITEL EINS

D rei Jahre später
Amber

ICH TRETE IN DEN AUFZUG UND STÜTZE DIE TÜR MIT MEINEM FUß AUF, um sie für die sich nähernde Gruppe aufzuhalten.

„Danke." Im kleinen Raum schwingt eine tiefe Stimme. Eine große Hand, tätowiert mit Mondphasen, umschließt die Tür, gefolgt von einem blauäugigen Riesen eines Mannes. Unter seinem verblassten T-Shirt und seinen Tattoos sind Muskeln wie die von Conan der Barbar. Er könnte mich zum Mittagessen auffressen und trotzdem noch hungrig sein.

Zwei jüngere Männer, genauso groß wie er, flankieren ihn. Rasierte Köpfe, ein Chaos aus Piercings und noch mehr Tätowierungen. Ich muss mich davon abhalten, nicht zurückzuschrecken.

Was machen die Hells Angels in meinem Apartment-gebäude?

Zeig keine Angst. Das Erste, was ich in der Pflege gelernt habe. *Studiere die Bedrohung.* Wieder aus dem Pflegeheim, obwohl die Lektion auch schön in den Gerichtssaal übertragen werden kann.

Ich richte mich bis zu meinen kompletten eins sechzig auf. Egal, dass ich kaum bis zur Schulter des Kürzesten reiche. Ich bin auch knallhart. Vielleicht habe ich keine riesigen Ohrstöpsel oder ein Augenbrauenpiercing – *autsch, wie war das mit „Wer schön sein will, muss leiden?"* –, aber ich trage spitze Pumps. Sie zwicken mir verdammt noch mal in die Füße, aber mit einem Sieben-Zentimeter-Absatz eignen sie sich doppelt, auch als Waffe.

„Besucht ihr jemanden im Gebäude?" In meiner Stimme liegt ein zweifelhaftes Trällern. Ich bin eigentlich keine arrogante Zicke, aber wenn meine Sicherheit gefährdet ist, fahre ich meine Krallen raus.

Der Erste guckt mich an und sein Mundwinkel zuckt. „Nein."

Zumindest sieht dieser Typ etwas normaler aus, abgesehen von seiner riesigen Größe. Vergessen wir „Conan der Barbar". Dieser Typ ist ganz wie Thor, bis hin zu seinem guten Aussehen mit dem kantigen Kiefer. Ich stehe normalerweise nicht auf große und muskulöse Typen, aber verdammt noch mal, wenn dieser nicht meine weiblichen Körperteile mit einem neuen Bewusstsein zum Kribbeln bringt.

Ich ersticke alle Fantasien darüber, wie es wäre, von einem solchen Kerl grob behandelt zu werden. Und *grob behandelt*? Ernsthaft? Seit wann wollte ich jemals rau behandelt werden?

Die drei Männer steigen in den Aufzug und ersticken den kleinen Raum. Die drei Schläger. Wie Die Drei Stooges, nur mit mehr Piercings und Tätowierungen. Hier drinnen ist so viel Testosteron, dass es ein Wunder ist, dass ich atmen kann.

Hitze läuft meine Oberschenkelinnenseiten entlang.

Ich lehne mich an die Wand und hoffe, dass diese Jungs nichts Schlechtes vorhaben. Ich will nicht urteilen, aber ich hätte meine Kindheit nicht überlebt, wenn ich eine Drohung ignoriert hätte. Und diese Typen sehen wild aus. Ihre Anwesenheit lässt meine Haut kribbeln. Nicht die Magenkrämpfe einer vollständigen Vision, sondern ein leichtes Summen, das nur eins bedeuten kann.

Gefahr.

Ich starre auf Thors fassbreite Brust, die deutliche Kontur seiner Muskeln, die unter seinem T-Shirt hervorstehen, und verfluche meine Brustwarzen, weil sie sich beim Anblick dieser männlichen Macht so offensichtlich aufrichten. Was zum Teufel ist nur mit mir los? Ich werde selten von Männern angetörnt und meine Hormone wählen genau diesen Moment, um in den Gang zu kommen? Wählen diesen motorradfahrenden Übermann? Er ist wahrscheinlich ein Verbrecher. Ich lehne mich auf eine Seite meiner Hüfte und warte darauf, dass er erklärt, warum die drei Schläger hier sind.

Er sagt nichts, aber einer der Jüngeren grinst mich an.

Meine Hand flattert an meinen Hals, bereit, die Spannung aus dem Ansatz meines Kopfes zu kneten. Ich übertünche die defensive Geste, indem ich überprüfe, ob meine Hochsteckfrisur sitzt, bevor ich den Knopf für den vierten Stock drücke. „Welche Etage?", frage ich in meinem besten ‚Ich könnte dir vor Gericht in den Arsch treten'-Ton.

„Die gleiche wie du", sagt Thor gedehnt.

Ist das eine Anmache? Oder eine Drohung? Verfolgen sie mich? Nein, das ist albern. Sie hätten mich auf dem Parkplatz angreifen können, wenn sie gewollt hätten. Ich habe ihre Motorräder heranfahren gehört, obwohl ich mir nicht hatte vorstellen können, dass die Fahrer hier reinkommen würden.

Thor sieht mich an, obwohl ich seinen Augen nicht begegne. Ich halte meine Aktentasche wie einen Schild vor mir, bis der Aufzug anhält und die Türen auf meiner Etage aufgleiten.

Bitte, lass sie nicht hinter mir her sein. Paranoia, mein alter Freund. Ich benehme mich unruhig, aber der Grund, warum ich in ein Mehrfamilienhaus gezogen bin, anstatt ein Haus zu kaufen, war, um mich sicherer zu fühlen.

Du wirst nie sicher sein.

Das Handy griffbereit, warte ich, dass die Motorrad-Gang zuerst rausgeht. Mal sehen, ob sie wirklich irgendwo hingehen. Die Männer schlendern weiter, gehen an der Tür zu meiner Wohnung vorbei und – *oh, Mist* – halten gleich daneben an.

Nein. *Auf keinen Fall.* Es kann nicht sein. „Ihr seid meine Nachbarn?" Ich wohne schon seit ein paar Wochen hier, aber ich habe noch niemanden getroffen. Das neue Hochhaus ist direkt in der Innenstadt und die Miete ist ziemlich hoch, sogar für mein Gehalt. Ich will nicht unhöflich sein, aber diese Jungs in ihren zerrissenen T-Shirts und Jeans sehen nicht aus, als ob sie sich diese Wohnung leisten können. Es sei denn, sie sind Drogendealer. Was bei meinem Glück durchaus der Fall sein könnte.

„Gibt es ein Problem?", fragt Thor.

„Äh ... Nein. Natürlich nicht." *Nicht, bis sie eine ekelhaft laute Party mit Biker-Babes und zu viel Alkohol schmeißen.* Ehrlich gesagt kann ich nicht glauben, dass sie es noch nicht getan haben.

Ich schiebe meinen Schlüssel in das Schloss und schaue zurück, um sicherzustellen, dass sie wirklich in ihre

Wohnung gehen. Schläger Nummer zwei – der Grinsende – springt mich an und knurrt wie ein wilder Hund.

Ich kreische und lasse meine Aktentasche fallen.

Schläger Nummer drei lacht.

Thor schnappt sich das Hemd des bellenden Mannes und reißt ihn zurück. „Hör auf damit", sagt er. „Geh rein. Du musst ihr keine Angst machen." Seine Augen landen wieder auf mir. „Das macht sie sich selbst schon genug."

Die beiden jungen Männer spazieren hinein und glucksen immer noch. Ich greife nach meiner Aktentasche. Strähnen meiner Haare lösen sich aus meiner Haarspange und ich streiche sie weg, um meine geröteten Wangen zu verbergen. Verdammte Punks. Meine Hand zittert und das hasse ich am meisten. Ich habe meine Kindheit nicht überlebt, nur um jetzt in Türrahmen zu kauern.

Mein Kopf schmerzt ein wenig und kündigt eine nahende Vision an. Ich hatte seit einer Weile keine mehr, also sollte diese ein Prachtexemplar sein.

Großartig.

Mein Herz hämmert gegen meine Rippen, ich betrete meine Wohnung und fange an, meine Tür zu schließen. Ein Stahlkappenstiefel klemmt sich in die Tür und hält mich auf. Meine Augen fliegen zu Thors Gesicht und landen auf den erschreckend blauen Augen. Die Augenwinkel verziehen sich und er schenkt mir ein räuberisches halbes Lächeln.

Ich erschaudere.

„Ich bin Garrett." Er streckt seine große Hand durch die Lücke in der Tür.

Ich starre sie für volle zwei Sekunden an, bevor meine guten Manieren über meine Angst triumphieren. Ich nehme das Handy in meine linke Hand, um seine Hand zu ergreifen. Die Hitze seiner Hand umhüllt meine, der Schock der Verbindung fährt durch meinen Arm. Ein seltsames Gefühl des Wissens überkommt mich – als ob dieser Kerl und ich alte Freunde sind und ich es nur gerade vergessen habe.

Ich schüttle das *Déjà-vu* ab. Ich muss die verrückte Amber in Schach halten.

„Sorry, dass Trey dich erschreckt hat. Ich sorge dafür, dass es nicht wieder passiert." Seine Stimme ist tief und samtig-glatt, passend zu seinem robusten guten Aussehen. Sie sendet eine Hitzewelle tief in meinen Unterkörper. Er scheint nicht viel älter zu sein als meine sechsundzwanzig Jahre. Zu alt, um sich wie ein Punk anzuziehen und zu benehmen. Obwohl er es *so gut macht.* Das ausgebleichte T-Shirt spannt sich über riesige Brustmuskeln, Tattoos spähen durch seine Ärmel und Kragen. Strubbelige Haare, als wäre er gerade erst aufgestanden, und Mittags-Bartstoppeln. Mmmm.

Notiz an mich selbst: Tätowierte Bad Boys lassen meine Eierstöcke aufrechtsitzen und betteln.

Ich schiebe meine erwachte Lust wieder zur Seite. Dies ist nicht Zeit, um angetörnt zu sein. Dieser Kerl raubt wahrscheinlich kleine alte Damen auf dem Weg zu Motorrad-Gang-Treffen aus.

„Wohnt –" Ich räuspere mich und versuche, gesprächig zu klingen, anstatt auszuflippen. „Wohnt ihr alle drei dort?"

„Ja. Also bist du sicher mit uns in der Nähe." Ein volles Lächeln blitzt auf, dass mir den Atem raubt. Er hat tiefe Grübchen und bemerkenswert volle Lippen für einen so maskulinen Mann. Chris Hemsworth ist nichts gegen diesen Kerl.

Sicher. Ja ne, ist klar. „Fantastisch. Ich fühle mich gleich besser. Würdest du bitte deinen Fuß aus meiner Tür nehmen?" Ich entscheide mich für cool, ruhig und gesammelt, aber es klingt ein wenig scharfzüngig.

Er schenkt mir ein nachlässiges Grinsen, das leider ein langsames Brennen zwischen meinen Oberschenkeln entzündet. „Du hast mir nie deinen Namen gesagt."

„Ich weiß." Ich blicke betont auf seinen Fuß.

Er schnalzt mit der Zunge, verschränkt die Arme und lehnt sich an meinen Türrahmen. „Schau, Prinzessin –"

„Nenn mich nicht *Prinzessin*."

Er zieht eine Augenbraue hoch. „Wie nenne ich dich dann?"

„Miss Drake. Amber Drake."

„Bist du eine Lehrerin oder so was?"

„Anwältin. Und du stehst kurz vor einer Belästigungsanzeige." Tut er eigentlich nicht. Sie haben nichts Falsches gemacht. Ich werfe die Anwaltskarte normalerweise nicht ein, aber ich will in meine Wohnung, bevor ich eine Vision habe. Ich möchte nicht, dass meine heißen neuen Nachbarn wissen, dass ich verrückt bin.

„Wir wollten dir keine Angst machen."

„Du machst mir keine Angst", sage ich schnell.

„Warum klammerst du dich dann an deine Perlen? Sobald du uns gesehen hast, hat sich dein Höschen in Knoten verdreht."

Oh, herrjemine. Er spricht von meinem Höschen. „Ich trage keine Perlen", sage ich in meiner Anwaltsstimme.

„Und wie sieht es mit dem Höschen aus?"

Gott hilf mir. Die empfindlichen Teile, die von dem genannten Kleidungsstück bedeckt sind, ziehen sich bei dem Vermerk zusammen. „Kein Kommentar." Ich ziehe an der Tür, aber sie bewegt sich nicht.

Er hebt kapitulierend die Hände in die Höhe. „Nur eine

Redewendung. Du würdest sie umklammern, wenn du sie hättest. Die Perlen."

Das Bild, wie ich stattdessen mein Höschen umklammere, während er sie mir mit diesen starken weißen Zähnen abreißt, lässt meinen Atem stocken. Um meine wachsende Lust zu verbergen, mache ich wieder ein böses Gesicht und gebe es auf, an der Tür zu zerren.

„Hör zu", sagt er. „Meine Jungs sind cool. Sie sehen vielleicht grob aus, aber sie sind verdammte Pfadfinder."

Ich zucke bei dem schlecht platzierten Fluchwort zusammen. „Na gut, Mr. ... Garrett, vielleicht solltest du wieder alten Damen beim Überqueren der Straße helfen." *Oder sie überfallen.* Ich wedele mit der Hand, um ihn wegzuscheuchen, aber er bewegt sich nicht.

„Ich helfe dir lieber über den Flur zu meiner Wohnung." Er lehnt sich näher zu mir und Hitze überkommt mich. Es ist eine lange Zeit her, dass ich von jemandem so heiß angemacht wurde. Vielleicht niemals. Der Mangel an Subtilität lässt mich meine Augen rollen, aber ich muss zugeben, seine übermütige Direktheit hat was. Nein. Ich bin nicht im Geringsten versucht.

Notiz an mich selbst: Finde einen netten, normalen, nicht unheimlichen Kerl und flirte mit ihm. Lass dich *niemals* von dem Gedanken verführen, mit nichts als einem winzigen Höschen und Perlen zu meinem gruseligen, aber heißen Nachbarn rüberzugehen. Und vielleicht ein paar hohen Absätzen.

Oh Gott.

„Im Ernst jetzt", sagt Garretts Stimme, das leise Knurren erregt mich. „Komm rüber, trink ein Bier. Lerne uns kennen."

Kann Anwältin Amber sich in Biker-Tussi Amber verwandeln? Für den Bruchteil einer Sekunde sehe ich mich außerhalb meines schicken Anzugs und in engen Jeans und einem Bandeau-Top. Die Haare wehen frei um meine Schultern, die Wangen sind sonnengeküsst und in den Wind gestreckt. Ich klammere mich an Garrett, lehne mich in die Kurve der Straße, während wir fahren.

Ich blinzle. Hatte ich gerade eine Vision? Mein Kopf pulsiert ein wenig, aber da sind keine Schmerzen.

„Also, was ist, Prinzessin?" Garrett schaut mich immer noch an, seine blauen Augen sind freundlich. Ein Mädchen könnte sich in diesem himmelblauen Meer verlieren.

Nicht. Sicher.

„Nein, danke schön."

„Okay. Dein Verlust." Er zieht seinen Stiefel zurück.

Mein fester Halt an der Tür lässt sie in unsere beiden Gesichter zuschlagen. Ich schreie auf wie ein Idiot. *Herrgott.* Ich nehme einen langen, zittrigen Atemzug. Etwas hat sich in meinem Bauch gelöst und macht Saltos wie ein Ballon, der seine Luft verliert.

Als ich den Riegel zuschiebe, drücke ich mein Ohr gegen das Holz und lausche. Drei Sekunden vergehen, bevor ich Schritte weggehen höre. Ich sacke gegen die Tür und lege eine Hand an meinen Kopf. Das leichte Pochen ist weg.

Notiz an mich selbst: Ruf morgen das Gebäudemanagement an und finde genau heraus, wer diese Jungs sind und ob es Beschwerden gegen sie gibt.

Mich würde nicht wundern, wenn meine Wohnung leer gestanden hätte, weil niemand neben diesen Jungs leben will. Das will ich verdammt noch mal auch nicht.

Zumindest sage ich mir das selbst.

„Ich habe noch nicht mal Perlen", murmele ich und lege meine Aktentasche auf den Tisch, bevor ich meine beste Freundin anrufe.

„Hey, Süße", antwortet sie. Ich bin vielleicht langweilig und normal – oder zumindest versuche ich, es zu sein –, aber meine beste Freundin ist cool. Ihre Mutter war ein Hippie, deshalb hat sie einen skandalösen Namen bekommen.

„Hey, Foxfire. Wie gehts?"

„Ich versuche, beschäftigt zu bleiben ... Um mich davon abzulenken." Foxfire hat ihren Freund am Wochenende beim Fremdgehen erwischt und ihn rausgeschmissen. Längst überfällig, aber Trennungen sind scheiße, also habe ich mich selbst als ihre Nummer eins Cheerleaderin und Aktivitäten-Koordinatorin benannt, bis das Risiko vorbei ist, dass sie nachgibt und ihn zurücknimmt.

„Willst du zu mir kommen? Wir könnten Netflix schauen und chillen." Ich bin bereit für ein bisschen verdummendes Fernsehen heute Abend. Es gibt nichts Besseres als dumme Reality-Shows, um meine verrückten Visionen in Schach zu halten. Wenn sie nur gegen meine Kopfschmerzen helfen würden.

„Nein, danke", seufzt Foxfire.

Ich spüre einen Strudel aus Traurigkeit herannahen und reiße mich zusammen. „Hey, weißt du, was wir tun sollten?"

„Was?"

„Morgen Abend weggehen. The Morphs spielen im Club Eclipse."

„Ich weiß nicht. Ich fühle mich nicht wirklich danach."

„Willst du mich verarschen? Sie sind deine Lieblingsband. Du sagst mir immer, wie gut sie live sind." An den meisten Tagen vermeide ich Clubs, Bars und andere laute Räume, weil mein Verstand davon abhängt. Was angesichts meiner Neigung, Visionen zu haben, einfach passieren könnte. *Foxfire, du solltest das hier besser zu schätzen wissen.*

Ich atme tief ein und lüge das Blaue vom Himmel herunter. „Jetzt will ich wirklich hingehen."

„Du? Du hasst es wegzugehen. Normalerweise bin ich diejenige, die dich irgendwo hinschleppt."

„Äh ja, und jetzt vermisse ich es. Ich weiß, du fühlst dich nicht danach – darum geht es hier aber nicht. Der Punkt ist, sich zu zwingen, wegzugehen und sozial zu sein." Ich benutze das Argument, dass sie oft gegen mich benutzt hat. „Ich wette, eine Million Jungs werden dich anmachen."

Foxfire schnaubt. „Ich bezweifle es. Aber ein Cosmo würde mir gefallen."

„Mir auch." Nun seufze ich.

„Also, was ist bei dir los? Du hast in letzter Zeit zu viel gearbeitet."

„Ja, das Zentrum hat extrem viel Arbeit."

„Viele Kinder, die in Pflege kommen?" Foxfire sagt es mit sanftem Mitleid.

„Ein paar."

„Nun, ich weiß, dass du ihnen hilfst. Du verleihst Anwälten fast einen guten Ruf."

„Davon weiß ich nichts. Aber diesen Kindern zu helfen, ist notwendig. Mein Gott, so viele von ihnen haben ein beschissenes Leben. Sie verdienen mindestens eine Person, die sie im System vertritt, die sich um sie sorgt." Ich nehme einen Schwamm aus der Spüle und wische den Küchentresen ab, obwohl er schon sauber ist. „Ach ja ... Ich habe gerade die Typen, die nebenan wohnen, getroffen."

„Oh, und?", sagt Foxfire in einem suggestiven Ton.

„Nein, nicht so. Gruselig aussehende Typen." Ich erinnere mich an Garretts blaue Augen und sein Lächeln mit den Grübchen. Vielleicht ist er nicht so beängstigend. Aber er hat mich definitiv nervös gemacht und in Abwehrhaltung versetzt. „Ich weiß nicht. Ich konnte nicht sagen, ob sie mich einschüchtern oder mit mir flirten wollten."

„Du klingst interessiert."

„Nein, definitiv nicht." *Totale Lüge.* Meine Hand kribbelt, wo Garrett sie angefasst hat. Ein Mann wie er ist groß genug, damit ich ihn wie ein Klettergerüst benutzen kann. Würde er mich oben reiten lassen? Oh mein Gott. *Kopf aus der Gosse, Amber!*

Ich will ihn nicht in meinem Bett haben. Auch wenn er wahrscheinlich wirklich gut ist. Aber gut im Bett bedeutet nicht, dass er ein guter Nachbar sein wird. Unerwünscht springt mir das Bild in den Kopf, wie ich bei einer nächtlichen Party in meinem Höschen und Perlen vorbeikomme.

Hör auf.

„Sind sie heiß?" Foxfire liest natürlich zwischen den Zeilen.

Obwohl ich allein in meiner Wohnung bin, werden meine Wangen warm. Ich stoße ein ersticktes Kichern aus. „Ähm ... ja. Einer von ihnen war – ist – das. Was auch immer. Nicht mein Typ. Definitiv nicht mein Typ."

Garrett

ICH HEBE MEINE HANDFLÄCHE ZU MEINEM GESICHT UND ATME DEN DUFT EIN, der dort immer noch von der hübschen Blondine verweilt. Sie sah bombig aus mit diesem kurzen, taillierten Rock und der Jacke, und so sehr sie auch geschniegelt und gestriegelt mit ihren Haaren in einer Bibliothekarinnenfrisur aussehen wollte, habe ich ihr Interesse gerochen. Sie ist erregt gewesen. *Von mir.* Und als sich unsere Hände berührt haben, habe ich den Schock von etwas gespürt.

Meine Finger kribbeln immer noch von unserer Verbindung.

Ich habe ein wenig Angst an ihr gerochen, aber vor allem waren die Duftnoten warm und sinnlich, Vanille, Orange und Gewürze. Mein Wolf hat sie nicht erschrecken wollen – was eine Premiere ist. Er spielt normalerweise gern den Macker und empfindet nur Ungeduld für menschliche Frauen. Warum sollte er an einem Menschen interessiert sein? Und sie ist definitiv komplett menschlich – ich bin nah rangegangen, um sicher zu sein.

Ich habe keine Ahnung, warum sie meinen Schwanz so hart gemacht hat. Freches kleines Ding, zieht ihr Vornehmes-Mädchen-Ding durch, während ihre Knie vor Angst zittern. Ich habe sie gegen die Aufzugswand drücken, diese zitternden Knie um meine Taille wickeln und ihr die Frechheit direkt aus dem Kopf vögeln wollen. Ich wette, sie hat noch nie einen richtigen Orgasmus gehabt. Vielleicht muss ich ihr nur zeigen, wie es ist, auf meinem Schwanz zu kommen, während mein Name von diesen beerigen Lippen wie ein Gebet ausgestoßen wird.

Ich arrangiere meinen geschwollenen Schwanz in meiner Jeans neu, bevor ich mich auf das Ledersofa plumpsen lasse. Trey und Jared haben bereits Bierflaschen geöffnet, stehen auf dem Balkon und reden laut. Wahrscheinlich nicht das Beste für meine neuen nachbarschaftlichen Beziehungen.

Vielleicht werde ich zu alt, um mit meinen Rudelbrüdern zu leben. Mein Papa erzählt mir schon seit Jahren, dass ich mir eine Gefährtin nehmen und mich wie ein Erwachsener benehmen soll. Dass ich das Tucson-Rudel zu mehr machen muss als einem Motorradclub aus fast nur männli-

chen Wandlern. Wir leben locker und frei, aber das Bruder-
schaftsgefühl bringt die meisten Wölfe, die eine Familie
wollen, dazu, wegzuziehen, um sich dem Rudel meines
Vaters in Phoenix anzuschließen. Oder sie ziehen aus dem
Staat.

Mein Handy klingelt und ich schaue auf den Bildschirm.
„Hey, Schwesterherz", antworte ich.

„Hi, Garrett!" Sie klingt atemlos. „Rate mal, wo ich in
den Frühlingsferien hinfahre?"

„Ähm ... San Diego?"

„Nein."

„Big Sur?"

„Nein, nicht Kalifornien."

„Wohin, Kleine?"

„San Carlos!"

„Nein." Ich lasse meine Stimme tief und verbietend klingen. San Carlos ist eine mexikanische Strandstadt mehrere
Stunden südlich von Tucson, aber laut den Nachrichten hat
sie Probleme mit den Drogenkartellen.

„Garrett, ich frage dich nicht." Mit ihren einundzwanzig
Jahren ist meine Schwester Sedona – benannt nach den
schönen roten Bergen in einer Stadt in Arizona, in welcher
meine Eltern sie gezeugt haben – noch immer das Baby der
Familie. Sie will volle Selbstständigkeit, wenn sie es
verlangt, und volle Unterstützung – finanziell und so weiter
– den meisten Rest der Zeit.

Ich bin zehn gewesen, als Sedona, ein „Unfall-Baby",
geboren worden ist, also ist sie mehr wie eine Tochter als
eine Schwester. „Oh, du fragst besser oder wir werden ein
großes Problem bekommen." Ich verschärfe meinen Ton.
Meine Eltern haben Sedona nur erlaubt, an die Universität
von Arizona zu gehen, weil ich nahe genug lebe, um über
sie zu wachen. Ich kann ein lockerer Typ sein, aber ich bin

immer noch ein Alpha. Mein Wolf toleriert keine Herausforderung meiner Autorität.

„Okay, es tut mir leid, ich frage", kapituliert sie und wechselt von stur zu flehend. „Garrett, ich *muss* gehen. Alle meine Freunde gehen. Hör zu – wir werden nicht durch Nogales fahren, wir haben eine sicherere Route gefunden. Und wir werden in einer großen Gruppe sein. Außerdem bin ich nicht menschlich, erinnerst du dich? Drogengangs können mir nichts anhaben."

„Eine Kugel in den Kopf würde jedem schaden."

„Ich werde keine Kugel in den Kopf bekommen. Ich werde natürlich keine Drogen kaufen und ich werde nicht an Orten sein, wo so was abläuft. Du bist viel zu überfürsorglich. Ich bin erwachsen, falls du es vergessen hast."

„Werd nicht frech."

„Biiiiiiitte, Garrett? Oh bitte? Ich *muss* gehen."

„Sag mir, wer mitkommt."

Im Leute-um-den-kleinen-Finger-wickeln ist Sedona ein Profi, sofort bemerkt sie meinen bröckelnden Widerstand. Sie taucht eifrig in die Beschreibung der Gruppe ein. Vier Jungs, fünf Mädchen, davon zwei Paare. Alle menschlich, außer ihr.

Wenn es Wölfe wären, würde ich wegen der gemischten Geschlechter ein Machtwort sprechen – nicht weil ich altmodisch bin. Bei Menschen wäre jedoch kein Mann in der Lage, meine Schwester in irgendeinem Szenario zu überwältigen. Dennoch klingt ein Frühlingsferienstrandurlaub so, als würde zu viel getrunken und gefeiert werden, was immer zu schlechter Entscheidungsfindung führt.

Ein Jubeln vom Balkon lässt mich meine Mitbewohner böse anstarren.

„Ich will diese Kids kennenlernen", sage ich zu meiner Schwester.

„Garrett, *bitte*! Du wirst mich total blamieren. Das ist nicht fair."

„Dann ist meine Antwort Nein."

Sie grollt ins Telefon. „Na gut. Wir kommen vorbei, um uns zu verabschieden, wenn wir die Stadt verlassen."

Sehr clever. Ich wäre der größte Wichser auf der Welt, wenn ich ihre Reise in letzter Minute absagen würde. Mein Papa würde es tun, aber nicht ich. Das ist der Hauptgrund, warum Sedona sich eine Uni in meiner Stadt ausgesucht hat, nicht sonst wo im Staat Arizona.

„Okay. Wann fahrt ihr?"

„Morgen."

„Du rufst an, um am Abend vor deiner Reise nach Erlaubnis zu fragen?" Ich knurre ins Telefon.

„Nun, ich habe versucht, die Frage nach der Erlaubnis zu vermeiden", sagt sie mit einer gedämpften Stimme.

„Du hast Glück, dass du dich anders entschieden hast." Ich zwinge mich, meine Hand zu entspannen. Ich will kein weiteres Handy kaputt machen.

„Also kann ich gehen?"

„Du wirst niemandem erlauben, betrunken zu fahren."

„Richtig."

„Und du wirst nie mehr als zwei Drinks in einer Nacht trinken."

„Ach, komm schon, Garrett, du weißt, dass ich mehr trinken kann."

„Ist mir egal. Ich nenne dir meine Bedingungen. Wenn du gehen willst, solltest du ihnen besser zustimmen."

„Okay, okay, ich stimme zu. Was sonst noch?"

„Ich will jeden Tag eine SMS mit Updates."

„Verstanden."

Ich seufze. „Hast du eine mexikanische Versicherung für das Auto?"

„Klar. Wir sind alle bereit. Wir sehen uns morgen früh. Ich liebe dich, großer Bruder. Du bist der Beste!"

Ich schüttle meinen Kopf, aber lächle, als ich auflege. Wer sich mit meiner Schwester verpaart, hat mein Mitleid. Es ist unmöglich, ihr etwas abzuschlagen.

„Hey, Boss, gehst du heute Abend in den Club?" Trey schlendert vom Balkon rein.

„Heute Abend nicht." Ich untersuche mein Handy nach Rissen. Sedona bringt die beschützende Seite in mir hervor, anders als alle anderen. Zumindest nicht, bis ich die kleine Miss Etepete von nebenan getroffen habe. Aus irgendeinem Grund hat mein Wolf bereits entschieden, dass sie unter meinem Schutz steht, ob sie es mag oder nicht.

„Weil ich darüber nachgedacht habe, unsere neue Nachbarin einzuladen. Mal sehen, ob sie eine wilde Seite hat."

„*Nein*", knurre ich. Mein Handy knirscht in meinem Griff. Wut steigt aus dem Nichts empor und überrascht sogar mich, verdammt noch mal. „Lass sie in Ruhe." Treys Augen senken sich auf den Boden. Hinter ihm erstarrt Jared.

„Bleib einfach fern von unserer Nachbarin." Mein Wolf ist nah und macht meine Stimme heiser.

„Ja, Alpha." Beide Wölfe beugen ihren Kopf.

Statt einer Erklärung erhebt sich ein Knurren in meinem Hals. Ich bin der Alpha. Ich muss es nicht erklären. „Und nicht mehr auf dem Balkon saufen", füge ich mit einem bösen Blick hinzu. Als ich meine Hand öffne, fallen Teile meines Handys auf die Couch.

KAPITEL ZWEI

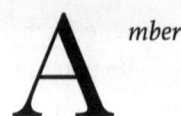

mber

STAPEL AUS AKTEN STARREN VON MEINEM SCHREIBTISCH AUF MICH, aber ich kann mich nicht konzentrieren. Ich ziehe an einer Haarsträhne, während ich die Nummer für den Immobilienmanager meiner Wohnung wähle. Vielleicht bin ich eine Zicke, aber ich sollte der Sache mit den Jungs nachgehen.

„Cherise am Telefon."

„Hallo Cherise, Amber Drake am Apparat. Ich wohne in Wohnung 4F?"

„Ja natürlich. Hi, Amber."

„Hör zu, ich wundere mich über die Jungs in 4G. Was ist hier der Exklusivbericht?"

Eine Pause. „Wie bitte?"

„Ich habe die Jungs aus 4G getroffen. Sie sehen sehr grob aus. Ich bin ein wenig nervös, sie als meine Nachbarn zu haben. Gibt es irgendwelche Beschwerden über sie oder so?"

Cherise lässt ein bellendes Lachen raus. „Nein, das kann ich nicht sagen."

„Also sie schmeißen keine Partys oder so? Keine lauten Geräusche oder zu viele Motorräder vorne?"

„Hast du eine spezifische Beschwerde?" Cherises Stimme wird kalt.

Okay, vielleicht bin ich eine misstrauische Zimtzicke. „Nein, nichts Konkretes. Ich wollte nur sicher sein. Weißt du, sie sehen nicht aus wie die nettesten Kerle."

„Ich würde kein Buch nach seiner Titelseite beurteilen." Cherise scheint jetzt geradezu genervt zu sein.

„Richtig, es tut mir leid. Ich dachte nur, ich gehe der Sache mal nach. Du hast mir meine Sorgen genommen. Danke."

Cherise legt auf, ohne sich zu verabschieden. Hoppla. Da ist jemand sauer. Aber ich bin eine alleinstehende Frau, die auf sich selbst aufpasst. Sie sollte es nachvollziehen können.

Vielleicht war ich zu schnell mit dem Verurteilen.

Ich reibe meine Schläfen. Mein Kopf pocht, Spannung strahlt von der Schädelbasis aus, so wie es ist, wenn ich in eine schlechte Phase komme. Ich spürte es von dem Moment an, als ich die Jungs im Aufzug traf. Meine Instinkte sagen mir, dass etwas mit ihnen los ist.

Leider liegen meine Instinkte nie falsch.

Ich reibe meine Handfläche über meinen Nacken und wünsche mir den Schmerz weg. Die Übelkeit wächst bereits.

Heute wird scheiße werden.

～

Ich gehe früher von der Arbeit und stopfe ein paar Akten in meine riesige Handtasche. Ich sollte Foxfire anrufen, um mich nach Hause zu bringen, weil diese Kopfschmerzen meine Sicht beeinflussen. Aber ich ziehe es vor, mit meinen Problemen allein umzugehen. Ich habe als Kind gelernt, mich nie auf andere zu verlassen, oder man wird enttäuscht werden. *Ich brauche niemanden. Ich kann das allein bewältigen.* Das ist mein Mantra.

Also krieche ich mich durch den Verkehr und schiele gequält. Sobald ich den Aufzug erreiche, schlägt die Migräne ein. Meine Sicht wird zu einem Tunnel. Meine schwere Handtasche schlägt auf den Boden und ich lehne mich an die Wand und fühle nach dem Knopf für meine Etage.

„Alles okay?"

Diese Stimme. Sogar völlig fertig mit Schmerzen würde ich das tiefe, resonante Timbre überall erkennen. Gott, ich schaffe es jetzt nicht, mit ihm zu reden. Überhaupt nicht.

Es tut weh, meinen Kopf zu drehen, ihn anzusehen und sich auf sein Gesicht zu konzentrieren.

Garrett beugt sich näher zu mir und blickt mich an. Sorge liegt über seinen Gesichtszügen. „Amber?"

Ich schwanke und alles wird schwarz.

Als sich meine Augen wieder öffnen, dreht sich der Raum. Nein, warte. Ich bin im Aufzug. Mit Garrett. Und ich bin in seinen Armen mit meinem Kopf liegt wackelnd an seiner Schulter.

Er blickt mich an, eine kleine Furche zwischen seinen Brauen. „Bist du wieder bei mir? Ich habe dich da für einen Moment verloren. Bist du krank?"

Ich schüttle meinen Kopf. Schlechte Bewegung. Ich schließe meine Augen und grunze: „Migräne."

„Kapiert." Seine Brust rumpelt unter meinem Ohr.

Der Aufzug dingt und Garrett trägt mich in den Flur und schreitet voran, als ob ich nicht mehr als ein Federkissen wiege.

„Meine Handtasche", murmele ich.

„Ich habe sie."

Automatisch entspanne ich mich gegen ihn und atme seinen männlichen Duft ein. Sein unrasierter Kiefer streift gegen meine Wange. Nur in seinen Armen zu sein, beruhigt den Sturm des Schmerzes, der in mir tobt.

Als wir meine Tür erreichen, fühle ich mich fast wieder menschlich. „Danke schön, Mr. äh ... Garrett. Du kannst mich jetzt runter lassen."

Er schaut die Tür böse an und hält mich immer noch als, ob er nicht in Eile sei, mich runterzulassen. Ich habe es auch nicht eilig. Zum ersten Mal in meinem Leben ist all der Lärm in der Welt, all die Ablenkungen, die ich bekämpfe, um sie auszuschließen, verblasst und lässt nur Garrett und mich zurück. Meine Hand ruht auf einem Bizeps aus Granit und spürt die Stärke in seinen Armen, die kontrollierte Kraft.

Ich starre auf meine Tür und wünschte, sie würde sich selbst öffnen.

Er lässt mich runter und hält einen Arm um meine Taille gewickelt, während ich nach meinen Schlüsseln greife. Sobald ich sie habe, zeige ich sie auf die Tür und hoffe, dass ich den richtigen genommen habe. Ich bin immer noch wackelig, mein Körper schwach von einem Nachmittag, der gegen die Migräne angekämpft hat.

Garretts große Hand schließt sich über meine, führt den Schlüssel in das Schloss und dreht ihn um. Er drückt sie auf für mich.

Ganz der Kavalier für einen Kerl, der aussieht wie ein Schläger.

Zu meiner Bestürzung – oder vielleicht meiner Freude – schwingt er mich zurück in seine Arme und trägt mich hinein.

„Danke", sage ich ihm in der Hoffnung, dass er mich wieder im kleinen Wohnzimmer absetzt. Kein Glück.

Er bringt mich direkt ins Schlafzimmer. Ich klammere mich an ihn und wünschte, ich hätte meine Wäsche heute Morgen wieder in den Korb gestopft, nachdem ich sie über den ganzen Boden verteilt hatte, um einen fehlenden BH zu finden. Zumindest ist der BH sicher unter meiner Kleidung versteckt.

Meine Höschen sind jedoch direkt in der Mitte des Raumes.

Vergiss die Kopfschmerzen. Jetzt wird mir ganz heiß vor lauter Scham. Garrett in meinem Schlafzimmer? Ich muss zugeben, es ist mir durch den Kopf gegangen. Ich hätte nie gedacht, dass es tatsächlich passieren würde.

Mein Zimmer war viel sauberer in meinen Fantasien.

Garrett setzt mich auf das Bett und beugt sich über mich. Bevor ich etwas sagen kann, zieht er meine Pumps aus. „Nimmst du etwas dagegen? Ibuprofen?"

Ich fange an, meinen Kopf zu schütteln. *Aua.* Schlechter Plan. Lärm rauscht an meinen Ohren vorbei. Sie kehrt zurück, sobald Garrett mich runtergelassen hat. „Nein, nichts hilft außer Schlafen." Die Übelkeit macht Reden zur Qual.

Garrett berührt mich, seine riesige Handfläche bedeckt meine Stirn. Die Qual verebbt. „Was kann ich dir holen? Ein Glas Wasser? Einen nassen Waschlappen?"

Tränen treten in meine Augen, aber nicht vor Schmerzen. Ich habe noch nie jemanden gehabt, der sich um mich kümmert. „Ja, bitte", flüstere ich.

Er entfernt seine Hand und ich vermisse sie sofort. „Okay. Bin gleich wieder da."

Ich krümme mich auf dem Bett und lehne mich in das Pochen. Meine Haut kribbelt, als Garrett sich wieder über mich beugt. Ein nasser Waschlappen zieht sich über meine Stirn. *Himmel.*

Ein Klimpern, als er ein Glas Wasser hinstellt.

„Brauchst du sonst noch etwas?" Seine Brauen sind tief heruntergezogen, als sein Gesicht über mir schwebt.

Wer bist du und was hast du mit Garrett, dem Schläger, gemacht?, möchte ich fragen. *Und was habe ich getan, um diese Güte zu verdienen?* Ich weiß die Antwort darauf: nichts.

„Danke", krächze ich. *Tut mir leid, dass ich dich verurteilt habe.*

„Soll ich gehen oder bleiben?"

Bleib. Gott, bitte bleib hier. „Mir gehts gleich wieder besser. Du kannst gehen."

Er steht auf.

„Nochmals vielen Dank."

Er berührt meine Schulter. „Ich werde nebenan sein, wenn du etwas brauchst. Ich habe ein ausgezeichnetes Gehör, also schrei einfach, wenn du wieder ohnmächtig wirst."

„Warum bist du so nett zu mir?"

Sein raues Gesicht verzieht sich zu einem Grinsen. Es schmilzt irgendwie jede Verteidigung, die ich jemals gegen Männer errichtet habe, aber im Allgemeinen ganz besonders gegenüber ihm. „Ich wollte dich nicht rausekeln, nur heute das Leben schwermachen. Cherise hat mir all die schrecklichen Dinge erzählt, die du über mich gesagt hast."

Oh Gott.

Das Pochen in meinem Kopf intensiviert sich, als ob er

einen Eispickel durch meine Schläfen getrieben hat. *Er bringt mich mit Freundlichkeit um.* „Es tut mir leid–"

„Nee, mach dir keine Sorgen. Ruh deinen Kopf aus. Ich bestrafe dich später dafür." Er zwinkert. Ein Zwinkern, dass ein Mädchen in die Knie zwingen könnte.

Natürlich nicht mich. Aber ich kann den Reiz schon erkennen. Moment mal, hat er gerade gesagt *bestrafen?* Es dauert einen Moment, bis mein Körper die Bedrohung registriert, aber als er das tut, kommen Hitzewallungen zwischen meinen Beinen hoch; eine willkommene Ablenkung von meinem schmerzenden Kopf. Ich frage mich vage, ob masturbieren eine Migräne heilen würde. Ich stecke wahrscheinlich schon zu tief drin.

„Bist du sicher, dass es dir gut geht?", fragt er mich und mein Herz schmilzt noch ein bisschen mehr. Seine Finger streifen durch meine Haare, schmetterlingsleichte Berührungen streichen ein paar rausgefallene Strähnen zurück.

Und plötzlich drängt sich eine Vision auf. Garretts Gesicht verändert sich, verlängert sich zu kynologischen Gesichtszügen. Ein Wolf starrt mich an, weiße Markierungen um seine silbernen Augen.

„Amber?" Das Wolfsbild verschwimmt und lässt Garretts attraktives Gesicht zurück. Gleiche Augenform wie der Wolf. Seine Hand ruht wieder auf meinem Kopf und erdet mich.

„Mir gehts okay. Bitte. Geh einfach." Enttäuschung überkommt mich, aber ich kann nicht riskieren, dass er hier ist, während ich halluziniere. Ich will die nette normale Nachbarin Amber sein. Nicht die verrückte Amber, die seltsame Dinge murmelt, während sie Kopfschmerzen hat.

Was ich nicht verstehe, ist, warum ich mich in Garretts Gegenwart vollkommen wohlfühle, als würde ich endlich dazugehören.

Ich winsele, als er seine Hand wegzieht. Ein paar Sekunden später schließt er meine Schlafzimmertür leise und ich ignoriere den Ansturm des Schmerzes und der Enttäuschung und schlucke meine Worte, um ihn zurückzurufen.

Garrett

ICH TRETE IN MEINE WOHNUNG UND SCHLIEßE DIE TÜR LEISE, als ob das Geräusch einer Tür, die sich schließt, meine leidende Nachbarin stören würde.

Ich habe mich nie für den sorgsamen Typ gehalten. Ich bin ein Alpha. Ich knurre. Ich dominiere. Ich verlange. Aber, ach Schicksal, meine schöne Nachbarin in so viel Schmerz zu sehen, hat mich fast ausgeweidet.

Ich hatte gehört, dass der Duft der Tränen seiner Gefährtin einen Wolf in die Knie zwingen kann. Schickt sein Aggressionsniveau auf null, es sei denn, es wäre erforderlich, sie zu verteidigen. Ich schwöre, Amber so leidend zu sehen, hat mir genau das angetan.

Mein Wolf wurde verdammt noch mal ruhig, unterdrückte mein unruhiges, lustgetriebenes Interesse an ihr und ersetzte es durch die Notwendigkeit, jede Schmerzfalte in ihrem Gesicht zu lindern. Ich schwöre, ich habe heute ein lebenslanges Trauma in ihrem jungen Gesicht gesehen. Kein Wunder, dass sie so scheu ist. Ich habe das Gefühl, sie hat Dinge gesehen und erlebt, die eine Frau, die so süß wie sie ist, nie hätte sehen sollen.

Ich hasse es, sie verlassen zu müssen, aber was kann ich schon tun? Mich in ihrer Wohnung einnisten, während sie mich bittet, zu gehen? Ich mache sie schon nervös genug, so wie es ist.

Und ich muss sowieso mein Interesse an dieser Frau loswerden. Sie ist ein *Mensch*. Was für mich bedeutet, sie eignet sich nicht für mich, es sei denn, ich will einen schnellen Fick.

Oh Schicksal, ich will definitiv einen schnellen Fick.

Mein Wolf knurrt. Er will mehr. So viel mehr.

Platz, Junge. Es wird nicht passieren.

KAPITEL DREI

A*mber*

„SCHAU DIR ALL DIE SCHÖNEN FARBEN AN", schreit Foxfire
über den Lärm der Band. Sie dreht sich langsam auf ihrem
Barhocker, bevor sie sich an unserem Tisch festhält, sich
drüber beugt und lacht. Dann versucht sie meinen Drink zu
stibitzen.

„Boah, pass auf, Schatz." Ich halte meinen Cosmo außer
Reichweite. Ich schlürfe an ihm, seit ich hier aus Solidarität
für meine trauernde Freundin hergekommen bin. Alkohol
schon so bald nach meinen Monster-Kopfschmerzen ist
eine schlechte Idee.

„Sam, ich brauche noch einen!" Anscheinend denkt sie,
dass sie den Barkeeper mit Vornamen anquatschen kann.

Ich falle ihm ins Auge und schüttle meinen Kopf. Er
ignoriert sie. „Ich denke, es ist Zeit, dass wir zu Wasser
wechseln."

Foxfire schmollt und schüttelt ihren Kopf, bevor sie wieder bellend lacht.

Notiz an mich selbst: *Wenn du deine Freundin betrunken machst, damit sie ihren Ex vergessen kann, stell sicher, dass sie zuerst etwas gegessen hat.*

„Vielleicht sollten wir rausgehen und etwas Luft schnappen", schlage ich vor.

Foxfire hört nicht zu. Sie hebt ihr leeres Glas hoch und leckt mit ihrer Zunge daran, bevor sie es mit einem Klimpern hinstellt.

„So durstig", jammert sie.

„Ich hole uns Wasser, aber du musst hierbleiben, okay?"

Ich springe vom Stuhl runter, um zum anderen Ende der Bar zu gehen, wo ich ein privates Gespräch mit Sam dem Barkeeper führen kann, damit er ihr heute Abend nichts mehr serviert. Ich nehme meinen Cosmo mit mir. Foxfire dreht sich langsam in ihrem Stuhl mit einem betrunkenen, unkonzentrierten Blick. Von uns beiden ist sie definitiv die Wilde und Lustige, aber ich habe sie noch nie so gesehen. Vielleicht hat sie etwas genommen, als sie auf die Toilette ging. Ich wäre ja mit ihr gegangen, aber so bald nach einer schlechten Episode mag ich es nicht, in engen Räumen mit zu vielen Menschen zu sein – und dieser Ort ist proppenvoll.

Was habe ich mir nur gedacht, hierherzukommen? Als ich meine Schultern beuge, schlängele ich mich durch die Menge und versuche, mich weniger zur Zielscheibe zu machen. Zu viel Lärm, zu viele Menschen. Eine Berührung zu viel und ich lande mitten in einer Vision.

Notiz an mich selbst: *Beim nächsten Mädelsabend bleiben wir bei Netflix und chillen.*

Geschreie geht los und ich drehe mich um. Ein Mädchen macht eine Szene auf der Tanzfläche. Security-

Kerle, die so groß wie meine Schläger Nachbarn sind, nähern sich der Menge. Mehr Kreischen, dann hebt einer der Sicherheitsleute die streitende Betrunkene hoch.

Mist, es ist Foxfire, ihre bunten Haare fliegen überall umher.

„Entschuldigung, entschuldigen Sie mich!" Ich schiebe mich durch die Masse an Leuten vorbei, keine Zeit, um sie nicht zu berühren. Ihre Gefühle und Gedanken spülen über mich wie die Farben der Lichtshow. Ich komme bei Foxfire an und torkele, als wäre ich auch betrunken. Der Security-Typ schaut mich an und zeigt mit einem Daumen auf die Tür.

„Geht es ihr gut?" Ich richte mich auf und benehme mich, als wäre *ich nüchtern und verantwortungsbewusst*, so gut ich eben kann. „Ich habe sie nur für einen Moment alleine gelassen."

„Miss–"

„Ich will nur tanzen!", schreit Foxfire und wirbelt mit ihren Armen rum wie Windräder.

„Okay." Ein Türsteher in der Größenklasse von Terminator zeigt in Richtung Tür. „Zeit zu gehen."

„Ich hab sie. Ich bringe sie hier raus." Ich tauche neben ihm auf und greife nach meiner Freundin. Ich komme kaum bis zu seinem Bizeps. „Nur ich habe vorne geparkt und du bringst uns nach hinten–"

Ich springe zurück, als Foxfire sich nach vorne beugt und anfängt zu würgen.

„Ihr müsst gehen", sagt der Türsteher ohne ein Flackern in seinem Gesichts. Er erinnert mich wirklich an den Terminator, der über mir ragt. „Ihr beide."

„Okay, okay, wir wollten gerade gehen. Aber ich habe vorne geparkt."

„Ist mir egal. Ihr geht durch die Hintertür raus. Jetzt beweg dich."

Foxfire fällt wieder nach vorne und ein zweiter Türsteher greift ihren Arm und schleppt sie vorwärts. „Nicht hier drinnen", bellt er, seine doppelt gepiercte Lippe gibt ihm einen besonders bedrohlichen Look. Er erinnert mich an meine Schläger-Nachbarn. Was ist mit diesen Jungs los, die alle Metall in ihren Gesichtern haben wollen?

„Hey!" Ich renne neben ihnen. „Ihr müsst langsamer machen. Sie fühlt sich offensichtlich nicht gut."

Der Schläger-Türsteher schleppt sie einfach weiter und zerrt sie hoch, als sie stolpert.

„Hört auf", weine ich. „Du wirst ihr blaue Flecken verpassen. Denkst du nicht, ihr ein Glas Wasser zu holen oder ihr auf die Toilette zu helfen, wäre ein bisschen mehr angebracht?"

Er treibt Foxfire rechtzeitig auf die Terrasse, damit sie sich rüber lehnen und in eine Topfpflanze kotzen kann. „Raus", donnert er und zeigt auf die Tür zum Parkplatz.

„Wir brauchen nur drei Minuten." Ich springe, um Foxfire die Haare zurückzuhalten. „Haut ab oder ich rufe die Bullen."

„Ihr habt Hausverbot. Ihr müsst raus–"

„Stopp." Ein Kommando schallt durch die Luft. Ein riesiger blonder Mann erhebt sich von einem der Terrassenstühle.

Ich riskiere einen zweiten Blick. „Garrett?"

Zwei Schritte vorwärts und mein wunderschöner neuer Nachbar ist an meiner Seite und starrt Metallgesicht an. „Lass sie in Ruhe."

„Aber sie–"

„Genug." Garrett hat eine Art ruhige Autorität drauf. Der Typ hält die Klappe. „Geh die Tanzfläche überwachen."

Die Hände des Terminators klammern sich an die Schulter des zweiten Türstehers und zieht ihn wieder mit sich hinein.

„Noch was, Chef?" Terminator ist genervt. „Brauchst du Hilfe hier draußen?"

„Nein, geh wieder rein. Ich kümmere mich um sie."

Ich helfe Foxfire auf einen Stuhl und grabe nach den feuchten Tüchern, die ich immer in meiner Handtasche habe.

„Geht es ihr gut?", fragt Garrett.

„Das wird es bald."

Eine Cocktailkellnerin wuselt mit einem Tablett Wasser zu uns. „Garrett? Tank sagte, du würdest die hier brauchen."

„Vielen Dank, Stacy. Stell sicher, dass niemand nach hinten kommt, okay? Und bring Servietten mit."

„Klar, Chef."

„Braves Mädchen", murmelt Garrett. Seine Augen sind auf mich gerichtet.

Die Kellnerin läuft rot an und leckt ihre riesigen, glänzenden Lippen. Ich spüre eine Welle des Hasses.

„Du arbeitest hier?", frage ich, sobald sie geht.

„Mir gehört das hier." Er lehnt sich an die Wand, Arme gekreuzt, Muskeln dehnen sein schwarzes T-Shirt. Gleiche Jeans, gleiche Motorradstiefel aus Leder.

Ich schlucke. „Das war mir nicht bewusst."

„Ich weiß, dass du es nicht wusstest." Dasselbe Grinsen. Er hat nur mit mir gespielt. Der Besitzer von Eclipse besitzt auch die Hälfte der Immobilien in der Innenstadt, einschließlich meines Wohngebäudes.

Mein neuer Nachbar ist ein Geschäftsinhaber, kein Schläger.

„Ich dachte–" Ich höre auf. Ich kann ihm nicht sagen, dass er sich wie ein Obdachloser anzieht.

Mit dem Kopf in den Händen stöhnt Foxfire.

„Es tut mir leid wegen dieser Sache hier." Ich stehe da mit flatternden Händen, als könnte ich die Situation wegzaubern. „Wir feiern normalerweise nicht so hart."

„Ein Getränk ist hart feiern?"

Ich blinzle. „Du hast mich beobachtet?"

Er neigt den Kopf in einem *Ja.*

„Du solltest wirklich mit deinen Barkeepern reden. Du könntest haftbar gemacht werden für Ausschenken über dem Limit–"

„Amber." Ein Wort lässt mich innehalten. Er tritt auf mich zu, seine Körperwärme wäscht über mich. Anstatt eingeschüchtert zu sein, entspanne ich mich. *Sicher.* „Fühlst du dich okay? Letztes Mal, als ich dich gesehen hab–"

„Mir geht es gut." Ich wende mich halb ab und tue so, als wäre ich nicht von ihm beeinträchtigt, obwohl jeder Zentimeter in mir summt, bewusst und lebendig.

„Bist du dir da sicher?" Seine Stimme grollt tief und schickt einen Schauer über meine Haut.

„Ich bin mir sicher", flüstere ich. Was soll ich ihm denn sonst sagen? *Du hast mich berührt und die Visionen kamen, aber der Schmerz ging weg.*

„Hier sind ein paar Servietten", zwitschert die Kellnerin. Ihre Lippen wirken extra glänzend mit Lipgloss. Ihr Blick flackert über Garrett und mich dicht beieinander und sie sieht enttäuscht aus.

Ohne nachzudenken, trete ich nah an Garrett, bis meine Schulter seine berührt, als wäre er mein und ich hätte das Recht, im Umkreis seiner Arme zu sein.

Ein weiches leises Lachen klingt über meinem Kopf. Ich neige mein Gesicht nach oben, bereit, sein Grinsen zu sehen, und einfach so trifft mich die Halluzination.

Meine Sicht verschwimmt. Bilder flackern vor meinen

Augen auf, zu schnell für mich, um sie wahrzunehmen. Ein Film, der vorgespult wird.

Ich bin wieder im Aufzug, mit Garrett und seinen zwei Freunden. Dieses Mal renne ich zum Parkplatz des Gebäudes. Sie folgen, fallen auf alle viere und verwandeln sich unter dem riesigen leuchtenden Auge des Vollmondes in Wölfe.

„Amber?"

Ich schüttle mich, komme zurück. Ich bin in Garretts Armen und klammere mich an sein Shirt. Mein ganzer Körper wird heiß, dann kalt.

„Werwolf", atme ich und starre in das schöne Gesicht, das nur Sekunden zuvor ein Wolf war.

Garrett zuckt, lässt mich fast fallen, und seine Stirn runzelt sich. „Was hast du gerade gesagt?" Da ist eine scharfe Drohung in seiner Stimme und Panik überkommt mich.

Es ist wahr. Er ist ein Werwolf. Und er sieht nicht glücklich aus, dass ich es weiß.

„Nichts." Ich drücke mich weg. Hinter ihm öffnen sich die Wolken. Der Mond ist voll. Ich muss hier rauskommen. Schnell.

„Foxfire, komm schon." Ich schiebe ihren Arm über meine Schulter, stehe auf und ignoriere ihr Stöhnen.

„Amber, hör auf", befiehlt Garrett, aber ich ignoriere ihn.

Foxfire und ich schaffen es zu meinem Auto und als ich sie auf den Rücksitz lege und sie anschnalle, hört mein Herz auf zu rasen. Mein Verstand läuft aber immer noch Marathon. Was habe ich da gerade gesehen? Könnte es echt sein? Nein – das ist lächerlich. Es war eine Halluzination. Nicht echt.

„Werwölfe existieren nicht", murmele ich.

„Amber."

Ich springe mit einem Schrei hoch.

Garrett steht da, ein riesiger attraktiver Mann voll stiller Gefahr im Schatten. „Wir müssen reden."

Ein Kribbeln läuft über meine Haut. Als Antwort klettere ich auf meine Seite, knalle die Tür zu und lasse die Reifen quietschen. Es spielt keine Rolle, wer Garrett ist oder wie viele Immobilien er besitzt. Oder ob es wahr ist, dass er jeden Vollmond vierbeinig und pelzig wird.

Werwölfe mag es vielleicht nicht geben, aber die Vision hat es klargemacht. Garrett ist eine Bedrohung.

Garrett

ALS AMBERS KLEINWAGEN AUS MEINEM PARKPLATZ SCHIEßT, berühre ich mit meiner Zunge einen meiner Eckzähne, um sicherzustellen, dass sie noch menschlich groß sind. Die kleine Miss Etepetete fiel mir fast ohnmächtig in die Arme – schon wieder – und starrte dann auf meine Zähne, das Weiß ihrer Augen spiegelte den Mond wider.

Werwölfe existieren nicht.

„Scheiße", murmele ich. Meine Zähne haben sich nicht verändert. Meine Sicht ist die Gleiche – nicht getrübt wie bei der bevorstehenden Wandlung. Ich war auf der Terrasse, um etwas Luft und Platz für meinen Wolf zu bekommen, aber es war nicht so, als hätte ich geheult. *Werwolf*, sagte sie. Wie hatte sie es erraten?

„Alles in Ordnung, Chef?" Tank schreitet über den Platz zu mir.

Ich richte mich auf und drücke meinen Wolf herunter. „Auf dem Weg nach Hause. Kannst du abschließen?"

„Klaro. Wer war das?" Er zeigt mit dem Kinn in die Richtung von Ambers Auto. „Kennst du sie?"

„Sie ist eine Anwältin. Verklemmt wie sonst was. Sie ist auch meine Nachbarin."

„Mensch?"

„Du weißt, dass sie das ist", sage ich scharf. Tank war einer der wenigen älteren Wölfe, die mir aus dem Rudel meines Vaters gefolgt waren. Sein Wolf ist riesig und dominant, wenngleich nicht dominanter als meiner. Ich vermute, dass er von meinem Vater geschickt wurde, um mich im Auge zu behalten, obwohl es genauso wahrscheinlich ist, dass er als vollendeter Junggeselle mein Rudel gegenüber einem bevorzugt, das fast nur aus verpaarten Gefährten besteht. Ruhig, stark, loyal. Er ist ein großartiger Vollstrecker. Eines Tages werde ich ihn zu meinem offiziellen Zweiten machen. Sobald ich sicher weiß, dass er mich nicht für meinen Vater ausspioniert.

„Trey und Jared erwähnten eine kleine blonde Nachbarin. Sie denken, du was für sie übrighast. Sagten, sie hätten sie später an dir gerochen." Er sagt es wie lässiges Gequatsche, aber ich höre die Zensur und es ärgert mich.

„Besorgt, dass ich eine Nicht-Wandlerin vögele?" Wandler verpaaren sich normalerweise nicht mit Menschen, aber das bedeutet nicht, dass ein Wolf nicht seinen Spaß haben kann. Es gibt keine Gesetze dagegen, obwohl traditionellere Rudel – wie das meines Vaters – darüber die Stirn runzeln. Ich weiß es nicht. Was wahrscheinlich der Grund ist, warum so viele alleinstehende Wölfe mir gefolgt sind, als ich ging, um mein eigenes Rudel zu gründen.

„Sie sagten, du hast sie beansprucht." Ja. Die Zensur in Tanks Stimme ist real.

Ich stelle mich ihm gegenüber und knacke meine Knöchel. „Ich habe ihr gesagt, sie soll wegbleiben. Das heißt nicht, dass ich mich mit ihr verpaart habe. Hast du ein Problem damit?"

„Mit einem Menschen zusammen sein, ist eine heikle Angelegenheit. Sie zu ficken ist in Ordnung, aber eine echte Beziehung? Wird schnell zum Problem. Sie können nichts über uns Bescheid wissen. Die Regel ist—"

„Ich kenne die alten Gesetze. Hast du vergessen, wer mein Vater ist?" Ich hasse es, mich auf die Autorität meines Vaters zu berufen, aber Tank ist von der alten Schule. Manche denken, ich würde mein eigenes Rudel nicht kontrollieren können, wenn mein Vater meine Herrschaft nicht unterstützen würde. Das ist nicht wahr. Ich habe ihn nie gebeten, mich bei irgendetwas zu unterstützen, aber ich schätze, die Bedrohung ist trotzdem da.

„Nein." Tank senkt seinen Blick. „Ich wollte nicht respektlos sein. Ich beschütze das Rudel."

Mein Wolf tritt zurück, erkennt seine Loyalität an. Ich schlag ihm auf den Rücken. Der Unterschied zwischen meinem Vater und mir ist, dass ich weiß, wann man knallhart sein muss und wann ein echter Freund.

„Du und ich. Ich werde nie die Sicherheit meiner Wölfe über einen Menschen stellen. Diese hier steht unter meinem Schutz, aber das ist auch schon alles. Mein Wolf mag sie." Scheiße, das klingt sogar noch verdächtiger. Mein Wolf sollte nichts damit zu tun haben, bei einem Menschen rumzuschnüffeln. Wandler verpaaren sich mit Wandlerinnen. Ende der Geschichte.

Ich knacke wieder mit den Knöcheln und reibe meine

Tattoos. Vollmond macht mich hibbelig. Ich bin kein Neuling, der sich wandeln muss, aber der Wunsch ist da.

„Ich hau ab. Sag Trey und Jared keine After-Work-Party, sonst kriegen sie einen Monat Geschirrspüldienst."

„Natürlich, Chef." Tank neigt seinen Kopf und zeigt seinen Hals ein wenig in Achtung. Er diskutiert nicht und weist mich nicht darauf hin, dass meine Erklärung, wer Amber ist und was sie mir bedeutet, zu kurz ist. Wolfsrudel sind keine Demokratie. Mein Wort ist Gesetz. Noch ein weiterer Grund, kein Arschloch wie mein Vater zu sein.

Aber Tank hatte recht, mir seine Bedenken auszusprechen. Wir alle kennen die Regeln. Außenseiter können nichts über uns erfahren. Früher gab es nur eine Möglichkeit, mit einem Menschen umzugehen, der über das Wandlergeheimnis Bescheid wusste.

Falls Amber weiß, was ich denke, das sie weiß, muss sie vielleicht sterben.

EINE LANGE, kurvenreiche Fahrt beruhigt meinen Wolf nicht. Allzu bald marschiere ich den Flur meines Wohnhauses hinunter, direkt zu Ambers Tür.

Mein Handy brummt und ich ziehe es raus. Es ist eine SMS von meiner Schwester mit vielen glücklichen Smileys und Palmen-Emojis. *Angekommen in San Carlos. XXOOO.*

Ich schüttle meinen Kopf und kämpfe mit einem Grinsen, während ich versuche, mich auf die Sache vor mir zu konzentrieren.

Ein Außenseiter kennt unser Geheimnis. Mein Wolf hält sie aber nicht für einen Außenseiter. Er will sie so sehr beschützen, wie ich meine Schwester beschützen will.

Mich nah an die Tür lehnend, kribbelt meine Haut, als

ich Ambers sinnlichen Duft aufnehme. Drinnen ist ein Fernseher an und ich höre, wie sie sich bewegt. Amber muss ihre Freundin heimgebracht haben und hierher zurückgekommen sein. Es gibt keinen anderen Duft.

Ich klopfe an die Tür. Die Wohnung wird still.

„Amber."

Mehr Stille.

„Ich weiß, dass du da drin bist. Ich bins, Garrett. Ich muss mit dir reden."

Ihr Duft wird stärker. Direkt hinter der Tür ist ein leichtes Rascheln. Mir ist klar, dass ich den Türknauf greife, und ich ziehe meine Hand weg. Ich darf diesen Monat nichts Weiteres zerquetschen.

„Mach auf." Ich senke meine Stimme. Sie ist genau auf der anderen Seite.

Sie antwortet nicht.

Ich füge meiner Stimme etwas Autorität hinzu. „Amber, mach die Tür auf."

„Ich hab zu tun."

„Öffne die Tür. *Jetzt.*"

„Geh weg. Hau ab oder ich rufe die Bullen."

„Nein." Ich spreize meine Hand auf der Tür, als ob ich sie durch das Holz spüren kann. „Die Polizei anzurufen würde mich ernsthaft wütend machen. Und glaub mir, kleines Mädchen, du willst mich nicht wütend sehen." *Wahre Geschichte.* Ich will nicht, dass sie mich wütend sieht. „Jetzt mach die Tür auf."

„Fahr zur Hölle. Ich habe keine Angst vor dir."

Die Winkel meiner Lippen ziehen sich trotz der Ernsthaftigkeit der Situation nach oben. Ich liebe ihre Tapferkeit. Sie ist so verdammt niedlich. „Richtig. Also, wenn du keine Angst hast, *öffne die Tür.*" Als sie nicht antwortet, balle ich meine Hand zur Faust. „Öffne sie oder ich zerschlage sie, Amber."

„Ich rufe die Polizei."

„*Keine Polizei.* Tür. Jetzt." Ich bin es nicht gewohnt, Ungehorsam zu erhalten – weder von meinen Wölfen noch von Menschen. Normalerweise, wenn ich meine Autorität zeige, springen die Leute.

Sie bewegt sich weg. Ruft sie die Polizei?

Scheiße. Ich bin so daran gewöhnt, dass Leute meinen Befehlen folgen, dass ich nicht dachte, dass sie ihre Drohung tatsächlich durchziehen würde. Ich presse mein Ohr auf die Tür, aber höre sie nicht sprechen. Stattdessen ...*verdammt.* Das ist der Klang ihrer Balkontür, die sich öffnet. Wohin geht sie?

Das Bild von ihr, wie sie eine verrückte und gefährliche Akrobatiknummer versucht, um auf den benachbarten Balkon zu springen, um zu entkommen, versetzt mich in vollen Wandler-Beschützermodus. Meine Reißzähne fahren aus, um sie vor dem unsichtbaren Feind der Schwerkraft zu verteidigen. Ich renne zurück zu meiner Wohnung und stürme auf den Balkon.

Verfickte Fickscheiße!

Dieser verrückte kleine Mensch ist über den Rand ihres Balkons geklettert und krabbelt langsam auf die Feuerleiter zu.

Ich schlucke den Schrei runter, der meine Kehle zu ersticken droht, will sie aber nicht erschrecken. Sie ist offensichtlich schon verängstigt, wenn sie denkt, dass das Klettern von ihrem Balkon eine bessere Option ist, als sich mir zu stellen. Aber, ja, ich schätze, herauszufinden, dass dein Nachbar ein Werwolf ist, würde den meisten Menschen Angst einjagen.

Ich sprinte zum Treppenhaus und nehme jedes Stockwerk mit nur einem Sprung, überspringe die Treppe fast insgesamt. Im Erdgeschoss trete ich die Tür auf und jogge zur Rückseite des Gebäudes. Adrenalin pulsiert durch mich und bringt eine Teilwandlung mit sich. Meine Haut kribbelt, bevor ich tief einatme und mich beruhige. Meine Nachtsicht verschärft sich.

Dort. Amber, immer noch in ihrem kleinen Rock und der gleichen Bluse wie im Club, ihre Haare in ihrem üblichen Dutt. Sie klettert barfuß die Metallsprossen der Feuerleiter hinunter. Ihr Fuß rutscht ein wenig aus und sie schreit auf und klammert sich an das Geländer. Sie ist zu schnell.

Ich renne zu ihr, als sie wieder den Halt verliert und abrutscht. Mit einem kleinen Schrei fällt sie mir den Rest des Weges – etwa anderthalb Etagen – direkt in meine Arme. Ich fange sie leicht, aber mache meinen Körper weich, um ihre Landung abzupolstern, und lasse mich zu Boden reißen. Ein Grunzen entkommt mir, als ich gegen den Zement treffe. Für eine Sekunde liege ich einfach da, mein Schwanz wird hart aufgrund des Gefühls von ihr in meinen Armen.

Sie atmet, ihr Herz rast. Ihr Duft, süße Zitrusfrüchte und Gewürze, lässt mich schwindlig werden. Ich ruhe mit meiner Hand auf ihrem Rücken und ermutige sie damit, stillzuliegen. Ihre Brüste drücken gegen meine Brust. Vielleicht nimmt sie den Hinweis an und entspannt sich gegen mich.

Kein Glück. Sie schiebt sich hoch und sitzt mit gespreizten Beinen auf mir, während sie nach unten starrt.

Oh, Schätzchen. Keine gute Idee.

Mein Schwanz denkt, es sei eine fabelhafte Idee. Er strapaziert meine Jeans, will mehr Kontakt. „Das war ein saudummer Schachzug."

Sie krabbelt schnell hoch, aber ich fange sie und stehe

auf, um sie über meine Schulter zu schwingen. Ich bin schon halb durchs Treppenhaus, als sie anfängt zu kämpfen.

„Lass mich runter, Garrett! Ich werde schreien."

Interessant, dass sie noch nicht geschrien hat. So wie sie die Bullen nicht angerufen hat. Vielleicht gehorcht sie besser, als ich dachte.

So oder so, ich habe die Oberhand und ich beabsichtige, sie auch zu behalten.

Ich hebe sie höher auf meine Schulter und unterbinde damit ihre Proteste. Ich gebe ihrem Hintern einen Klaps, was ein großer Fehler ist. Es muss der süßeste Arsch sein, den ich je gesehen habe, und jetzt, wo ich ihn einmal geschlagen habe, würde ich für mehr Kontakt sterben. Ich will ihn drücken, streicheln und wieder verhauen.

Sie saugt einen tiefen Atemzug ein. Ich rieche weibliche Erregung.

Oh, Schätzchen, es geht los.

Ich trage sie durch die Hintertür rein und nehme zwei Treppenstufen nacheinander. Ich stürme an ihrer Wohnung vorbei, schiebe den Schlüssel in mein Schloss und trete die Tür auf.

Als ich sie hineintrage, beginnt sie wieder zu kämpfen. Ich schließe die Tür und schreite zur Couch, wo ich mich drauf fallen lasse und sie mir über mein Knie lege. Jetzt, da die Idee in meinem Kopf ist, kann ich sie nicht mehr vergessen.

„Renne nie, niemals vor einem Wolf davon." Ich liefere drei harte Klapse auf ihren knackigen kleinen Arsch. Wie ich es schaffe, ihn nicht zu liebkosen, als ich fertig bin, ist mir ein Rätsel.

„Au", jault sie und tritt. „Hör auf damit."

Ihr Zappeln macht mich nur noch mehr an. Ich kann

drei weiteren Klapsen nicht widerstehen, die genauso hart sind. Der Duft ihrer Erregung erfüllt den Raum. Das Bedürfnis zu Ficken trifft mich so hart, dass ich mit der Hand über ihren Arsch gespreizt pausieren muss. Und sie wartet, still, drapiert über meinem Knie wie die gute kleine Devote, die sie ist.

Genieß diese Nummer, Prinzessin.

Ich schiebe den kurzen Rock hoch und stöhne fast beim Anblick ihres Höschens. Verdammter rosa Satin. Mit winzigen schwarzen Schleifchen an der Unterseite jeder Pobacke. Die Kurven unter dem Stoff sind errötet von meinen Handabdrücken. Mein Wolf heult zufrieden. „Oh, das ist hübsch, Baby", murmele ich.

Sie fängt wieder an zu zappeln, also fange ich wieder mit dem Versohlen ihres Arsches an und klapse mit langsamen, aber wohlüberlegten Schlägen auf ihren nur mit einem Höschen bekleideten Arsch.

„Du rennst nie von einem Wolf weg, weil es unseren Jagdinstinkt auslöst. Du willst nicht von einem Tier wie mir erwischt werden, Baby. Besonders kein so zartes, kleines Menschlein wie du."

Sie lässt ein mutwilliges Stöhnen raus und rollt mit ihren Hüften hin und her, während ich ihren kleinen frechen Arsch versohle. Ihre Hüfte reibt über meinen schmerzenden Schwanz und quält mich mit jeder kleinen Bewegung.

Ich ziehe ihr Höschen in ihre Ritze und entblöße mehr von ihrem süßen Arsch. Ihre Pobacken sind schon rosig von der Strafe, die ich ihr verhängt habe, aber jetzt, da ich angefangen habe, bin ich nicht in der Stimmung aufzuhören. Nicht, wenn es sich so gut anfühlt, sie zu beherrschen. Nicht, wenn sie es liebt, es so zu hassen. Ich kann es riechen, weil der süße Nektar ihrer Erregung den Raum erfüllt und meinen Wolf vor Verlangen verrückt macht.

Ich schlage auf ihre nackten Backen, der Klang legt den Rhythmus für die Geräusche fest, die sie von sich gibt – die süßesten kleinen Schreie und Grunzlaute.

Erst als ein Schrei ein wenig zu sehr wie ein Schluchzen klingt, höre ich auf.

Scheiße.

Bin ich zu weit gegangen? Wölfe sind körperliche Kreaturen. Wir sind schnell dabei, Konsequenzen auszuteilen – meistens physisch. Weibchen werden von ihren Gefährten versohlt. Aber sie ist keine von uns.

Ich reibe ihre geröteten Backen, hebe sie hoch und setze sie auf meinen Schoß. Ihre Kurven passen perfekt auf mich. „Und lass mich dich nicht erwischen, wie du dein Leben wieder so gefährdest. Du hast mich zu Tode erschreckt."

„*Ich* habe *dich* erschreckt?"

Ihr kleiner Rock ist bis zu ihrer Taille hochgerutscht, ihre nackten Oberschenkel und das Höschen springen in meine Augen. Mein Schwanz schmerzt und ich verkneife mir das Knurren im Hals.

„Lass mich gehen." Sie windet sich, als ob sie aufstehen möchte, aber als ich meine Arme um sie lege, blüht Erregung in ihrem Duft auf.

Mein braves Mädchen wird gerne gebändigt.

Ich war noch nie mit einem Menschen zusammen, der es gerne grob hat. Mit Menschen zu schlafen ist erlaubt – solange wir nicht verraten, wer wir sind. Aber Menschen interessieren mich normalerweise nicht. Zu schwach, zu zart.

Nicht diese kleine Teufelin. Wenn sie nicht aufhört, mich zu bekämpfen, werde ich ihr Gesicht auf den Boden drücken müssen und sie hart von hinten nehmen. Muss sie aus einem anderen Grund zum Schreien bringen. Aus einem viel besseren Grund.

Aber ich habe das Gefühl, sie zu ficken würde sie nicht aus meinem Kopf loslösen. Wer auch immer diese Frau ist, sie bedeutet meinem Wolf etwas.

„Weißt du, was ich beruflich mache?", knirscht sie hervor und windet sich immer noch. „Ich bin Anwältin und ich werde dich sowas von verklagen–"

„Du wirst mich nicht verklagen", sage ich gedehnt.

„Ich werde die Polizei benachrichtigen und eine einstweilige Verfügung einreichen und–"

Amber

„GANZ RUHIG", beruhigt mich mein *Werwolf*-Nachbar. Er fährt mit seiner Hand über meine nackten Oberschenkel. Ich werde still. Ein Teil von mir will ihm seine Augen auskratzen, aber der andere Teil von mir hält den Atem an und zittert unter seiner Liebkosung und wartet darauf, was er als Nächstes tun wird.

„Du wirst nicht die Polizei rufen und du wirst keine Klage einreichen." Er ist sich ärgerlicherweise dessen viel zu sicher.

Mein Hintern brennt und kribbelt von den Klapsen, die er mir gegeben hat, aber meine Muschi ist wie geschmolzen. Was zum Teufel ist nur falsch mit mir?

„Du willst mit mir in keinen Willenskampf geraten, weil du nicht gewinnen wirst."

„Ist das eine Drohung?"

Er lacht leise, seine Hand rutscht auf die Kurve meines

Knies und gleitet meinen inneren Oberschenkel hoch. „Nein. Es ist eine Tatsache.“

Sein Arm hakt sich um meine Taille, zieht mich näher, während ich rittlings über seinen Knien ausgeliefert bin. Sein großer harter Oberschenkel drückt gegen meine Muschi. Ich wippe darauf und lasse einen Hauch von Luft raus – und versteife mich dann sofort.

„Du bist so ...“ Seine Augen wandern langsam über mich und bleiben bei meinem Dekolleté hängen. Verdammt, dieser BH. „Niedlich.“

Ich werde dich verklagen, Kumpel. Sexuelle Belästigung. Verletzung der Mieterrechte. Eine Litanei des Gesetzes marschiert durch meinen Kopf, aber seine nächsten Worte verwirren jeden Gedanken in meinem Gehirn.

„Und unanständig.“ Er knetet meinen Arsch, immer noch entblößt wegen des bösen Spielchens, als er mein Höschen stramm in meiner Arschritze verschwinden lassen hat. Ein wunderbares Gefühl, leider, das auch meine Klitoris stimuliert. Ich wippe mit meinem Becken über seinen Oberschenkel und reibe mich an ihm, um den kleinen Knopf zu stimulieren.

Garrett bellt einen Fluch raus und seine Hände ziehen sich fester um meinen Arsch. Seine Augen sehen eher silbern als blau aus. Er dreht mich um, als ob ich nichts wiege, damit ich von ihm wegschaue. Meine Knie sind über seinem Oberschenkel drapiert, weit geöffnet.

„Brauchst du Erlösung, Baby?“ Seine Stimme ist dick und knurrend. Seine Finger konzentrieren sich genau auf die Stelle, wo ich sie brauche, reiben meinen Kitzler durch den Satin meines Höschens. Garretts andere Hand umgreift meine Brust, knetet und drückt sie. Meine Brustwarzen drücken gegen meinen BH, meine Brüste schmerzen und pulsieren im Takt meines Kitzlers, den er mit einer Fingerkuppe jetzt umkreist. „Du musst mir antworten."

„J-ja." Keuchend greife ich nach unten und ziehe den Zwickel meines Höschens für ihn zur Seite.

Garrett stöhnt. „Oh ja, Baby. Das ist es. Biete mir diese süße kleine Muschi an."

Seine Finger sind riesig. Sie gleiten über meinen Schlitz, der peinlich nass ist. Ich kippe mein Becken nach unten, um seiner Berührung zu begegnen, und dränge ihn weiter. Er arbeitet mit seinem Mittelfinger in mir.

Es ist ewig her, seit ich Sex hatte, und ich bin sicher, er kann es erkennen, weil ich fast komme, als er den zweiten Finger in mich pumpt. Ich erkenne die Geräusche nicht, die aus meiner Kehle kommen.

Garrett fügt den zweiten Finger hinzu und dehnt mich aus.

Ich werfe meinen Kopf zurück auf seine Schulter und schreie vor Lust.

Er stößt die Finger rein und raus, benutzt den Ballen seiner Hand gegen meine Klitoris, bis ich fast vor Lust weine. Als er sie abrupt herauszieht, klammert sich meine Muschi um die Leere in mir. Er liefert einen scharfen Klaps, direkt zwischen meine Beine. „Ungezogenes Mädchen", knurrt er mir ins Ohr.

Meine Hüften bocken hoch.

Er schlägt wieder gegen meine Muschi. Ein drittes Mal. Dann, als ob er weiß, dass ich gleich explodiere, fingert er mich hart und gibt mir die Intensität und die Geschwindigkeit, die ich brauche, um meinen Höhepunkt zu erreichen.

Ich schreie und werfe meinen Kopf zurück gegen seine Schulter, grabe meine Nägel in seine Unterarme, während ich auf seinen Fingern reite. Meine Hüften bocken hoch, meine Muschi drückt sich zusammen und meine Zehen rollen sich auf. Mein Orgasmus geht immer weiter und weiter, während Garrett seine Finger in mir gekrümmt hält und ich über ihnen komme.

Gott helfe mir. Ich habe noch nie so die Kontrolle verloren. Ich habe nie jemandem erlaubt, mir so viel Lust zu bereiten oder mich je so verrückt machen zu lassen.

Er zieht die Finger sanft heraus, während ich auf der anderen Seite von seinen Knien heruntergleite, mein Körper weich gegen seinen. Seine Lippen finden meine Schulter und er glättet mein Höschen wieder an Ort und Stelle. „Das ist es, unanständiges Mädchen", murmelt er in mein Ohr und positioniert mich dann erneut so, dass ich ihm zugedreht bin.

Er bürstet mir eine Haarsträhne aus dem Gesicht. „Mein unanständiger kleiner Mensch." Er betont das letzte Wort, schaut mir in die Augen, und alles kommt schnell zurück. Er ist ein Werwolf und *er weiß, dass ich es weiß.*

Ich werde nervös. Was wird er tun?

Aber Werwölfe existieren nicht. Ich muss etwas Falsches gesehen haben. Muss verrückt sein. „Ich bin nicht verrückt", platzt es aus mir heraus.

Sein strenger Blick wird für einen Bruchteil von Sekunden sanft. „Ich habe nie gesagt, dass du es bist."

„Bist du … Du bist nicht–"

Er zieht eine Augenbraue hoch. „Nicht was?"

„Werwölfe gibt es nicht", wiederhole ich meine Behauptung von vorher, aber mein Blick fällt auf seine tätowierten Fingerknöchel. Die Phasen des Mondes.

Oh Gott. Er ist definitiv ein Werwolf.

Ich versuche wieder abzuhauen, aber er hält mich mit Leichtigkeit fest, sein Arm ist wie ein Stahlband um meine Taille.

„Wa–" ich räuspere mich. „Was wirst du mit mir machen?"

„Ich weiß es nicht. Zuerst musst du mir ein paar Fragen beantworten." Er klingt jetzt ernst.

„Was zum Beispiel?"

Er schiebt mich zur Seite. Er nimmt meine Hände und dreht sie um und untersucht meine Arme. „Bist du irgendwo verletzt, Baby?"

Ich beiße die Tränen zurück und schüttle meinen Kopf. Jetzt fängt er an und sorgt sich wieder um mich.

„Gut." Er hebt mich von seinem Knie und setzt mich auf den Couchtisch vor ihm und hält meine beiden Hände in einer seiner großen Pranken. Die Intensität seines Blicks lässt mich wieder erröten. Schließlich fragt er: „Woher wusstest du es?"

Ich versuche meine Hände frei zu bekommen, aber er hält sie fest und legt seine andere Hand darauf, fast so, als würde er mich trösten wollen, anstatt mich gefangen zu halten. Ich ziehe härter mit der Hand.

„Hey", sagt er. „Beruhige dich. Ich werde dir nicht wehtun, aber du musst mir antworten."

„Es gibt keine Antwort", sage ich. Ich rede nie über meine Visionen. Als ich es das letzte Mal tat, war ich dreizehn, und das kostete mich mein Pflegeheim. Ich habe schnell gelernt, dass die Leute ihre Geheimnisse nicht gerne preisgeben wollen. Ich weiß nicht, wie ich dieses Mal mein Wissen einfach so hinausposaunen konnte.

Garrett wartet nur, hält mich ohne Anstrengung fest und sagt nichts.

Ich sacke zusammen. Er wird mich nicht gehen lassen, bis ich es ihm sage. „Manchmal weiß ich Dinge einfach", murmele ich. „Ich sehe es wie schnell vorgespulte Bilder."

„Was meinst du damit?"

Ich starre auf ein Loch in seiner Jeans und wünschte, ich wäre bei Foxfire geblieben. Ich hätte eine Umzugsfirma geschickt, um meine Sachen zu holen, und einen Weg gefunden, Garrett für den Rest meines Lebens zu vermeiden.

Aber das hatte ich nicht getan. Denn tief in mir wollte ich ihn sehen. Ich musste wissen, ob die Vision wahr ist.

„Amber?"

Ich zucke mit den Schultern. „Ich weiß es nicht. Ich weiß es wirklich nicht. Manchmal sehe ich Sachen, von denen ich wünschte, ich hätte es nicht gesehen. Wie Tote oder die Zukunft – in der Regel etwas Schlechtes, etwas wie Unfälle oder Todesfälle. Ich erinnere mich, wie ich meine Pflege-mutter gefragt hatte, warum die beiden Gebäude in New York Feuer gefangen hatten und zusammen fielen – zwei Monate vor den Anschlägen vom elften September. Diese Familie hatte mich in Eile zurückgegeben, nachdem es wahr geworden war. Aber ich mache es nicht absichtlich. Ich hasse es eigentlich."

„Du bist eine Hellseherin."

Ich reiße meine Hand weg und streiche mir übers Gesicht. Meine Haare sind aus meiner Hochsteckfrisur gefallen. Ich sehe wahrscheinlich unordentlich aus. Verrückte Amber, die Hellseherin. Ich muss nur einen Satz Tarotkarten mit mir rumtragen sowie schwingende Röcke anziehen und meine Wohnung mit Kristallen schmücken. Oh, und Weihrauch verbrennen. Dann kann ich ein Schild aufhängen, Geld dafür nehmen und die Zukunft vorhersagen.

Garrett beobachtet mich, todernst. Ich schlucke schwer. Ich weiß, dass er ein Werwolf ist. Wahrscheinlich etwas, das er nicht grade gern bekanntgeben will.

Meine Angst von vorher kehrt zurück: Ich könnte heute

Nacht sterben. Aber nein, wenn er gewollt hätte, dass ich sterbe, hätte er mich einfach vom Balkon fallen lassen können. Es sei denn, er musste mich zuerst befragen.

„Hast du es deiner Freundin erzählt?"

Richtig. Das war es, was er wissen musste. „Foxfire? Nein. Sie ist auf dem Heimweg ohnmächtig geworden."

„Wirst du es ihr sagen?"

„Nein." Meine Stimme bricht. „Auf keinen Fall. Ich werde es niemandem erzählen. Ich kann es nicht unbedingt gebrauchen, dass Leute mich für verrückt halten." *Dass Leute wissen, dass ich verrückt bin.*

„Sagst du nur, was ich hören will?"

„Sehe ich aus wie die Art von Frau, die dir Puderzucker in den Hintern bläst?"

Er grinst, ein verheerendes Lächeln, das mein Inneres erzittern lässt. „Du hast gesagt, du bist Anwältin." Er lässt seine riesigen Handflächen auf meine Knie fallen. Ich starre auf die tätowierten Knöchel, die großen Finger, die mich streicheln. Ich wusste nie, dass Beine so erotisch sein können. Mir ist immer noch schwindelig von meinem letzten Orgasmus, aber ich hätte nichts gegen eine zweite Runde.

„Würdest du mir dein Wort geben?"

Ich nicke einmal und dann noch ein paar Mal. Ist das wirklich alles, was er will? Ein Versprechen, dass ich nicht reden werde?

Er drückt meine Knie. „Danke schön. Hör zu, ich will dich nicht bedrohen ... Aber Wölfe mögen es nicht, wenn Menschen von uns wissen."

„Nun, ich habe nicht gerade darum gebeten, es zu wissen."

Er grinst mich wieder an und lässt meine Gliedmaßen schmelzen. „Das weiß ich, Amber. Ich will nur, dass du verstehst, dass wir große Probleme haben werden, wenn du redest."

„Du wirst mich also wieder versohlen?" Verdammt, ich sollte genervt klingen, nicht atemlos und fiebrig. Als ob ich wieder nackt über seinem Schoß hängen will. Oh, ja, warte. Das tue ich aber total.

„Mochtest du es, übers Knie gelegt zu werden, Amber?" Seine Stimme rumpelt, tief und verführerisch.

„Nein." Ich will aufstehen, aber er lehnt sich nach vorne, seine rauen Handflächen streifen meine Oberschenkel und ich müsste ihn eigentlich wegschubsen. Ihn zu berühren wäre gefährlich.

„Ich glaube, das hat es doch." Sexy Falten erscheinen in seinen Augenwinkeln. Er lacht über mich.

„Wenn ich jemandem sagen würde, dass du ein Werwolf bist, was würdest du mir antun?", frage ich, vor allem um die Stimmung zu töten.

Seine blauen Augen werden zu Eisblöcken. Seine Hände drücken meine Knie und ich frage mich, wie ich jemals gedacht hatte, seine Berührung wäre sexy. Mein Körper erstarrt, als ich in die Augen eines Raubtieres starre.

„Das willst du nicht wissen", murmelt er, völlig ernst. Die Drohung in seinem Auge tötet effektiv die sexy Stimmung.

„In Ordnung." Ich finde irgendwie meine Stimme. „Ich muss es nicht wissen. Ich schwöre es auf mein eigenes Grab." Ich versuche, den letzten Teil so zu sagen, als wäre es ein kleiner Witz, aber ich versaue es. Mein Magen fühlt sich wie eine bodenlose Grube an.

Sein großer Körper entspannt sich. Nach einem Moment auch meiner.

„Braves Mädchen", sagt er.

Ein Seufzer entkommt mir, so groß, dass die Knochen in meinem Körper rattern.

„Komm her", murmelt er und zieht mich in seine Arme. Ich bleibe steif, geschockt, bevor ich gegen ihn schmelze.

„Es tut mir leid, dass ich dich heute erschreckt habe." Seine Stimme hallt in seiner großen Brust. Seine Hand reibt beruhigend meinen Rücken auf und ab. Es fühlt sich so verdammt gut am.

„Oh, ich hatte keine Angst. Normalerweise klettere ich immer morgens um zwei von meinem Balkon herunter."

Sein Lachen wärmt mich. „Ich mag dich wirklich sehr, Amber." Er steht auf und stellt mich auf meine Füße, als hätte er nicht gerade meine Welt auf den Kopf gestellt. „Ich hoffe, wir haben eine Übereinkunft getroffen?"

„Ja. Meine Lippen sind versiegelt."

„Braves Mädchen."

Scheiße. Diese Worte.

Ich hebe mein Kinn an. „Ich behalte mir das Recht vor, dich wegen Körperverletzung und sexueller Belästigung zu verklagen."

Er grinst wieder. Ein wolfsartiges Grinsen, das alle Zähne zeigt und meine Muschi sich zusammenziehen lässt. Er greift nach unten und streift eine Haarsträhne hinter mein Ohr. „Ich würde mich entschuldigen", schnurrt er. „Aber es tut mir überhaupt nicht leid. Ich habe es genossen, deinen wunderschönen kleinen Arsch zu sehen. Und dieses Höschen–" Er macht ein zufriedenes, knurrendes Geräusch. Ja, noch ein weiteres Zusammenziehen in den südlichen Gefilden. „Komm schon, Baby. Es ist spät und du solltest dich ausruhen." Er führt mich raus, seine Handfläche ruht auf meinem Rücken. Ich dachte, er schließt vielleicht seine Tür einfach hinter mir, aber er begleitet mich wie ein Kavalier zu meiner

Wohnung. Wir stehen kurz vor der Tür, bevor ich mich erinnere.

„Mist. Es ist abgeschlossen."

„Ich mach schon. Ich bin gut mit Schlössern."

Er verschwindet wieder in seiner Wohnung und taucht mit einem Schraubenschlüssel und einem weiteren kleinen Werkzeug wieder auf.

„Du wirst mein Schloss knacken?"

„Es ist sinnvoll, eine solche Fähigkeit zu haben. Nicht, dass ich die besonders oft benutzen muss. Ich bin eher der Typ, der hustet und pustet, hustet und pustet und, zack, deine Tür aufbläst."

Ein halb hysterisches Lachen sprudelt aus meinem Hals. „Du hast keinen Hauptschlüssel für alle Wohnungen? Wäre das nicht einfacher?"

„Das hier macht aber mehr Spaß. Willst du es lernen? Ich werde es dir beibringen. Es ist eigentlich ziemlich einfach. Komm schon", sagt er, als ich zögere. „Es sei denn, die Prinzessin ist zu eitel, um ihre Hände schmutzig zu machen."

„Nein", spöttele ich.

„Das passiert, wenn du mit einem bösen Jungen rumhängst." Er zwinkert mir zu und gibt mir den Schraubenschlüssel.

Er führt mich locker durch unseren ersten Einbruch, auch wenn es kein wirklicher Einbruch ist, während er sich gegen die Wand lehnt. „Okay, also der Spannschlüssel geht unten in den Boden des Schlüssellochs. Nein–" Seine große Hand umfasst meine und ich zucke.

„Ruhig", murmelt er mir ins Ohr und plötzlich ist keine Luft zum Atmen da. Er verschiebt den Schraubenschlüssel und zeigt mir, wie man Spannung in der Richtung einsetzt, in die sich mein Schlüssel normalerweise drehen würde.

„Jetzt tu den Dietrich oben rein. Ja, das ist es. Genau so. Bewege den Dietrich hin und her im Schlüsselloch, um jeden Stift zu heben. Ups – du hast den Schraubenschlüssel losgelassen. Du musst dort weiter Druck ausüben, denn das wird das Schloss tatsächlich öffnen. Versuch es noch einmal."

Notiz an mich selbst: *Ein Schloss zu öffnen ist einfach.* Oder das wäre es, wenn ich nicht gegen einen riesigen heißen Kerl gedrückt wäre. Strom fließt durch meinen Körper, winzige Schocks pulsieren zwischen meinen Beinen. Mein Kopf schwimmt von Garretts tiefer Stimme und geduldiger Anleitung. Er ist so sanft, aber er hat mich nur wenige Minuten zuvor wie Kriegsbeute getragen. Hat mich reingetragen und mich versohlt. *Oh Gott.* Jedes Mal, wenn ich daran denke, flattert es in meinem Bauch und meine Muschi zieht sich zusammen. Und selbst als er mich bedrohte, fühlte ich mich sicher.

Meine zitternden Finger rutschen aus. „Ich schaffe es nicht."

„Sicher tust du das. Versuch es noch Mal. Es ist einfach, sobald du den Dreh raushast. Langsam und stetig, Anwältin", murmelt er, als ich mit dem Dietrich hin und her wackele.

Einen nach dem anderen schiebe ich die Stifte hoch und der Schraubenschlüssel dreht sich. „Ich habe es geschafft!"

Er grinst, als er mir die Tür öffnet. Ich versuche, ihm die Werkzeuge zurückzugeben, aber er winkt ab. „Behalte sie. Sie könnten noch nützlich werden."

„Du bist mein Vermieter. Solltest du mich zu all diesen Einbrüchen ermutigen?"

„Ich vertraue dir, dass du brav sein wirst." Er legt einen Finger unter mein Kinn und hebt mein Gesicht zu seinem.

Sein hübsches Gesicht erfüllt meine Sicht. „Bis ich dich zu einem bösen Mädchen mache."

Ich kann nicht atmen. Wird er mich küssen?

Er nimmt seine Finger runter. „Denk daran, worüber wir gesprochen haben."

„Oder sonst was?" Seine Nähe ermutigt mich. Ich bin leichtsinnig. Oder vielleicht habe ich einfach meinen Verstand verloren.

„Oder sonst", seine Augen sind wie Feuersteine, die Funken schlagen, „wirst du bestraft."

Ich lecke meine Lippen. „Was bekomme ich, wenn ich gut bin?"

Eine Pause, dann drängt er mich gegen die Tür. Zwei riesige Hände fassen an mein Gesicht und neigen es hoch, bevor seine Lippen auf meine herabfallen.

Es ist ein toller Kuss. Ein Bad-Boy-Kuss. Ein frecher Mädchenkuss. Er drückt mich gegen die Tür, sein Mund dominiert meinen. Sein Knie drückt zwischen meine gespreizten Beine, sein harter Oberschenkel presst sich gegen meine Muschi. Funken fliegen in meinem Kopf, mein Körper brennt lichterloh wie ein Feuerwerk an Silvester. Ich reibe mich hilflose gegen die steigende Flut.

Notiz an mich selbst: *Werwölfe küssen gut.*

Im letzten Moment unterbricht er den Kuss.

„Verdammt", keuche ich.

„Das stimmt, Baby." Er rollt seine Hüfte und seine Erektion schmiegt sich an mich. „Sei brav und du bekommst vielleicht noch eine Belohnung."

∾

Garrett

. . .

Ich sitze mit einem Bier auf der Couch und starre den Mond an, während ich versuche, meinen Wolf wieder unter Kontrolle zu bekommen. Böses, böses Mädchen, läuft vor einem Wolf weg. Und wie sie auf das übers Knie legen reagiert hatte ... Verdammt sei ich, wenn mein Schwanz nicht ganz wach und bereit ist loszulegen.

Ich höre Stiefel im Flur, bevor sich meine Wohnungstür öffnet.

„Nicht so laut", rufe ich und zucke zusammen. Ich klinge wie mein Vater.

Warum zum Teufel dachte ich, es wäre eine gute Idee, mit Rudelmitgliedern zu leben? Es hat Spaß gemacht, grade aus der Uni, aber ich bin jetzt neunundzwanzig und ein Unternehmer. Ich besitze die Hälfte aller Immobilien in der Innenstadt. Vielleicht ist es an Zeit, ein Haus zu kaufen, eine Gefährtin zu finden. Verdammt nochmal erwachsen zu werden. Aber das würde mich zu meinem Vater machen.

Verdammt, mein Wolf ist gereizt, als ich an Paarung denke.

Trey und Jared treten kurz ein, nur um dann abrupt innezuhalten.

„Was zum–", beginnt Trey, seine Augen werden silbern.

„Alles ist cool", sage ich ihnen. Sie riechen Amber.

„Was ist mit dir und dem Menschen? Tank sagte, du warst hinter ihr her", sagt Jared.

Ich lache höhnisch. Das lässt mich verzweifelt klingen. „Tank liegt falsch. Ich habe eine Spritztour gemacht und kam dann hier her zurück. Du weißt schon, der Ort, wo ich wohne."

Jareds Augen sind nicht silbern, aber er hebt den Kopf und schnüffelt wie ein Wolf an Ambers anhaltendem Vanilleduft. „Aber sie war hier."

„Sie und ich hatten ein kleines Gespräch." Ich nehme

einen Schluck von meinem Bier, halte meinen Ton lässig. „Sie weiß es."

Jared und Trey werden still.

„Wie?", fragt Trey. Seine Schultern ziehen sich so zusammen, als würde er sich gleich wandeln. Jared setzt sich auf einen Stuhl vor mir. Ein Drahtseil aus Spannung durchzieht ihn ebenfalls, wie ein Raubtier in höchster Alarmbereitschaft.

Und sie bereiten sich zu Recht auf die Verteidigung vor. Ambers Wissen ist eine Gefahr für das Rudel.

„Zurück mit euch." Ich kann das Knurren nicht ganz aus meiner Stimme halten. „Sie ist eine von uns."

„Was?" Jared neigt seinen Kopf.

„Du hast es ihr gesagt?" Trey fragt, als hätte er mich nicht gehört, und spielt besorgt mit seinem Lippenpiercing. Er ist der Denker des Rudels. Ich hätte ihn zwingen sollen, auf die Uni zu gehen, weil er der Typ ist, der aus allem, was ihn interessiert, den Teufel raus recherchiert. Er ist ein großartiger Berater und Stratege. „Menschen können nicht von uns erfahren. Die Regel–"

„Halt die Klappe, Trey", unterbricht Jared ihn. Es ist unangemessen für jeden von ihnen, meine Entscheidung infrage zu stellen.

Ich kippe mein Bier auf ex. „Nein, ich habe es ihr nicht gesagt. Und ich bin mir den Rudelregeln bewusst. Diese besonders wird seit siebzig Jahren nicht mehr vollstreckt."

„Ja, weil dein Vater einem Wandler die Eingeweide rausreißen würde, wenn sie es einem Menschen sagen würden", murmelt Jared. Seine Augen sind jetzt auch silbern.

„Ich bin nicht mein Vater." Die Jungs erstarren bei meinem Knurren, also zwinge ich mich, mich zu entspannen. „So läuft es vielleicht bei meinem Vater, aber ich denke nicht, dass es notwendig ist. Wie gesagt, sie ist eine von uns."

„Wandler?", fragt Jared, obwohl er durch ihren Duft schon weiß, dass sie es nicht ist.

Ich schüttle meinen Kopf. „Hellseherin. Ich habe es ihr nicht gesagt. Sie hat es erraten. Oder wusste es." Ich stehe auf und überkreuze meine Arme über meiner Brust. „Aber wir haben geredet und sie wird kein Wort sagen."

Trey knabbert an seiner Lippe.

Jared beobachtet mich. „Wirst du es Tank sagen?"

Meine Finger ballen sich zu Fäusten. Ist Tank jetzt ihr verdammter Anführer? „Brauch ich nicht. Sie wird kein Wort darüber verlieren."

„Sobald du über sie redest, ist dein Wolf in deinen Augen", bemerkt Jared. „Wir haben eine Wette am Laufen, wie lange es dauert, bevor du sie beanspruchst."

Sie haben Wetten abgeschlossen. Was wahrscheinlich bedeutet, dass das ganze Rudel weiß, dass ich etwas für einen Menschen übrighabe. Arschlöcher.

„Ich will sie beschützen", gebe ich zu. *Und sie besinnungslos ficken.* „Sie ist ein guter Mensch und sie will diese Visionen nicht haben." Und mein Wolf will sie in Sicherheit bringen. Zuerst wollte ich die Wahrheit leugnen, aber aus irgendeinem Grund wollte ich sie nicht anlügen.

Ich bin nicht verrückt, hatte sie gesagt, und es war vorbei. Ich konnte sie das nicht weiterhin denken lassen. Ich konnte ihr nicht wehtun. Ich bin ein Alpha. Ich beschütze die Schwachen. „Wer auch immer Amber Drake ist, sie ist eine von meinen Leuten. Sie ist eine von uns", wiederhole ich. „Sie schwor, es nicht zu sagen, und ich glaube ihr. Und mein Wolf vertraut ihr, also ... " Ich zucke mit den Achseln und beobachte ihre Körpersprache ganz genau. Die meisten in meinem Rudel sind loyal, aber ich umgehe gerade die Vorschriften. Ein Hinweis darauf, dass sie eine Bedrohung für Amber sind, und ich werde tun, was ich tun muss, um sicherzustellen, dass sie in Sicherheit ist.

„Was immer du sagst, Chef." Trey fällt auf einen Sitz neben Jared.

Ich grunze meine Zustimmung, aber heimlich bin ich froh, dass sie das so gut hinnehmen.

„Ja", lacht Jared auch zurück, entspannt sich lächelnd. „Es ist an der Zeit, dass du dir eine Gefährtin nimmst."

Meine Augen fallen fast aus meinem Kopf. „Was?"

„Wir sind dir nach Tucson gefolgt, weil das Rudel deines Vaters zu streng war. Es gab keinen Platz für einen Wolf zum Rennen. Aber dieses ganze Junggesellen-Ding ist ermüdend. Ich bin bereit, eine kleine Wölfin zu jagen und ihr den Biss zu geben, um sie zu beanspruchen. Ich denke, viele unserer Kerle sind es auch, aber wir haben auf dich gewartet."

„Schwachsinn." Diese Jungs sind Partyleute. Die Idee, dass sich irgendjemand von uns bald niederlässt, ist lächerlich.

Jared grinst nur. Ich bin ziemlich sicher, dass er mich nur aufzieht, um herauszufinden, wie ernst es mir mit Amber ist.

„Ich verpaare mich nicht", sage ich bestimmt. „Ihr wisst beide, dass ich mich nicht mit einem Menschen verpaaren kann, auch wenn sie eine Hellseherin ist." Aber mein Wolf widerspricht. Viele Wölfe paaren sich mit Menschen, das muss also möglich sein. Ich muss nur vorsichtig sein, ihr keinen Biss meines Anspruchs zu verpassen, sonst könnte es sie töten. Aber sich mit einem Menschen zu verpaaren würde bedeuten, dass ich meine Position als Alpha verlieren würde. Es würde als Zeichen meiner Schwäche gesehen werden. Unsere Welpen hätten schwaches Blut.

„Nun, ich bin bereit, mich niederzulassen." Trey gähnt.

„Du willst nur, dass dein Schwanz regelmäßig gelutscht wird", murmelt Jared.

„Ja, und? Wer will das nicht?" Trey packt das Kissen, auf dem er sitzt, und wirft es auf seinen Rudelbruder.

„Leute", warne ich abwesend. Mein Kopf dreht sich bei der Idee, sich mit Amber zu verpaaren. Es ist lächerlich, aber jetzt, da es auf dem Tisch ist, kann mein Wolf nicht aufhören, über den Gedanken zu sabbern, die kleine ordentliche Anwältin als mein zu haben. Ich will den Dutt von ihr lösen, sie an mein Bett ketten und ihre Beine spreizen. Soviel Zeit damit verbringen, ihre Muschi zu verschlingen, bis sie sich heiser schreit. Jede Nacht. Für den Rest meines Lebens.

Das wird nicht passieren, Kumpel.

„Keine Sorge", sagt Jared. „Wir werden einen anderen Ort zum Wohnen finden, nachdem du den Menschen auf Trapp gebracht hast." Er und Trey tauschen ein Grinsen aus und ich will beide schlagen. Sie haben zu viel Spaß damit.

„In der Zwischenzeit holen wir uns Ohrstöpsel oder so", fügt Trey hinzu.

„Ich brauche jetzt schon Ohrstöpsel." Jared wirft ein Kissen auf Trey. „Du hältst mich wach und heulst, während du dir einen runterholst."

„Ich heule nicht." Trey wirft das Kissen zurück und schmeißt sich auf seinen Kumpel und schlägt ihn durch das Kissen.

„Leute", warne ich und sie hören auf. „Tut mir einen Gefallen. Wartet erst einmal ab. Amber steht unter meinem Schutz, aber das bedeutet nicht, dass sie meine verfickte Gefährtin ist."

„Aber sie könnte deine verfickte Gefährtin werden." Jared grinst, als ob er weiß, dass ich versuche, es wahr werden zu lassen. „Wir lassen dich sie zuerst aufwärmen.

Wenn es an der Zeit ist, lassen wir Trey eine Tüte über dem Kopf tragen."

Das Hauen beginnt wieder. Ich schnappe mir meine Bierflasche, bevor sie wegfliegt, und beobachte, wie sie sich gegenseitig schubsen. Ich hoffe, dass der Krach Amber nicht aufweckt.

Ich weiß, dass Trey und Jared zuverlässig sind, aber ich will nicht, dass sie es Tank sagen, der dann mit den Informationen zu meinem Vater rennt. Wenn mein Vater entscheidet, dass Amber eine Bedrohung ist, wird er nicht zögern, ein Todesurteil zu erteilen. Für ihn sind Regeln einfach Regeln. Das Leben ist schwarz und weiß. Ich kann schon hören, wie er mir und Sedona dann beibringt: *So überleben wir halt.*

Aber niemand schaltet Amber aus. Ich würde jeden töten, der sich ihr nähert. Ein knurrendes Grollen kommt in meiner Brust bei dem Gedanken hoch.

Aber das bedeutet auch nicht, dass ich sie haben kann.

KAPITEL VIER

A *mber*

ICH TRÄUME, ich werde von einem Wolf gejagt. Ein riesiges Tier mit silbernen Augen, das sich in einen riesigen, muskulösen Mann verwandelt. Der mich dann erwischt, mich unter seinem muskulösen Körper festhält und ...

Ich wache auf in den Wellen des Orgasmus.

Notiz an mich selbst: *Vollmond lässt Werwölfe ausflippen.* Oder bin ich diejenige, die ausflippt?

Der Badezimmerspiegel reflektiert meine geröteten Wangen. Anscheinend liebe ich es, ausgeflippt zu sein.

Seufzend ziehe ich einen Kamm durch meine Haare. Mehrere Visionen, eine schreckliche Nacht und dann treffe ich auch noch einen Werwolf. Nur eine weitere Woche im Leben von der verrückten Amber.

Nach zwei Stunden hektischem Abwischen jeder Oberfläche in meiner Wohnung fühle ich mich ein bisschen besser. Vielleicht kann ich einfach weitermachen, normal zu handeln. Garrett hat mir gesagt, ich soll es niemandem erzählen, also kann ich genauso gut so tun, als wäre nichts passiert. Richtig?

Ich meine, es sind drei riesige, beängstigende Typen, die sich zufällig in Wölfe verwandeln. Keine große Sache. Ich werde auch einmal jeden Monat zu einem Monster, wenn ich in meine Periode habe. Vielleicht habe ich mehr gemeinsam mit Garrett, als ich dachte.

Angezogen für meinen Yogakurs packe ich meine Matte ein und gehe aus der Tür und überprüfe, ob ich meine Schlüssel eingesteckt habe. Mein Rücken und Hintern kribbeln, als ob sich mein Körper an Garrett erinnert, wie er mich gegen sich drückt. Er erwischte mich, als ich fast fiel, und brachte mich zu meiner Wohnung und brachte mir bei, ein Schloss zu knacken. Mich in Sicherheit zu wägen. Sich um mich zu kümmern.

Tue ich so, als wäre das nie passiert? Was ist mit dem Kuss und dem Hinternversohlen und seinen talentierten Fingern zwischen meinen Beinen?

Ich sauge einen tiefen Atemzug ein, als meine weiblichen Körperteile aufleben mit den glücklichen Erinnerungen. Ich ducke meinen Kopf, um meine erröteten Wangen zu verbergen, und renne praktisch den Flur herunter. Keine Werwölfe haben mich auf dem Weg zu meinem Auto angesprochen. Ich bin fast enttäuscht.

Vielleicht bin ich wieder die normale Amber. Mit dem normalen Leben. Wenn ich Garrett sehe, werde ich einfach cool bleiben.

Als ich mich in mein Auto setze und fast aus meinem Parkplatz rückwärtsfahre, sehe ich ihn. Massive Schultern wölben sich unter einem armeegrünen Hemd. Garrett kreuzt seine prallen Arme über seiner Brust. Sein Kopf neigt sich zur Seite, während er mich beobachtet.

Ich winke und ignoriere das Stakkato meines Herzens. Und dann trete ich aufs Gas – außer dass das Auto nach vorne springt. Ich hatte vergessen, es auf rückwärts umzuschalten. Die Vorderräder meines Volvos prallen gegen den Betonblock und überrollen ihn, die Wand zermalmt die Vorderseite meines Autos.

Eine Sekunde später quietscht Metall, als meine Tür von ihren Scharnieren gerissen wird.

„Baby, ist alles okay?" Garrett lehnt sich über mich, klickt meinen Sicherheitsgurt ab und zieht mich aus dem Auto, bevor er mich in seine Arme nimmt.

„Hey, Nachbar." Meine Stimme kommt zittrig heraus. So viel zum Thema cool bleiben.

„Was zum Teufel?"

„Du hast mich erschreckt. Ich, äh–" Garretts Duft umgibt mich und Ruhe überkommt meine Nervosität. Meine Hände sind auf seine muskulöse Brust gelegt.

„Amber?"

Konzentriere dich! Amber, die Anwältin, ist nie wortkarg. „Bist du, ähm, am Knurren?"

„Mein Wolf", sagt Garrett durch einen zusammengepressten Kiefer. „Er macht sich Sorgen um dich."

„Oh. Hallo, Wolf." Ich spreche mit Garretts Bauchnabel. Sein Hemd ist hochgerutscht und zeigt Muskeln in der Größenordnung von Kopfsteinpflaster.

Mehr Grummeln, während Garrett lacht. Der angenehme Klang entspannt mich. Ich stehe in den Armen meines heißen Nachbarn und rede mit seinem Wolf. Nein, gar nicht verrückt.

Garrett streicht eine verlorene Haarsträhne hinter mein

Ohr, fährt mit einem Daumen über meine Wange und lehnt sich dann zu mir und küsst mich.

Bei der Berührung seiner Lippen sprühen kleine Blitze durch mich. Ich seufze und drücke mich nach vorne, bereit, mich an ihm zu reiben. Meine Hand rutscht unter sein Hemd und streichelt die glatten, wohlgeformten Muskeln. Garrett neigt den Kopf, umfasst meinen Nacken und vertieft den Kuss. Seine Zunge in meinem Mund heizt Teile in mir weit unten an.

Der Kuss geht weiter und als wir uns endlich voneinander lösen, kann ich kaum atmen. Er hält mich mit fester Hand am Hals fest und lehnt seine Stirn gegen meine.

Ich bin buchstäblich wie die Heldin in einer Jane-Austen-Romanze, meine Brust hievt, ich bin kurz davor, in Ohnmacht zu fallen. „Ähm. Wow. Küssen alle Werwölfe so?", albere ich. Echt jetzt? Wo ist die vernünftige Amber, die immer verbal mit den Besten von allen in einem Gerichtssaal mithalten kann?

Silber blitzt durch seine Augen. „Du wirst keine Werwölfe außer mir küssen."

„Nun nein, natürlich nicht. Ich wollte dich auch nicht küssen. Du bist derjenige, der es immer wieder tut. Und ich lasse dich immer wieder."

„Ich bin froh, dass es dir gut geht." Er gibt meinen Nacken frei und ich spüre den Verlust sofort. „Ich war da für eine Sekunde besorgt."

„Kann ich sehen." Meine Tür knarrt, als sie nur noch an einem einzigen Scharnier hängt. Meine Vorderräder stecken zwischen der Betonbarriere und der Wand fest. „Was soll ich jetzt tun?"

„Ich bin überrascht, dass du den ADAC nicht auf Kurzwahl hast, Prinzessin."

„Eigentlich schon. Aber wie erkläre ich das hier?" Ich

zeige auf die tiefen Abdrücke im Metall, die Garrett mit bloßen Händen da reinbekommen hat.

„Ich kümmere mich drum. Die meisten in meinem Rudel sind Mechaniker. Die können das wieder richten."

„Wie sollen wir es über die Betonbarriere zurückbekommen?"

Garrett ist damit beschäftigt, eine SMS abzuschicken. Als er fertig ist, platzen zwei große Jungs aus dem Treppenhaus hervor. Auch hier trete ich wieder automatisch zurück.

„Erinnerst du dich an Jared und Trey?"

„Hi, Anwältin." Jared, der mit dem rasierten Kopf und den tätowierten Armen, nickt.

Der schwer Gepiercte grinst mich an, bevor er auf mein Auto zeigt. „Das ist das Problem?"

„Ja." Garrett steckt sein Handy ein. „Tank kommt mit einem Abschleppwagen. Aber ich will es bis dahin nicht hier stehenlassen."

Die beiden Punks gehen zu beiden Seiten meines Autos.

„Wie ist die Luft?", fragt das volle Metallgesicht, auch bekannt als Trey.

Garrett steht hinten und blickt sich auf dem Parkplatz um. „Alte Dame, drei Uhr."

Die drei lehnen sich an mein Auto, schauen lässig aus, als eine Frau den Parkplatz überquert, in ihr Auto steigt und losfährt.

„Luft ist rein", murmelt Garrett.

Die Männer beugen sich alle vornüber und ergreifen mein Auto, bevor sie es anheben, als ob es nichts wiegen würde. Mein Mund fällt auf. Notiz an mich selbst: *Werwölfe haben übermenschliche Stärke.* Sie tragen es wieder an Ort und Stelle und legen es sanft ab.

„Danke, Leute." Garrett nickt und die beiden Punks

zwinkern mir zu und verschwinden, bevor ich meine Stimme finde.

„Ich denke, das geht so klar."

„Tank wird gleich hier sein, um es abzuschleppen."

„Danke schön", sage ich.

„Gerne, Prinzessin."

So viel zu einem normalen Samstag. „Ich denke, ich werde Yoga verpassen."

„Ich kann dir damit helfen."

„Wie? Willst du mir beibringen, in ein Auto einzubrechen?"

Ein Grinsen und ein Schütteln seines Kopfes. „Ich lege einen drauf." Er schreitet um eine Ecke. Das Dröhnen des Motorradauspuffs kündigt seine Rückkehr an.

„Oh, nein." Ich schüttle meinen Kopf, als er auf einer riesigen schwarzen Harley vorfährt. „Auf keinen Fall steige ich auf dieses Ding."

„Komm schon, Anwältin." Er wirft mir einen Helm zu. „Lebe ein wenig."

NOTIZ AN MICH SELBST: *Wenn du auf einem Motorrad fährst, solltest du ein extra Höschen mitbringen.* Weil sie im Grunde Vibratoren sind. Wirklich große Vibratoren.

Ich halte mich an Garrett fest und drücke mich an seinen Rücken, während der Wind meine Haare, welche unter dem Helm hervorschauen, durchweht.

„Hey!", schreie ich, als wir von der Innenstadt wegfahren. „Mein Yoga-Studio ist im Armory Park!"

„Planänderung, Prinzessin", ruft er zurück und hält an einem kleinen mexikanischen Taco-Stand auf der Westseite des jetzt trockenen Flussbettes von Santa Cruz an. „Ich lade dich zum Brunch ein."

Ich würde ja protestieren, aber so schlimm finde ich den Vorschlag gar nicht. Ich wäre sowieso zu spät fürs Yoga gewesen und obwohl ich weiß, dass es eine schlechte Idee ist, sehne ich mich nach mehr Zeit mit meinem herrischen Nachbarn. Selbst, wenn es auf einer Todesmaschine ist. Die sich toll zwischen meinen Oberschenkeln anfühlt.

Garrett bestellt zehn Carne-Asada-Tacos, bezahlt und überreicht mir die Papiertüte mit unserem Essen. „Lass uns gehen."

„Wohin fahren wir?"

„Nur irgendwo hin zum Picknicken." Er startet das Motorrad und nimmt die Ausfahrt zum A-Berg und lehnt sich in die Kurve. Das A steht für den riesigen Buchstaben, der dort gemalt wurde – für die Universität von Arizona – und ich lehne mich zu ihm und versuche zu ignorieren, dass ich gegen den heißesten Kerl gedrückt bin, den ich je getroffen habe. Es ist fast so, als hätte ich noch nie einen Orgasmus am Morgen gehabt.

Wir fahren den A-Berg hinauf, die statuesken Saguaro-Kakteen stehen Wache, während wir vorbeirasen. Die Sonne steht hoch, aber die Luft rauscht an mir vorbei und macht die Temperatur perfekt.

Als Garrett auf einen Aussichtspunkt fährt, habe ich wirklich Spaß. Der Blick auf die Stadt und die Naturlandschaft dahinter ist unglaublich. Zaunkönige zwitschern aus ihren Nestern in den riesigen Kakteen. So ist es, Garrett zu sein. Frei.

Der vertraute Knoten von Angst, den ich immer mit mir rumtrage, ist weg, als ob ich seine Leichtigkeit und Stärke angenommen hätte. Seine überwältigende Überzeugung, dass diese Stadt ihm gehört und es nichts gibt, mit dem er nicht umgehen kann. Ich weiß, ich projiziere, aber mein Bauch sagt mir, dass ich recht habe. Was ich fühle, ist wahr. Garrett besitzt sein Leben, die Innenstadt, diesen Berg.

Aber das ist einfach dumm. Er mag ein Werwolf sein, aber es macht ihn nicht unverwundbar. „Solltest du nicht einen Helm tragen?", frage ich, während ich meinen abziehe.

„Besorgt um mich, Prinzessin?"

„Nein", murmele ich. „Ein Unfall würde wahrscheinlich keine Delle in deinem harten Kopf hinterlassen."

Garrett grinst nur. „Wie hat dir die Fahrt gefallen?"

„Es war schön." Ich werde rot.

„Schön, dass ich deine Jungfräulichkeit nehmen konnte. Deine Motorrad-Jungfräulichkeit."

Ich schließe meine Augen und versuche nicht darüber nachzudenken, wie es gewesen wäre, wenn er der Typ gewesen wäre, der meine eigentliche Jungfräulichkeit genommen hätte. So viel besser als Tommy Jackson.

Garrett grinst nur. „Komm schon, Prinzessin." Er führt mich zu einem Picknicktisch. „Hier. Hau rein." Er öffnet den Container mit Tacos.

„Schön, dass du mich fragst, was ich will", murmele ich. „Ich könnte auf Diät sein. Oder vegetarisch essen."

Er erstarrt und sieht entsetzt aus. „Bist du Vegetarierin?"

„Nein." Mein Magen knurrt.

„Dem Schicksal sei Dank." Er nimmt einen Taco und verschlingt ihn in einem Bissen.

Ich bin plötzlich besorgt, dass es nicht genug für uns beide gibt. „Aber ich achte auf mein Gewicht."

Er verspottet mich. „Warum?"

„Derselbe Grund, warum ich jede Woche zum Yoga gehe. Es ist das, was normale Leute tun, um in Form zu bleiben."

„Ich mag deine Form." Seine blauen Augen fegen von meinem Gesicht auf meine Brüste und verweilen dort. Meine Brustwarzen werden hart von der Aufmerksamkeit. „Ich sag dir, du isst." Er schmeißt einen Taco vor mich. „Und ich werde auf dein Gewicht achten."

„Was?"

„Ich werde es sehr, sehr genau beobachten." Er duckt seinen Kopf unter den Tisch, um meine untere Hälfte zu begaffen.

Ich schließe meine Knie, aber ein langsames Pochen beginnt zwischen meinen Beinen. Ich stelle ihn mir unter den Tisch vor, wie er meine Knie auseinanderdrückt. Diese sinnlichen Lippen von ihm auf meine Mitte legt. „Ich bin sicher, dass du das tun wirst." Verdammt, meine Stimme klingt atemlos und aufgeregt. „Gib her." Ich beiße in den Taco und stöhne. Es ist so lecker.

Der Mann – Werwolf – gegenüber am Tisch sieht aus, als ob er einen Bissen von mir kosten will.

Herrgott, beißen Werwölfe? Warum habe ich das noch nicht gefragt?

Ich nicke zu seinen Fingern, die blaue Tinte zeigt die verschiedenen Phasen des Mondes. „Für jemanden, der ein großes Geheimnis hat, denkst du nicht, dass dieses Tattoo ein wenig zu viel preisgibt?"

Er schenkt mir ein schiefes Grinsen, eine Seite seines Mundwinkels verzieht sich nach oben. „Die meisten Menschen sind nicht wie du, Amber."

Es mag kein Kompliment gewesen sein, aber die Art, wie er mich ansieht, lässt mich innerlich warm werden. „Also, wie funktioniert es? Beißt du Leute, um sie während des Vollmondes zu verwandeln?"

Garrett lacht kurz. „Wir sind keine verdammten Blutegel."

Ich starre ihn blank an.

„Vampire."

Mein Magen verknotet sich. Gibt es auch Vampire? *Igitt.*

„Nein, du wirst entweder als Wandler geboren oder nicht. Du kannst nicht *gewandelt* werden. Tatsächlich sind nur noch wenige von uns übrig. Die Fortpflanzung mit Menschen hat dazu geführt, dass unsere Spezies am Verschwinden ist."

Ich sehne mich plötzlich danach, alles über sie zu wissen – die ganze Bande zu treffen und zu verstehen, wie sie ticken. Es trifft mich hart, als wäre das irgendein Wissen, das ich mein ganzes Leben vermisst habe. Das ich hätte wissen müssen.

„Ich habe eine Frage an dich, Anwältin." Garrett hat sechs der Tacos weggeputzt. „Wie fährst du Auto, wenn du ständig Visionen hast?"

„Ich kann sie unterdrücken. Ich bekomme sie normalerweise nicht, außer ich bin in großen Menschenmengen. Oder wenn ich berührt werde."

Er entblößt seine Zähne, als ob er es nicht ertragen würde, dass mich jemand berührt. „Warum bist du dann keine Einsiedlerin?"

„Ich bin irgendwie eine. Ich gehe nicht viel aus, außer zur Arbeit und zum Yoga. Foxfire ist meine einzige enge Freundin." Mein Leben klingt erbärmlich. Die normale Amber ist ziemlich lahm.

„Warum hast du dich entschieden, Anwältin zu werden?"

Ich ziehe meine Schultern zurück. „Warum? Weil ich stattdessen eine Wahrsagerin hätte sein können?"

Er lacht. „Nein, Baby. Irgendwie kann ich nicht sehen, wie du das tust. Ich frage mich nur, was eine so heiße, talentierte Frau wie du in einem so starren Beruf macht."

Er meint, ich bin zu verklemmt. Ich berühre meine verknoteten Locken, will die Sicherheit meines üblichen französischen Dutts. „Ich arbeite mit Kindern im Pflegesystem und hole sie aus schlechten Situationen raus."

„Ist das nicht *ehrenamtliches* Zeug?"

„Fast", gebe ich zu. „Ich habe Glück, dass ich Stipendien für das Jurastudium bekommen hatte, sonst könnte ich mir meine Studentendarlehen und die Miete nicht leisten."

„Ich wusste nicht, dass du so ein humanitärer Typ bist."

„Klar. Foxfire nennt mich ein liberales blutendes Herz. Aber ich will etwas zurückgeben und wenn ich diesen Kindern helfen kann, sie durch das System führen kann, sie retten kann vor dem, was ich–" Ich halte kurz inne. Ich wollte ihm davon nichts erzählen.

„Sie zu retten vor?", fordert Garrett mich auf, als ich nicht weiterrede. „Was wolltest du sagen?"

Ich setzte den Rest meines zweiten Tacos ab. Soll ich es ihm erzählen? „Ich war im Heim." Ich schlucke den Kloß in meinem Hals runter. „Pflegeeltern, seit ich sechs war."

Seine Finger ballen sich zu Fäusten, sein Kiefer wird hart. Er sieht zum Teil krank, zu einem anderen Teil wütend aus. „Willst du mich veräppeln?"

„Ganz ruhig, Hulk."

Er atmet einen gemessenen Atemzug aus und steht auf.

Ich beobachte, wie er um den Tisch herumläuft und sich auf die Betonbank neben mich setzt.

Er greift nach mir, mit einer riesigen Pranke, um meine Knie in seine Richtung zu schieben und um mich auf meinem Sitz umzudrehen. Seine Hand lässt er auf meinem Knie, er ergreift mein Nacken mit der anderen. Seine Stirn zieht sich besorgt zusammen. „Ist alles okay bei dir?" Seine Stimme ist rau, als wollte er die Zeit zurückstellen und jeden in den Arsch treten, der mir in meiner Vergangenheit jemals wehgetan hat.

„Ja." Ich lasse einen zittrigen Atemzug raus. Ich kann nicht glauben, dass ich es ihm gesagt habe. Es verstößt gegen meine erste Regel, um die verrückte Amber unter Dach und Fach zu halten. Foxfire brauchte Jahre, um es aus mir rauszukriegen. „Die Pflege hat mich gerettet, aber es war nicht einfach. Ich habe versucht, normal zu handeln, aber ich wurde immer wieder zurückgeschickt, weil sie mich für verrückt hielten. Du weißt schon, wegen der ..."

„Der Visionen?"

„Ja. Meine letzten Pflegeeltern dachten, ich hätte ein Drogenproblem." Ich schüttle meinen Kopf. „Sie haben jahrelang versucht, mich medizinisch zu behandeln."

„Hat es geholfen?"

„Nein. Es ließ mich schlimmer fühlen. Aber sie meinten es gut. Und mein Leben in der Pflege war so viel besser als die Alternative."

„Also, jetzt arbeitest du mit Kindern, um sicherzustellen, dass sie das Leben bekommen, das sie verdienen." Seine Augen sind das tiefste Blau, voller Verständnis. Ich will es nicht akzeptieren, aber es fühlt sich so verdammt gut an.

„Ja." Ich bin dankbar, dass er das Thema wieder zu Arbeit gewechselt hat. Arbeit ist sicher. Ich gebe eine lange Erklärung über meinen Job als Kinderstaatsanwältin ab, die Kinder im Pflegesystem vertritt.

„Klingt intensiv", sagt er. „Es klingt auch, als würdest du wirklich etwas verändern. Nicht schlecht für eine schleimige Anwältin." Er versucht lustig zu sein, aber seine Augen zeigen immer noch eine Welt der Trauer für mich.

Ich rolle mit meinen Augen und gebe seiner robusten Brust einen leichten Stoß.

Er greift nach meinen Handgelenken und hält sie mit

einer großen Hand zusammen gefangen. „Oh, wage es nicht, böses Mädchen."

Ojemine. Die Erinnerung an meinen versohlten Hintern letzte Nacht kommt zurück. Als ob das nicht den ganzen Tag schon ganz vorn in meinem Verstand gewesen wäre.

„Keine Respektlosigkeit." Seine Stimme sinkt eine Oktave. „Oder ich muss dich wieder bestrafen."

Meine Muschi verkrampft sich, aber ich ignoriere die Art, wie die Drohung mich erwärmt.

Er lässt seinen Blick auf meine Brustwarzen fallen, die sich durch mein enges Yoga-Oberteil abzeichnen und mich verraten.

Mein Gesicht wird heiß. „Du bist der Böse. Nicht ich." Ich ziehe den Behälter mit Tacos näher. „Es sind noch zwei übrig, wirst du sie nicht essen?" Es ist ein lahmer Ablenkungsversuch, aber er geht drauf ein.

„Also, wenn du mit einem Geschäftsinhaber Mittagessen haben würdest, welcher der Gemeinschaft ebenfalls etwas zurückgeben will, was würdest du sagen, brauchen Pflegekinder am meisten?"

Ich setzte mich grade hin. „Hat dieser Unternehmer zufällig Immobilien überall in Tucson? Inklusive Club Eclipse?"

Er grinst. „Vielleicht."

„Glaube es oder nicht, ich würde gerne einen Abend Zugriff auf den Club haben."

Er zieht eine sexy Augenbraue hoch. „Echt jetzt?"

„Wirklich. Einer der Sozialarbeiter für die Pflegekinder sucht einen Ort, um einen ‚Familienabend' mit den Kindern und ihren Pflegeeltern zu veranstalten. Es wäre so cool, sie ins Eclipse zu bringen. Sie eine Tanzparty veranstalten zu lassen."

„Ich serviere niemandem unter einundzwanzig Jahren Alkohol", sagt er mit ernster Miene.

„Natürlich nicht", rufe ich aus und schlage ihm auf die Hand. In einer verschwommenen Bewegung fängt er sie. Meine Lippen teilen sich, während sich sein Mund über meine Finger umschließt und an ihnen saugt. Das langsame Rollen seiner Zunge lässt mich erröten. Noch einmal stelle ich mir vor, dass seine Zunge zwischen meinen Beinen arbeitet. Nicht, dass ich das je gewollt hätte. Verdammt, ich dachte immer, es wäre irgendwie ekelhaft. Ihr wisst schon, unhygienisch. Aber die samtweiche Hitze von Garretts Mund lässt mich danach lechzen.

Ich sacke in meinem Sitz zusammen, als er mich freilässt.

Schwer schluckend fahre ich fort. „Es wäre ein trockenes Event. Nur Limonade und Musik. Vielleicht eine Lichtshow. Die Kinder würden denken, dass es so cool wäre. Es wäre ein gutes neutrales Gebiet für sie, um sich mit ihren neuen Familien zu unterhalten."

„In Ordnung", sagt er langsam. „Ich werde sehen, was ich tun kann."

„Würden deine Mitbewohner freiwillig helfen?"

„Jared und Trey?" Seine Augenbrauen schießen hoch. „Sie werden tun, was ich ihnen sage."

„Du hast selbst gesagt, dass sie Pfadfinder sind. Sie wären tolle Vorbilder. Solange sie den Kindern sagen, sie sollen nicht trinken oder rauchen und in der Schule bleiben."

„Mein Kumpel Tank besitzt einen Motorradladen. Er hat eine Handvoll Realschüler, die regelmäßig rumhängen, um von ihm zu lernen. Ich dachte immer, es könnte ein formelles Programm sein. Du weißt schon, Berufsausbildung oder so."

Mein Herz erwärmt sich, als ich höre, dass Garrett – der riesige Werwolf, den ich falsch eingeschätzt habe – überlegt, lokalen Teenagern zu helfen. „Das ist eine unglaublich tolle Idee. Möchtest du ein Teil davon sein?"

Er zuckt mit den Schultern. „Ja."

Ich stelle mir vor, wie er junge Möchtegern-Schläger betreut und ihnen ein Gefühl von Sinn und Selbstvertrauen gibt. „Ich wette, du wirst ein toller Vater sein", platzt es aus mir heraus. Meine Augen weiten sich, als ich bemerke, dass ich gerade beim ersten Date über Kinder rede. Ich weiß nicht einmal, was mich dazu gebracht hat, es zu sagen. Doch, das tue ich. Meine überaktiven Eierstöcke, die alle zwei Minuten Eier ausspucken in der Hoffnung, dass sie bei ihm Glück haben. „Ich meine–"

„Ja, ich werde ihnen beibringen, Schlösser zu knacken und Motorräder zu fahren. Ist das nicht das, wonach jede Frau im Vater ihrer Welpen sucht?" In seiner Stimme liegt eine Herausforderung und Scham durchströmt mich, weil ich ihn so vorverurteilt hatte.

„Es tut mir leid, dass ich mich wie eine Zimtzicke benommen habe, als wir uns kennengelernt haben. Ich war nur nervös wegen meiner Sicherheit und ich–"

Er unterbricht mich mit einem Kuss, presst seine Lippen mit einer unausgesprochenen Forderung über meine.

Ich gebe nach, öffne mich für seine Zunge und versuche zu ignorieren, wie die Erde auf ihrer Achse umkippt und mich auf meinen Hintern wirft. Irgendwie weiß ich, dass meine Haare nie wieder in den strengen Dutt passen werden, den ich vorher immer trug.

„Oh, Amber", unterbricht Garrett den Kuss. „Wenn du eine Ahnung hättest, was für schreckliche Dinge ich dir antun will, würdest du wissen, dass du recht hattest, nervös zu sein."

Meine Brüste schmerzen jetzt, die Brustwarzen stehen hervor und scheuern gegen den Stoff meines Yoga-Oberteils. Ich will seinen Mund auf ihnen. Ich will all die schrecklichen Dinge wissen. Er hat mir schon den Hintern versohlt. Auf was sonst noch steht der versaute Werwolf? Fesselspiele? Demütigung? Ich hätte nie gedacht, dass etwas anderes als langweiliger alter Missionarssex in meiner Zukunft liegen würde, aber es ist, als hätte sich eine Tür geöffnet, welche mir eine ganz neue, schönere Welt zeigt.

Ich suche nach Worten, um etwas zu sagen, etwas Sicheres und Neutrales. „Wie sieht es bei dir aus?" Ich stoße seinen Fuß mit meinem. „Wie bist du zu Immobilien gekommen?"

„Ich zog nach Tucson, als ich achtzehn war. Mein Vater gab mir einen Neugründungskredit und ich kaufte ein kleines Gewerbegebäude und vermietete es. Machte alle Renovierungen und reparierte es selbst. Dann hatte ich Glück. Die Revitalisierung der Innenstadt fing an und der Wert der Immobilie schoss durch die Decke. Ich lieh das Eigenkapital, um meinen Vater zurückzuzahlen und Eclipse zu öffnen. Mein Vater war gelinde gesagt enttäuscht."

„Dass du einen Nachtclub eröffnet hast?"

„Ja. Er sagt, ich werde immer ein Punk sein."

Ein Ansturm von Wut durchläuft mich in Garretts Namen. Ich bin vielleicht zu dem gleichen Schluss gekommen, als ich Garrett kennenlernte, aber seitdem ich gesehen habe, dass er mehr ist als nur eine motorradfahrende Straßenratte. Und selbst mit einem Startup-Darlehen von seinem Vater ... Jeder Kerl, der sein Immobilien-Imperium von einem einzigen kommerziellen Gebäude zu einem Multi-Millionen-Dollar-Imperium aufbauen konnte, hatte einige versierte Geschäftsfähigkeiten.

Garretts Lächeln erreicht seine Augen nicht. „Er hat wohl recht."

Als ich von der Einstellung seines Vaters höre, bekomme ich plötzlich einen Einblick, warum Garrett nicht erwachsen wird. Bei so einem Vater würdest du entweder beweisen wollen, dass er falsch liegt, oder beweisen wollen, dass er recht hat. Es sieht so aus, als hätte Garrett beschlossen, ihm recht zu geben. Ja, er ist ein wenig zu alt, um zu rebellieren, aber wenn er mit einem herrischen, verurteilenden Arschloch als Elternteil aufgewachsen ist, kann ich sehen, wie das bei ihm hängen bleiben konnte.

„Also, wie sieht der durchschnittliche Tag für dich aus?"

„Trinke Bier. Belästige meine heiße Nachbarin." Er spielt die Rolle des Schlägers weiter.

Ich reiße den Taco-Behälter weg, als er nach einem greift. Er zieht eine strenge Augenbraue hoch. Ich unterdrücke ein Grinsen und schiebe sie zurück, wobei ich seine riesigen Brustmuskeln betrachte.

Er erwischt mich beim Schauen und grinst. „Magst du, was du siehst, Engel?"

Ich zucke mit den Schultern, als würde seine Nähe keinen Einfluss auf mich haben. „Trainierst du für die?"

„Nö. Das ist alles Genetik, Baby." Er spannt sie an und zeigt mir seinen riesigen Bizeps. Ich frage mich, wie viele Mädchen im Eclipse sich jede Nacht zu seinen Füßen werfen. Der Gedanke lässt mich sie alle erwürgen wollen.

„Verwaltest du deinen Club? Verwaltest du deine Immobilien?" Ich quetsche ihn weiter aus.

„Nein, ich habe Rudelmitglieder und Mitarbeiter, um das jetzt zu tun. Ich verwalte die."

Rudelmitglieder. Er hat ein Rudel von Wandlern. Ich weiß nicht, warum, aber ich liebe diesen Gedanken. Die Männer, die am ersten Tag so einschüchternd und rau im

Aufzug erschienen, die harten Türsteher im Club, sie sind keine Mitglieder eines Motorradclubs. Oder vielleicht sind sie es, aber sie sind auch Rudelmitglieder. Wolfsrudel-Mitglieder.

Ich frage mich plötzlich, ob jeder Motorradclub eigentlich aus Werwölfen besteht. Mir ist meine Ignoranz zu peinlich, um zu fragen.

Ich frage mich, ob sie sich absichtlich wie Punks anziehen. Um Menschen zu warnen oder so. Nicht, dass ich mich heute beschwere. Sein massiver Körper ist sabberwürdig in seiner charakteristischen zerrissenen Jeans und dem verblassten T-Shirt, auf dem steht: *Dark Side of the Moon*.

Mond. Hah. Ich frage mich, wie viel Mond-Krimskrams er sammelt.

„Iss deinen Taco, Anwältin." Garrett hat die zwei restlichen verputzt und zeigt auf meinen zweiten, halb aufgegessenen.

„Ich bin satt."

„Dann komm mit mir." Er zieht mich hoch, seine riesige Hand verschluckt meine. Starke Finger, stark genug, um Metall zu zerquetschen, aber so sanft zu mir.

Er führt mich den Berg hinauf, weg vom Motorrad. Wir sind abseits des Weges und als es sich zu schwierig für meine Tennisschuhe erweist, hebt und trägt er mich leicht über das felsige Gelände bis ganz nach oben auf einen Berg, dann setzt er mich auf einem kleinen Felsblock ab. Die Aussicht ist sogar noch spektakulärer.

„Wolltest du mir das zeigen?", frage ich.

„Ich wollte die Perspektive nur etwas ändern." Er fingert eine Locke meiner Haare. „Was du mir auf dem Picknicktisch erzählt hast, darüber in einer Pflegefamilie gewesen zu sein – erzählst du das vielen Menschen?"

Ich schlucke. „Nein."

„Stehst du deinen Pflegeeltern nah?"

„Den letzten? Die, die versucht haben, mich medizinisch behandeln zu lassen? Eigentlich nicht. Ich glaube, ich hab Jura studiert, nur um zu beweisen, dass ich ihre Hilfe nicht brauche."

„Hast du irgendwelche engen Freunde? Jemand, der weiß, dass du Hellseherin bist?"

„Nur Foxfire. Zumindest ist sie die Einzige, die mir glaubt, wenn ich ihr erzähle, was ich gesehen habe."

„Sonst noch jemand?"

Ich schüttle meinen Kopf. Meine Brust tut ein wenig weh. „Warum stellst du mir diese Fragen?"

„Jetzt weiß ich, warum du so verschlossen bist, Baby. Deine Gabe bringt dich dazu, dich von anderen zu isolieren. Du hast niemanden, der auf dich aufpasst."

„Es ist keine Gabe." Meine Kehle schnürt sich zu.

„Und du hast niemanden, mit dem du dein Geheimnis teilen kannst. Keine Familie. Kein Rudel", murmelt er, als würde er mit sich selbst reden.

Der Schmerz unter meinem Brustbein dehnt sich aus, bis ich Tränen zurückblinzle.

Er mustert meinen Ausdruck. „Scheiße. Ich wollte dich nicht traurig machen." Er zieht mich auf die Füße und wickelt seine Arme um mich.

Ich widerstehe, hasse die Schwäche.

Er ignoriert meine Versuche, ihn wegzuschieben, seine Stärke lässt mich wie ein trotziges Kleinkind erscheinen. „Ich möchte nur wissen, wie du tickst. Ich will dir nicht wehtun, Amber."

„Du kannst mir nicht wehtun", erkläre ich, aber es ist eine alberne Behauptung. Eine Art von *ich brauche niemanden* und selbst ich weiß, dass es nicht wahr ist. Ich gebe den Widerstand auf und sacke gegen ihn und ruhe meine Wange auf seiner massiven Brust aus. Ich reibe meine Augen.

„Ich lasse nicht zu, dass dir je wieder jemand wehtut."

Ich will es *Blödsinn* nennen. Aber ich mag, wie es klingt. Und ich mag die Art, wie es sich anfühlt, sich in seine warme Kraft zu lehnen und sie aufzusaugen.

Ich habe mich noch nie jemandem so geöffnet, wie ich es für Garrett getan habe. Ich weiß nicht mal, wie er mich dazu gebracht hat. Aber ich vertraue ihm. Mehr als ich jemals jemandem in meinem Leben vertraut habe. „Gut." Meine Stimme klingt zittrig. „Ich schätze, wir kennen jetzt beide die Geheimnisse des anderen."

„Ja." Er legt sein Kinn auf meinen Kopf. Wir passen perfekt zusammen. „Dein Geheimnis ist bei mir sicher, Prinzessin."

Für einen Moment bleiben wir verschmolzen und schauen auf Tucson runter. Garrett atmet durch seine Nase ein und seine Hände ziehen sich fester um mich. Eine wandert zu meinem Arsch und drückt meine Pobacken durch meine hautenge Yogahose.

„Du musstest *diese hier* tragen." Beide Hände greifen jetzt meinem Arsch, drücken und lassen los, kreisen und streicheln. Ich erinnere mich, wie er meinen Arsch streichelte, nachdem er ihn letzte Nacht in Brand gesetzt hatte, und ein dunkler Hunger brennt in meinem unteren Bauch.

Er hebt mich hoch, damit ich mich um seine Taille wickeln kann. Sein Mund kracht auf meine Schulter, halb Biss, halb Kuss. Er hebt und senkt meinen Arsch und reibt mein Herzstück über die massive Beule seines Schwanzes. „Ich spüre deine heiße kleine Muschi, Baby. Trägst du überhaupt ein Höschen?"

„Nein", sage ich durch keuchende Atemzüge. Ich wollte noch nie einen Mann so sehr in meinem Leben. Ich habe mich noch nie so hingegeben – einfach einem Kerl die Führung überlassen, damit er tun kann, was er will.

Ein Grollen erklingt in Garretts Brust.

Ich ziehe mich zurück und sehe, dass seine Augen silbern sind. „Dein Wolf zeigt sich", murmele ich.

„Scheiße." Er lässt mich zu Boden senken und starrt mich an, die Finger geballt zu Fäusten an seinen Seiten.

„Was ist los? Ist alles in Ordnung?"

Er antwortet nicht. Ein Muskel in seinem Kiefer springt hervor. Er murmelt einen Fluch und zieht sein Hemd aus.

Lecker. Seine Arme – die Muskeln sind fast so groß wie mein Kopf. Der Anblick seines Achtpacks lässt mich wünschen, ich könnte den Mond anheulen. Er hat ein Wolfspfoten-Tattoo auf der Schulter.

„Was machst du?" Ich kreuze meine Arme vor mir, um meine harten Nippel zu verstecken. Seine Finger gehen weiter runter zu seinem Gürtel. Ich werfe meine Hand hoch. „Kurze Pause, großer Mann. Was machst du da?" Glaubt er, dass wir gerade hier und jetzt Sex haben werden?

„Ich muss mich wandeln."

„Hier? Jetzt?" Ich blicke mich um. „Garrett, nein." Das Geräusch eines Autos hinter uns erreicht uns. „Es ist helllichter Tag und jeder könnte kommen."

Er tritt nah an mich heran, sein Duft wäscht über mich. „Ich kann es nicht ändern. Du bringst den Wandel über mich. Wenn ich den Wolf nicht rauslasse, werde ich dich auf deine Hände und Knie zwingen und" – er unterbricht sich mit einem hundeartigen Schütteln – „diese schrecklichen Dinge mit dir tun."

Bitte – mach sie.

Seine Haut spannt sich in einer erschreckenden Bewegung.

„Nein." Ich lege meine Handflächen auf seine Brust, als

ob ich verhindern könnte, dass der Wolf rauskommt. „Hör auf, bitte." Ich weiß, wie es ist, ein Kind zu sein und Dinge zu sehen, die ich nicht hätte sehen sollen. „Tu das nicht. Nicht so."

„Kann nicht aufhören." Seine Stimme kommt erstickt heraus. Er wird sich jetzt genau vor mir verwandeln.

„Bleib bei mir, Garrett." Ich tue das Einzige, woran ich denken kann. Ich steige auf meine Zehenspitzen, wickle meine Arme um seinen Hals und küsse ihn.

Hitze donnert durch mich, sobald unsere Lippen sich berühren. Er hebt mich hoch, ballt eine Hand in meinem Haar und zieht meinen Kopf zurück. Die Schwellung seines harten Schwanzes drückt gegen meinen Bauch. Der Kuss entflammt meinen Körper, das Gefühl durchdringt mich. Alles in mir wird lebendig.

„Die Dinge, die ich dir antun will." Der rohe Hunger in seinem Ausdruck ist verunsichernd.

„Du kannst sie tun", verspreche ich und meine es auch so. Ich will es. „Nur nicht hier. Bring mich nach Hause. Du musst dich nicht verwandeln." Ich weiß nicht, ob es meine Intuition oder Angst ist, die spricht, aber da ist eine Dringlichkeit, ihn bei Verstand zu halten und zu verhindern, mit was auch immer er grade ringt.

Er leckt mir den Hals entlang, mein Kopf ist immer noch in seinem eisernen Griff immobilisiert. Seine Lippen gleiten über meinen Kiefer; er knabbert an meinem Mund. Mein Körper reagiert, meine Hüften drücken gegen ihn, die Hitze meines Inneren sucht nach etwas zum Gegenreiben.

Er beißt mir so heftig in die Schulter, dass ich vor Schmerzen schreie. Es scheint ihn aus seinem lüsternen Stumpfsinn aufzuwecken und er lässt mich los und springt zurück, als ob ich ihn verbrannt hätte.

„Verdammt, Amber." Seine Augen sind immer noch

silbern. Er zieht eine Hand durch seine blonden Haare und atmet schwer. „Scheiße. Habe ich dir wehgetan? Scheiße!"

„Nein. Nein, das hast du nicht." Es ist nur eine Teilwahrheit. Ich lehne mich nach vorn und vermisse ihn jetzt schon. Meine Hände wollen an dieser unglaublichen Brust bleiben. „Es ist okay–" Ich greife nach ihm. Ich weiß, wie es ist, sich außer Kontrolle zu fühlen.

„Nein." Rage entstellt sein schönes Gesicht. „Es kann nicht wieder passieren. Das hier war eine schlechte Idee." Er atmet schwer. „Ich muss wegbleiben."

„Garrett–"

„Ich kann nicht in deiner Nähe sein." Er reibt eine Hand über sein Gesicht. Seine Schultern ziehen sich zusammen. Ein großes Knacken ist zu hören. „Zu nah am Vollmond. Ich muss gehen." Er wirbelt und schreitet die andere Seite des Berges hinunter. Weg von der Straße. Weg von mir.

„Warte!" Wird er mich einfach hierlassen? Ich kann kein verdammtes Motorrad fahren. Ich kraxele ihm nach. „Was passiert während des Vollmondes?"

Sein Knurren hallt von den Felsbrocken wider, als er verschwindet und mich alleinlässt. „Ich gehe jagen."

NOTIZ AN MICH SELBST: *Der Werwolf hat sein Date auf dem A-Berg zurückgelassen.*

„Danke, dass du mich abgeholt hast", sage ich zu Foxfire, als sie vom Aussichtspunkt wegfährt. Der Ort eines schiefgegangenen Rendezvous. Ich hatte eine volle Stunde gewartet, dass Garrett zurückkehrt, bevor ich akzeptieren musste, dass ich meine eigene Rückfahrgelegenheit finden musste.

„Kein Problem. Das Mindeste, was ich tun kann, nachdem

ich mich letzte Nacht zum Narren gemacht habe." Sie sieht ein bisschen blass aus, aber stabiler, als ich mich fühle. „Sag mir noch einmal, was passiert ist. Du warst auf einem Rendezvous und mittendrin ist er plötzlich aufgestanden und gegangen?"

„Er ist … eigenartig." *Untertreibung des Jahres.* Und heiß. Und wahrscheinlich ein Millionär. Und er ist ein Werwolf.

Und ein verdammtes Arschloch.

„Warte", sagt Foxfire. „Ich verbinde grade die Puzzleteile. Ist das dein Nachbar?"

„Ja."

„Und er war letzte Nacht da, richtig?"

„Er besitzt Club Eclipse. Und nachdem ich nach Hause angekommen war, hatten wir uns ein wenig unterhalten." Und ich mich ein wenig übers Knie legen lassen, gefolgt von einem nicht so kleinen Orgasmus. Und heißen Träumen die ganze Nacht lang.

Ich drücke meine Hände auf meine Wangen, um meine Röte zu verbergen.

„Er klopfte irgendwie an meine Tür. Ich bekam Angst und kletterte die Feuerleiter runter. Ich fiel fast runter und er fing mich auf. Brachte mich in seine Wohnung und sagte mir–" Ich verstumme.

„Nie wieder einen Fuß in seinen Club zu setzen", unterbricht Foxfire meine peinliche Pause. „Meinetwegen."

„Nein, es ist in Ordnung. Ich denke, er würde uns wieder reinlassen. Er sagte mir, wir könnten den Club für den Familienabend mit den Pflegeeltern nutzen. Ich hoffe, er meint es ernst. Heute Morgen hatte er mir mit meinem Auto geholfen, aber dann …"

„Er nahm dich mit auf eine Fahrt auf seinem Motorrad und hat dich dann in der Mitte von nirgendwo zurückgelassen."

„Ja" Ich reibe meinen Kopf. Meine Schläfen pochen, als ob noch eine andere Vision fällig ist. Wunderbar.

„Dieser Typ klingt nach schlechtem Umgang. Du bist normalerweise nicht die Leichtsinnige."

„Ich weiß." Was habe ich mir nur gedacht? „Wir haben da diese Verbindung."

„Was könntest du mit diesem Kerl gemeinsam haben? Er ist in einer Motorrad-Gang. Du verbringst die Nächte, indem du deine Stifte organisierst und deine Unterwäsche bügelst."

„Na super, danke. Warum nennst du mich nicht einfach gleich langweilig?"

„Du weißt schon, was ich meine, Amber. Ich liebe dich, aber du bist ein Kontrollfreak. Der Typ ist pures Chaos."

„Du verstehst es nicht. Ich fühlte mich, als könnte ich mich ihm gegenüber öffnen. Ich habe ihm von den Visionen erzählt."

„Echt jetzt?" Foxfires Augenbrauen heben sich so hoch, dass sie fast unter ihrem Pony verschwinden.

„Ja. Er ist der Erste, dem ich es seit Jahren erzählt habe, außer dir." Foxfires Großmutter war eine Schamanin, also wuchs sie auf mit der spirituellen Seite der Dinge. Das ist einer der Gründe, warum wir so nah stehen.

„Ich kann nicht glauben, dass du diesem Wichser vertraut hast. Er scheint eher der Typ großer Neandertaler zu sein."

„Das ist er, aber er ist mehr als nur das. Ich hatte eine Episode vor ihm und er hat sich um mich gekümmert."

„Als du ihm von den Visionen erzählt hast, wie hat er reagiert?"

Mein Kopf schwimmt beim Wort *Vision* und ich lege eine Hand auf das Armaturenbrett, um mich zu stabilisieren. „Er glaubt mir."

„Was hast du gesehen?", fragt Foxfire.

„Einen Wolf." Etwas blitzt in der Wüste, als ich aus dem Fenster starre. Ein Kojote oder ein anderes wildes Tier? Garrett ist da draußen und läuft in seiner anderen Form rum. Für einen Moment schmecke ich die heiße, trockene Luft, sause an den Kakteen vorbei, während ich auf allen vieren laufe. Ich bin ein Raubtier, mächtig, ohne Angst. Der Mond schwebt unter dem Horizont, unsichtbar, aber meine Haut kribbelt, als er zu mir ruft und mir sagt, ich solle mich wandeln ...

„Hast du gerade Werwolf gesagt?" Foxfires Keuchen bringt mich zurück ins Auto.

„Nein." Ich schüttle meinen Kopf, benommen. Hatte ich gerade eine Vision? „Ähm, was habe ich gerade gesagt?"

„Du hast gesagt: *Garrett ist ein Werwolf.* Zumindest glaube ich, dass du das gesagt hast. Du warst irgendwie weit weg."

Verdammt. „Äh ... das ist der Name seines Motorradclubs, denke ich. Die Werwölfe. Sie haben ein Wolfsthema. Club Eclipse. Mond-Tattoos. Das ist so ihr Ding." *Bitte, bitte, glaube mir.*

„Okay, was auch immer."

Ich bleibe ruhig, konzentriere mich nur aufs Atmen. Foxfire fädelt sich in den Verkehr ein, während die Wüste langsam Platz für das ausufernde Stadtgebiet macht. Ich schließe meine Augen und Kämpfe gegen den Schwindel an.

„Tut dein Kopf weh?", fragt Foxfire.

„Ein wenig."

„Du siehst ein wenig krank aus, sonst würde ich dich jetzt mit auf die Wohnungsjagd nehmen."

Ich rutsche auf meinem Sitz weiter runter. Will ich meine Wohnung verlassen? Garrett nicht als meinen Nachbarn haben? Nein. Er hat es heute vermasselt, aber ich auch. Gab es jemals mehr Beweise, dass ich ein Freak bin?

„Ich mag das hier nicht, Amber." Foxfire Stirnrunzeln hinterlässt Furchen neben ihrem Mund. „Garrett klingt nach schlechtem Umgang."

„Es ist schon okay", sage ich ihr. „Ich denke, er wird sich von jetzt an von mir fernhalten." Ich ignoriere den Protest in meinem Herzen. Ich kenne den Kerl kaum. Es ist mir egal, ob ich ihn nie wiedersehe.

„Bring mich einfach nach Hause." Meine Stimme bricht bei dem Wort. Ich kann mich nicht selbst anlügen. Jahrelange Pflege und ich hatte nie einen sicheren Ort, den ich zu Hause nennen konnte. Ein Ort, an dem ich ich selbst sein kann, eine Familie, die mich akzeptiert für das, was ich bin.

Deshalb war es so besonders, Zeit mit Garrett zu verbringen. Für ein paar kurze Stunden fühlte ich mich, als gehörte ich dazu.

KAPITEL FÜNF

G *arrett*

ICH HABE ES NACH HAUSE GESCHAFFT, *dir kann ich dafür nicht danke. Ich dachte nur, du solltest es wissen.*

Ich lese Ambers SMS, als ich mein Apartmenthaus betrete. Für eine Sekunde denke ich über eine Antwort-SMS nach, aber ich schicke stattdessen eine an meine Schwester ab.

Es ist fast einen Tag her, seit du dich gemeldet hast. Ruf mich bald an.

Ich packe mein Handy ein, bevor ich es in meinem Griff zerquetsche. *Frauen.* Vielleicht ist es gut, dass mein Rudel nur männlich ist.

Mein Wolf springt nach vorn, als ich an der Stelle vorbeigehe, an der Ambers Auto geparkt war. Ich drücke ihn wieder runter. Stunden des Laufens, das Jagen von Hasen, und ich bin immer noch ganz durch den Wind. Eine

Frau ist die Ursache dafür. Ich nehme ihren süßen Duft im Treppenhaus wahr und ich bin bereit zu randalieren.

Gefährtin.

Es gibt keinen anderen Grund, warum ich so handeln würde. Ich hatte noch nie Probleme mit meinem Wolf davor. Aber ein Rendezvous mit Amber und ich hätte fast die Kontrolle verloren. Ich war bereit, ihre Kleidung abzureißen, sie runterzudrücken und sie bewusstlos zu ficken. Schlimmer noch, meine Reißzähne hatten sich verlängert, bereit, sie für immer mit meinem Duft zu markieren. Sie als mein zu beanspruchen, damit kein anderer Wolf jemals daran denken würde, sie zu nehmen. Das Problem ist – sie ist menschlich. Sich mit ihr zu verpaaren würde bedeuten, meine Position als Alpha aufzugeben. Ein Alpha verpaart sich mit einem Alpha. Menschen sind ungefähr so weit von Alphas entfernt, wie es geht, obwohl ein übersinnlicher Mensch anders sein könnte. Wenn wir dominante Wolfswelpen mit übersinnlichen Fähigkeiten produzieren, wäre das episch. Aber das Rudel wird nicht warten, um zu sehen, wie unsere Welpen aussehen. Wenn sie spüren, dass ein Anführer eine Schwäche zeigt, zieht ein anderer dominanter Wolf ein. Tank. Oder Jackson King, der einsame Wolf, dem das milliardenschwere Tech-Unternehmen SeCure gehört.

Nein, ich muss Amber widerstehen. Für ihr Wohl und für meines. Verdammt, ich hätte ihr wehtun können. Ich hatte null Kontrolle, war bereit, ihr Fleisch mit meinen Zähnen zu zerreißen, um sicherzustellen, dass sie wusste, zu wem sie gehörte.

Es gibt ein Wort für Wölfe, die ihren Verstand verlieren: Mondkrankheit. Der Wolf übernimmt, verzehrt von dem Wunsch, sich zu verpaaren. Je dominanter der Wolf ist, desto gefährlicher ist er.

Ich bin Alpha. Ich bin der dominanteste Wolf, den ich kenne, außer vielleicht mein Vater. Es ist klar, dass mein Wolf Amber will. Um nicht verrückt zu werden, muss ich sie entweder beanspruchen oder weit weg von ihr bleiben.

Ich nehme die Treppe. Ich war die ganze Nacht unterwegs, rannte und versuchte, meinen Wolf zu ermüden, bevor ich Amber wieder nahekommen musste. Kein Glück. Mein Tier wird verrückt, als ich die Tür zum Flur öffne. Ganz zu schweigen von meiner Libido. Meine Erektion drückt sich schmerzhaft gegen meine Jeans.

Ambers Tür öffnet sich. Ihr Name springt auf meine Lippen, aber heraus tritt eine winzige Frau mit regenbogenfarbenen Haaren. Sie schließt die Tür vorsichtig mit einer Hand, mit der anderen hält sie eine große, wabbelige Handtasche, als sie beginnt den Flur entlangzugehen. In letzter Minute schaut sie auf, als ich an ihr vorbeikomme.

„Du!" Sie hält an, um ihre Hände auf ihre Hüfte zu stemmen, und schaut mich böse an. „Was ist dein Problem?"

„Verzeihung?" Mein Wolf würde normalerweise über die Herausforderung meiner Autorität knurren, aber diese kleine Dame riecht nach Amber. „Wer bist du?", frage ich, als ich sie vom am Abend zuvor aus dem Club wiedererkenne.

„Foxfire. Ich bin Ambers Freundin. Ich habe sie in den Bergen abgeholt, wo du sie zurückgelassen hast." Ihr Finger piekst mich fast in die Brust.

Mein Hals vibriert mit einem Knurren. „Schätzchen, du musst dich raushalten."

„Du musst dich von meinem Mädchen fernhalten. Du und deine Werwolf-Gang–"

„Was?", brülle ich fast.

Sie wirft ihre Hände hoch. „Was auch immer der Name deiner Gang ist. Wölfe oder Werwölfe oder was auch immer.

Du kannst dich meinetwegen selbst *dummes Arschloch* nennen. Nur lass Amber einfach in Ruhe." Mit dem letzten Wort stampft sie weg und lässt mich zitternd zurück, meine Haut knistert von dem Wunsch, mich zu verwandeln und die Bedrohung für mein Rudel auseinanderzureißen.

Amber hat mein Geheimnis verraten. Ich habe ihr vertraut und das Erste, was sie tut, ist es ihrer hitzköpfigen Freundin zu erzählen, die es dann der Welt erzählen wird.

„Oh, zum Teufel, nein." Ich marschiere zu Ambers Tür und balle meine Faust fest. Sie will den großen bösen Wolf sehen? Okay. „Amber? Mach auf."

Wenn sie wieder über die Feuertreppe abhaut, wird es ihr leidtun.

Der Duft von Vanille und süßen Orangen erscheint.

„Öffne die Tür, Amber."

„Was wirst du machen?" Ich höre den Rhythmus ihres Herzschlags, sogar durch das Holz.

„Öffne sie jetzt. Ein ... zwei ..."

Das Schloss klickt auf. Ihr Gesicht ist angespannt und blass.

„Kluge Entscheidung." Ich schiebe mich an ihr vorbei in ihr Wohnzimmer.

Sie läuft hinter mir her.

Ich höre auf meine Fäuste zu ballen, als ob es mir helfen würde, meinen Wolf in Schach zu halten. Ich weiß nicht, was ich tun soll. Ich will ihr nicht mit der alten Schule drohen, weil ein Mensch unser Geheimnis kennt – mit dem Tod. Ich würde eine Kugel in den Kopf kassieren, bevor ich jemanden diesem schönen Menschen jemals etwas antun ließe.

„Du hast dein Versprechen gebrochen."

Sie steht da mit gebeugten Schultern, Augen auf den Boden gerichtet.

Die devote Pose legt einen Schalter in mir um. Mein Schwanz wird hart wie Stein – trotz meiner Enttäuschung. Echte Wut wandelt sich zu dem lustvollen Wunsch, ihren Arsch rot zu färben. Kurz bevor ich sie runterbeuge und es ihr von hinten gebe.

„Ich wollte es ihr nicht sagen", flüstert sie. „Ich verfiel in eine Vision und ... es kam einfach so raus. Ich sagte ihr, es wäre der Name deiner Motorrad-Gang."

Etwas Spannung in meinem Gesicht lässt nach. Ich überprüfe mental, was Foxfire mir gesagt hatte, und es stimmt mit ihrer Geschichte überein. Trotzdem will ich nicht, dass irgendjemand denkt, wir wären Wölfe, sei es der Name einer Gang oder der eines echten Tieres. „Nun, wir sind keine Gang. Was wirst du ihr sagen, wenn sie herausfindet, dass wir uns selbst im Scherz nicht so nennen?"

Sie sackt sogar noch mehr zusammen. Normalerweise wäre sie nicht so eingeschüchtert, aber ich spüre die Scham in ihrem Duft. Es tut ihr wirklich leid.

Meine Brust brummt von meinem Wolf, während ich um sie herumstreife. „Ich glaube, du verstehst das nicht. Wandler erlauben Menschen nicht zu wissen, dass sie existieren. Es ist ein gängiges Verfahren, alle Bedrohungen für unsere Privatsphäre zu *eliminieren*."

Amber hat sich immer noch nicht bewegt. Ich bin mir nicht sicher, ob sie überhaupt atmet. Mein Wolf liebt es, sie zu dominieren, obwohl der menschliche Teil in mir versucht, die Kontrolle zu behalten. Bilder, wie ich ihre zarten Hände gegen die Wand drücke und ihren niedlichen Arsch versohle, überfluten mein Hirn.

„Du warst schon in Gefahr, Amber. Ich mochte dich, also war ich bereit, mich aus dem Fenster zu lehnen und dich am Leben zu lassen. Aber jetzt gibt es zwei von euch, die es wissen. Du hast deine Freundin in große Gefahr gebracht."

„Bitte tu Foxfire nicht weh." Eine Träne läuft ihre Wange hinunter. Der salzige Duft davon unterwirft meine Irritation schneller als ein Dartpfeil mit Beruhigungsmittel. Ein weiteres Zeichen, dass sie meine Gefährtin ist.

Ich fahre mit meinen Fingern durch ihr Haar, ergreife eine Handvoll und ziehe langsam ihren Kopf zurück und lege ihren Hals frei. Für eine Sekunde wird meine Sicht dunkel, als ich das knurrende Tier in mir bekämpfe, dass *sie markieren* will.

„Böse, Amber", flüstere ich in ihr Ohr und nehme dabei eine Note der Erregung in ihrem verängstigten Duft wahr.

Es steigert meine eigene. Ich lasse sie das Gewicht meiner Dominanz spüren. Lasse sie verstehen, was für eine gefährliche Kreatur ich wirklich bin. „Was soll ich nur mit dir machen?"

Mein Handy klingelt und bricht den Zauber. Ich trete zurück und ziehe es aus meiner Tasche. Ich sehe Sedonas Namen auf dem Bildschirm und antworte schnell.

„Warum zum Teufel habe ich bis jetzt nichts von dir gehört?"

„Äh", sagt eine männliche Stimme. „Hier ist Jason, einer von Sedonas Freunden. Wir sind in San Carlos."

Eis schießt durch meine Adern. „Ja?"

„Sedona ... Nun, sie ist irgendwie verschwunden."

„Was meinst du damit, *irgendwie verschwunden?* Wo ist sie?"

„Ich weiß es nicht. Sie ging am Strand joggen und kam nie wieder zurück. Wir haben überall gesucht. Wir haben es sogar mit den Bullen versucht, aber es war ihnen nicht so wichtig. Wir dachten, du könntest vielleicht die Botschaft anrufen oder so?"

Sedona. Meine Schwester. Verschwunden.

Mein Tier erhebt sich in mir und krallt sich an die Oberfläche. Ambers besorgtes Gesicht erscheint vor mir. Ich konzentriere mich auf sie.

„Ich komme", knurre ich, meine Stimme halb verstummt wegen meinem Wolf. „Wo?"

Der junge Kerl kapiert, was ich frage, und verspricht, mir die Wegbeschreibung per SMS zu schicken. Der Gedanke, dass ich warten muss, um zu wissen, wohin ich muss, ist das Einzige, was mich davon abhält, mein Handy zu zerquetschen.

„Was ist los?" Ambers Stimme zittert. Und sie sollte Angst haben. Sie hat ein großes böses Raubtier geweckt und jetzt wird sie mit den Konsequenzen fertig werden müssen. Ich schreite vorwärts und sie weicht zurück wie das gute Beutetier, das sie ist.

„Meine Schwester, Sedona. Sie ist verschwunden."

„Oh, nein." Ihre Augen weiten sich. Ihr Rücken trifft die Wand, aber sie hört nie auf, meinem Blick zu begegnen. „Was ist passiert?"

Als ich antworte, presse ich meine Unterarme an jede Seite ihres Kopfes und halte sie gefangen. Mein Körper bedeckt ihren. Noch eine Bewegung und mein Schwanz wird gegen sie streifen. Und ich werde durchdrehen. Meine Hände ballen sich zu Fäusten, kämpfen um die Kontrolle. Ich lasse meinen Kopf sinken und atme ihren warmen, süßen Duft ein. *Amber. Gefährtin.* Sie ist das Einzige, was mich gerade zusammenhält.

Sie ist die Einzige mit der Macht, mich auseinanderzureißen.

„Garrett?" Mein Name auf ihren Lippen lässt mich mein Versagen als Bruder und meine Panik über Sedonas verschwinden vergessen. Ich will Amber einatmen, und nur sie allein.

Stattdessen, gehe ich wieder weit genug zurück, damit sie das helle Silber in meinen Augen sehen kann. „Pack eine Tasche und nimm deinen Pass. Wir fahren nach Mexiko."

„Was?"

„Du bist Hellseherin. Du siehst Dinge, die andere nicht sehen. Du kommst mit mir, um sie zu finden."

„Tut mir leid, Garrett, aber das kann ich nicht. Ich muss am Montag arbeiten–"

„Ich frage dich nicht. Du hast die Regeln gebrochen, kleiner Mensch. Ich kann dich nicht frei herumlaufen lassen und ich muss gehen, was bedeutet, dass du mitkommst. Ich besitze dich jetzt."

Amber

Ich kauere auf dem Rücksitz von Garretts Range Rover und zittere, obwohl es nicht kalt ist. Die Türen auf beiden Seiten von mir öffnen sich und Jared und Trey gleiten hinein und quetschen mich zwischen sich ein.

Notiz an mich selbst: *Ich stehe nicht auf Vierer oder Kidnapping Szenarien.* Das hätte ich Garrett sagen sollen, denn das ist nicht meine Vorstellung von einem tollen zweiten Rendezvous.

„Was ist mit der Anwältin, Chef? Sie sieht nicht glücklich darüber aus, hier zu sein."

„Sie kommt mit uns. Lasst sie nicht entkommen", knurrt Garrett. Er klettert auf den Vordersitz und fährt vom Parkplatz. Ich beeile mich, meinen Sicherheitsgurt anzuschnallen. Meine beiden Leibwächter – denn das ist es, was sie wirklich sind – machen sich nicht die Mühe.

Der Tätowierte – Jared – sitzt da und beobachtet mich, Arme angespannt, als Garrett sich in den Verkehr einfädelt. „Was ist dein Plan mit ihr?"

„Ich sitze hier", murmele ich.

„Müssen wir sie umbringen?", grummelt Trey.

Sie scherzen. Ich bin mir ziemlich sicher. Bin aber nicht ganz so optimistisch. *Scheiße.*

„Wenn er sie töten wollte, wäre sie schon tot und wir würden die Leiche entsorgen", sagt Jared, während ich an meinem eigenen Atem ersticke.

„Kein Töten. Sie wird uns helfen." Garretts tiefes Grollen rührt mich selbst in diesem angespannten Moment.

„Oh ja." Jared studiert mich. Er hat lange Wimpern und braune Augen. „Ich hatte vergessen – sie ist Hellseherin."

„Du hast es ihnen gesagt?"

Garretts Augen treffen meine im Rückspiegel. „Ich verstecke nichts vor meinem Rudel."

Oh, also keine Gegenseitigkeit hier? Ich beiße eine Retorte zurück. Jetzt ist nicht die Zeit für Anwältin Amber, ihren Fall vorzutragen. Vielleicht, wenn die Energie im Auto nicht dick vor lauter Spannung ist. Ich kann kaum atmen.

„Glaubst du, du kannst eine vermisste Person spüren, Hellseherin?", fragt Jared. Eines seiner Tattoos ist ein Skelett, das mit einer halbnackten vollbusigen Dame am Rummachen ist. *Charmant.*

„Mein Name ist Amber." Ich bringe meine zickige Stimme raus, um mich gegen die Angst zu stärken. „Und die Antwort ist nein. Es ist keine Fähigkeit, die ich beherrsche. Es ist mehr wie etwas, das mir passiert."

„Nun, du musst es versuchen", sagt Garrett im Fahrersitz.

„Ich weiß wirklich nicht, wie." Ich weiß es nicht. Und ich weiß, er wird mir die Schuld geben, wenn es nicht klappt.

„Also, warum ist sie unsere Gefangene?", bohrt Trey weiter nach.

Ich versteife mich über die lässige Art, wie er fragt, als ob die Gefangennahme Alltag für ihn ist.

„Sie hat geredet", murmelt Garrett.

„Du machst ihr Angst." Jared legt einen Arm um mich und reibt leicht meine Schulter. „Sie zittert wie ein Blatt."

„Fass sie *nicht* an." Garretts Knurren lässt meinen Magen in den Keller fallen. Seine Augen leuchten silbern im Spiegel.

Jared entfernt seinen Arm.

Trey bewegt sich auf seinem Sitz und macht ein paar Zentimeter Platz zwischen seinem großen Körper und mir. Dann sagt er: „Ja, Sir."

„Verstanden, Boss", wiederholt Jared.

Sie sehen aus wie Punks, aber sie klingen, als wären sie im Militär.

Garrett ist noch nicht fertig. „Wenn einer von euch sie berührt, zertrümmere ich eure Gesichter, verstanden?"

Neandertaler. Diese Kerle sind totale Neandertaler. Aber mein ganzer Körper wird warm und ein Teil in mir genießt seine besitzergreifende Drohung. Oder ist es nur beschützend? So oder so bringt es ein warmes, wirbelndes Gefühl in meinen Bauch.

„Also, wenn sie versucht zu fliehen, stoppe ich sie mit meinem unsichtbaren Kraftfeld", murmelt Trey.

„Widersprichst du mir wirklich gerade?", fordert Garrett zu wissen. Seine Fingerknöchel sind weiß am Lenkrad.

„Nein, Sir." Trey tauscht einen Blick mit Jared aus und hebt seine Augenbrauen leicht an, als ob er sagen würde: „Was ist mit ihm los?"

Ich atme ein wenig leichter, nachdem ich diesen Austausch gesehen habe.

„Amber hat eine Freundin." Ich verspanne mich wieder bei Garretts Worten. „Ihr Name ist Foxfire. Sie war im Club."

„Fräulein Kotzi? Ich erinnere mich", sagt Jared.

„Ruf Tank an und sag ihm, er soll sie im Auge behalten."

„Was?", platzt es aus mir, bevor ich nachdenken kann. „Nein."

„Doch."

„Foxfire ist harmlos. Sie denkt, Werwölfe ist der Name deiner Motorrad-Gang oder so was. Ich schwöre, sie wird es niemandem erzählen." Meine Stimme erhöht sich, um mein Niveau der Verzweiflung widerzuspiegeln.

„Du hast jemanden von uns erzählt?", fragt Trey. Als die Temperatur im Auto sinkt, ist mir klar, wie ernst das ist. Ich stecke in Schwierigkeiten.

„Ich hatte eine Vision. Es ist mir rausgerutscht. Lass es nicht an Foxfire aus."

„Deiner Freundin wird nichts passieren", verspricht Garrett. „Ich schwöre es auf meinen Wolf."

„Ich brauche nur ihre Adresse." Jared pausiert mitten in der SMS.

Ich schüttle meinen Kopf. Tränen brennen in meinen Augen. Dumme, dumme Visionen. Dumme Werwölfe. Ich habe um nichts hiervon gebeten. „Bitte", flüstere ich.

„Amber."

Ich treffe Garretts Augen im Spiegel.

Er sagt nichts mehr, aber sein Blick verlangt, dass ich mich seinem unflexiblen Willen beuge. Vielleicht habe ich das Stockholm-Syndrom. Mit einem Seufzer sage ich ihnen Foxfires Adresse.

„Es wird ihr gut gehen", versichert Garrett.

„Ja, mach dir keine Sorgen", fügt Trey hinzu.

Wir fahren vierzig Minuten in Totenstille, bis wir das Schild für die mexikanische Grenze passieren. Ein Blitz durchzuckt mich, als ich es sehe. Werde ich wirklich das Land mit diesen Wölfen verlassen?

„Amber, schau mich an." Garrett tippt auf den Rückspiegel, bis ich seine Augen treffe. „Keine Probleme", warnt er. „Mache niemanden in keinster Weise auf uns aufmerksam. Spreche nur, wenn dir eine direkte Frage gestellt wird. Gib ihnen keinen Grund, uns anzuhalten, verstanden?"

Ich lecke meine Lippen. Mein Herz rast. Ich stecke in echten Schwierigkeiten. Entführt von einem tödlichen Rudel an Wölfen. Ich werde nach Mexiko gebracht. Komme ich je zurück? Anwältin Amber hätte sich niemals erlaubt, von fast Fremden aus dem Land gebracht zu werden. Sie hatte die Bestnote bei der Anwaltsprüfung. Sie ist nicht dumm. Ab welchem Punkt hatte ich aufgehört, mit meinem Gehirn anstatt meiner Vagina zu denken? Ich lasse mich von niemandem rumschubsen, heißer Werwolf oder nicht.

„Haben wir uns verstanden?"

Ich zwinge mich zu nicken, bevor ich wegschaue. Ich muss mir etwas ausdenken, und zwar schnell. Das ist verrückt. Ich habe ein Leben lang versucht, die verrückte Amber aus meinem Leben zu halten.

Unser Auto steht in der Schlange. Als wir die kleine Betonhütte erreichen, schaltet Garrett das Auto aus und signalisiert, dass wir alle rausmüssen, um unseren Papierkram reinzubringen. Er klatscht eine große Hand auf meine Schulter, während wir vorwärtsgehen.

Im Inneren führt er mich weiter. Ich fülle das Formular für das Touristenvisum aus und bringe es nach vorn, als der Mann an der Theke mich heranwinkt.

„*Disculpe.*" Ich bete, dass Garrett kein Spanisch spricht.

Sein Griff strafft sich auf mir, während ich mich beeile. *„Tengo un problema ...“*

Ein Knurren kommt von Garrett, leise, aber deutlich. Eine Warnung.

Ich schlucke meine Worte runter. Was zum Teufel mache ich überhaupt?

„Ähm ... Dónde está el baño?“ Ich frage nach dem Waschraum, anstatt mein Problem zu erklären, und Garrett lockert seinen Griff.

Der Mann zeigt auf das *Damas*-Schild über der Toilette.

Ich nicke mit meinem Kopf. *„Gracias.“*

Als der Mann den Papierkram zurückgibt, gehe ich zur Toilette, Garrett ist mir auf den Fersen.

„Ich komme gleich raus", sage ich ihm.

Drinnen erforsche ich meine Optionen. Wie viele Gebäude in Mexiko ist die kleine Betonkonstruktion einfach, mit Fenstern ohne Fliegengittern in der Nähe der Decke, dazu Scharniere, die sich öffnen. Es würde knapp sein, aber ich könnte durch die kleine Öffnung passen. Ich stehe auf der Toilette und hebe mich hoch und werfe mein Bein in Richtung des Fensters. Ich bin zu kurz und falle keuchend zu Boden.

Komm schon, Amber. Du kannst das schaffen.

Ein weiterer Versuch und ich schaffe es, meinen Knöchel über den Rand des offenen Fensters zu kriegen. Mein Herz rast wie das eines Kolibris, während ich mein Bein bis zum Knie rüberschiebe, dann hänge oben auf der Toilettenkabine und schwinge mein anderes Bein hoch. Langsam drücke ich meinen Körper nach vorne in einem Winkel, um durch den Durchgang zu passen. Ich habe keine Ahnung, was draußen ist. Wahrscheinlich ein Grenzwächter mit Maschinengewehr, der annimmt, dass ich eine Verbrecherin bin. Aber ich spreche Spanisch. Ich kann meine Situation erklären. Nein, besser nicht die Werwölfe belasten. Ich sage ihnen einfach, dass ich mich nicht wohl-fühle und ein Taxi nach Tucson oder so was in der Art nehmen muss. Jemand hier wird gerne mein Geld nehmen.

Ich wackle und drücke mich vorwärts durch das Fenster. Ich sauge einen Atemzug ein, während ich mit meinem Oberkörper über der schmalen Kante des Fensters hänge.

Eine Hand umschließt meinen Knöchel und ich schreie, zucke und schlage meinen Kopf an der Decke an. Ich verdrehe mich, um zu schauen, wer mich geschnappt hat, aber mein eigener Körper blockiert meine Sicht. Ich versuche mich zu befreien und für einen Moment gelingt es mir fast, aber dann ergreifen zwei Hände meine Hüften, heben mich vom Hochsitz und ziehen mich raus.

Garrett. Nur ein Wandler ist so stark.

Ich rutsche seinen harten, muskulösen Körper hinunter. Als ich auf dem Boden lande, stehe ich vor gut einhundert Kilo verärgertem Mann. „Was habe ich dir über das Weglaufen vor einem Wolf gesagt?"

Meine Nippel sind hart, weil er mich über seine Brust heruntergezogen hat. Sein sauberer Duft lockt mich, erin-nert mich an die Nacht, in der er mich in seine Wohnung trug und mir den Arsch rosa versohlt hatte. Ich muss verrückt sein, denn ein Teil von mir hofft, dass er mich wieder so bestrafen wird. Ich ziehe einen langen, zittrigen Atemzug ein. „Es war einen Versuch wert."

Er hebt eine Augenbraue an, schiebt seine Arme um mich und zieht mich an seinen harten Körper.

Ich unterdrücke ein Stöhnen.

„Hör zu, ich weiß, ich bin ein Arschloch, weil ich dich hierher schleppe. Ich weiß, dass du am Ausflippen bist. Aber du kannst nicht vor mir weglaufen. Mein Wolf wird dich jagen und das könnte gefährlich für dich werden.

Außerdem brauche ich deine Hilfe." Er streicht mit seinen Fingern durch sein Haar und lässt es zerzaust zurück.

Seine Gefühle sind spürbar für mich. Ich hatte mich nie für empathisch gehalten abgesehen von der Hellseherei, aber mit ihm scheint es so, als ob ich es bin. „Ich weiß nicht einmal, wohin wir fahren."

Er streicht eine meiner Haarsträhne weg von meinen Augen. „Wir fahren nach San Carlos, wo meine Schwester heute Morgen verschwunden ist. Sie ist auch eine Werwölfin und sie hat sich in Luft aufgelöst."

„Aber ... wer kann eine Werwölfin entführen?"

Sein Kiefer spannt sich an, aber er atmet langsam ein und aus. „Ich weiß es nicht. Aber wir müssen sie finden. Bald."

Das Bild eines verängstigten Wolfes, der auf seiner Seite liegt, umgeben von Männern, blitzt vor meinen Augen auf. Eis durchflutet meine Adern.

Garrett sagt die Wahrheit.

Garrett

ICH WERFE JARED DIE SCHLÜSSEL ZU. „Du fährst." Ich führe Amber auf den Rücksitz und klettere neben sie.

Ich ziehe mein Handy heraus und öffne die Fotos darauf, scrolle durch, bis ich eines mit meiner Schwester finde und es Amber zeige. „Das ist Sedona. Sie war am Strand joggen und ist nicht wieder zurückgekommen."

Amber schaut auf das Bild und knabbert an ihrer Lippe. „Denkst du, du kann herausfinden, wo sie ist?"

„Wirst du einfach schauen, ob du etwas aufschnappst? Irgendwas?"

Sie starrt auf das Telefon, scheint aber nicht auf das Bild zu schauen. Ihre Augen sind unkonzentriert.

Ich drücke eine Welle der Frustration runter und warte.

Schließlich sagt sie mit wackeliger Stimme: „Was, wenn ich etwas sehe, dass du nicht wissen willst?"

„Was siehst du?"

Sie schaut an mir vorbei aus dem Fenster raus, ihren Augen haben einen gequälten Ausdruck.

„Was?"

„Ich sah einen weißen Wolf, auf ihrer Seite, leidend. Umgeben von Männern."

Mein Wolf bricht fast in mir hervor. Mein ganzer Körper erzittert mit dem Fast-Wandel. Mein Knurren vibriert durch das Auto.

Ich blinzle, aber als ich rüber schaue, sitzt Amber fast auf Treys Schoß.

„Bleib ruhig, Augen runter", flüstert er ihr zu.

Warum zum Teufel ist sie in seinen Armen?

Ich greife rüber und zerre sie auf meinen Schoß. „Ich sagte, *fass sie nicht an*." Meine Stimme wird vom Wolf erstickt.

„Du hast sie erschreckt, Chef." Trey hält seine eigenen Augen gesenkt, seine Stimme sogar ruhig und gleichmäßig. „Kämpfe nicht gegen ihn", warnt er Amber und ich bemerke, dass der kleine Mensch in meinen Armen kämpft.

Ich lockere meinen Griff. „Sorry." Ein letzter Atemzug von Ambers Duft und ich lasse sie von meinem Schoß auf ihren Sitz gleiten.

Sie fängt an, ihren Blick zu heben, lässt aber ihre Augen wieder fallen und hält still wie ein Kaninchen, das denkt, dass es vom Falken drüber nicht gesehen werden kann.

Ich öffne meine Fäuste und strecke sie zu ihren Haaren aus, um sie zu streicheln.

Sie bewegt sich nicht. „Ich habe es dir gesagt. Niemand will wissen, was ich sehe."

„Nein, ich will es wissen." Ich will mich gleich wieder entschuldigen, als ich den Duft ihrer Tränen schnuppere. Mein Wolf heult und tritt zurück. Es ist fast eine Erleichterung, nicht die Kraft des tobenden Tieres zu spüren, das nach Freiheit schreit. Als mein Gehirn und meine Logik zurückkommen, bin ich mit Sympathie für diesen süßen Menschen überflutet, die offensichtlich ihre Gabe als Fluch betrachtet. Wie sie für diese Fähigkeit gelitten hat. Die Notwendigkeit, sie zu beschützen und zu umsorgen, überwiegt über die Gefahr, der Sedona gegenübersteht, wogegen ich im Moment nichts tun kann. Ich ergreife ihr Kinn mit einer sanften Berührung und hebe ihr Gesicht an. „Du hast viele Dinge gesehen, die du dir lieber nicht gesehen hättest", errate ich und lasse meine Stimme weich und sympathisch klingen.

Ihre Augen füllen sich mit frischen Tränen. „Ja."

„Sag es mir." Ich gehe mit meiner Hand durch ihr Haar und lassen mehr von ihrem Duft frei. Ich will sie nicht durch schlechte Erinnerungen schleifen, aber ich weiß, dass sie nicht viel von sich mit anderen teilt. Vielleicht würde es helfen, es rauszulassen.

Sie schüttelt ihren Kopf, ihre Schultern sacken zusammen. „Alle möglichen Dinge. Werwölfe, zum Einen." Ihre Lippen verdrehen sich zu einer schiefen Grimasse.

„Ja, ich denke, das sind wir schon durchgegangen."

„Ich sah, wie der Ehemann meiner Englischlehrerin aus dem Gymnasium sie verprügelte, die Vergewaltigung einer Freundin. Ich sehe die Traumata von Menschen, ihre schlimmsten Geheimnisse. Es ist ein verdammter Fluch. Ich habe einen wiederkehrenden Traum von einem Welpen, der im eigenen Blut liegt." Tränen laufen ihr Gesicht runter. „Und jedes Mal, wenn ich ihn habe, stirbt jemand. Zuerst mein Vater. Später dann meine Mutter. Dann ein Sozialarbeiter. Als ich klein war, dachte ich, ich hätte es geschehen lassen."

Ich schiebe meinen Arm um ihre Schultern und ziehe sie näher. „Es tut mir leid, mein Schatz. Das ist schrecklich."

Sie schnieft. „Ja. Ich sehe nur schlechte Dinge–" Sie unterbricht sich, starrt mich an, ihre Augen weit, und die ganze Luft verlässt den Range Rover.

„Du denkst, ich bin eine schlechte Vision?" Ich fühle mich, als würden meine Organe zu Stein.

Sie schluckt und studiert dann das Tattoo auf meiner Hand.

Vielleicht bin ich schlecht für sie. Scheiße. Die Tatsache, dass sie über uns Bescheid weiß, bringt sie in Gefahr vor jedem Rudelmitglied, das ihretwegen nervös wird und Selbstjustiz ausüben will. Die Tatsache, dass mein Wolf sie mit seinen Zähnen markieren will, riskiert, dass sie für ihr ganzes Leben an mich gefesselt sein wird oder, schlimmer noch, an einer Infektion stirbt oder verblutet.

Aber ich lasse nicht zu, dass ihr etwas Schlimmes passiert. Egal was.

„Du siehst Geheimnisse", sage ich mit fester Stimme. „Wandeln ist meines. Das heißt nicht, dass ich dir was antun werde, Baby." Selbst als ich spreche, bezweifle ich, dass sie mir glauben wird. Ich habe sie stark bewaffnet gezwungen, mit mir zu kommen. Ich habe sie nervös gemacht, um ihr Schweigen zu gewinnen.

Ihr Blick driftet aus dem Fenster des Autos, ihr Ausdruck ist leer.

Verdammt. Ich habe alles vermasselt.

KAPITEL SECHS

G *arrett*

WIR KOMMEN AM STRAND BEI SONNENUNTERGANG AN, parken bei den Condos Pilar, eine Gruppe von Ferienwohnungen eingebettet entlang des weißen Sandstrandes. Ich steige aus und stehe vor der Tür der Wohnung, wo Sedona untergekommen war, warte nicht, um zu sehen, ob der Rest folgt. Ich schlage gegen die Tür und höre die Stimmen der jungen Leute und rennende Schritte.

„Hey, Mann." Jason, der Junge, der angerufen hatte, öffnet die Tür. Der Rest der Kids starrt mich mit verklemmten Gesichtern an. Ich hatte sie alle getroffen, als Sedona auf der Reise vorbeikam, aber verdammt noch mal, ich konnte mich nicht an all ihre Namen erinnern. Der Ort riecht nach Sonnencreme, Schnaps und einem sauren Geruch, der mich an Erbrochenes erinnert.

Trey, Jared und Amber kommen hinter mir rein, als sich

die Gruppe der Studenten versammelt. Sie wiederholen ihre Geschichten, jede eine Variation von dem, was ich schon gehört habe: Sedona ging zum Joggen an den Strand an diesem Morgen und kehrte nie zurück. Niemand sah jemanden oder irgendetwas Bedrohliches. Sie hatten mit den Behörden gesprochen und einen Bericht eingereicht, aber da sie nicht seit vierundzwanzig Stunden vermisst wurde, hatten sie nichts getan.

Meine Fäuste ballen sich fest an meinen Seiten, der Wolf in mir tobt unter der Oberfläche. Je mehr sie reden, desto mehr fühle ich mich, als würde er aus meiner Haut fahren. Schließlich greife ich nach Amber. Mein Wolf braucht sie in der Nähe und ich bin bereit, ihm alles zu geben, was er will, um mich nicht an diesem Ort zu verwandeln und alles auseinanderzureißen. Die Kids sehen jetzt nervös aus, ihre Blicke auf den Boden gerichtet oder auf mich und dann weg. Menschen verstehen oft die Dominanz eines Tieres nicht, aber ihr ursprünglicher Verstand erkennt ein Raubtier, wenn es eines sieht.

Amber lehnt sich an mich, ihr Arm rutscht um meine Taille und sie drückt mich. Sie ist immer noch zu blass und beißt auf ihre Unterlippe. Ich habe sie erschreckt, sie hierhergebracht und sie von der Flucht abgehalten. Aber hier ist sie und tröstet mich. Ihr warmes Gewicht an meiner Seite hält mich fokussiert.

„Okay, weißt du, wo wie wir hier übernachten können?", frage ich. Es ist fast dunkel und ich sehne mich danach, mich zu wandeln und um den ganzen Strand herumzuschnüffeln.

„Eigentlich dachten wir, wir fahren heute Abend nach Hause. Wir könnten es den Behörden in Tucson melden. Also könntest du hierbleiben."

Normalerweise würde ich alles tun, um die Behörden

nicht einzubeziehen, aber in diesem Fall, ohne zu wissen, was Sedona passiert ist, will ich alle Hilfe, die wir kriegen können. Ich sollte auch meine Eltern anrufen, aber ich will meine Mutter nicht beunruhigen oder dass mein Vater einen Krieg beginnt. Wenn ich Sedona zuerst finden würde, wäre es besser. Falls nicht, rufe ich sie morgen früh an. „Das klingt nach einem guten Plan. Ich danke euch allen."

Innerhalb von zwanzig Minuten gehen Sedonas Freunde. Wir ziehen ein, meine Rudelgefährten suchen im Kühlschrank herum, um die Reste von den Studenten aufzuessen.

„Wir werden am Strand rumschnüffeln." Jared schmeißt sein T-Shirt aufs Sofa.

Ich spanne meine Muskeln an, mein Körper juckt danach, sich auch zu verwandeln. Während ich Trey und Jared vertraue, wird mein Wolf sich erst ausruhen, wenn ich selbst geschnüffelt habe. Aber ich kann Amber hier nicht allein lassen. Ich bin mir nicht sicher, ob sie bleiben wird. Ihr Versuch, aus dem Badezimmerfenster am Grenzüber-gang zu klettern, hat mich vorsichtig gemacht.

„Bring mir das Klebeband aus dem Kofferraum vom Range Rover", befehle ich Trey in einem leisen Ton. Er hebt die Augenbrauen an, als ob er denkt, ich sei verrückt, aber gehorcht.

Als er zurückkehrt, nehme ich Ambers Hand und führe sie zu einem Schlafzimmer.

Sobald wir drinnen sind, dreht sie sich um. „Ist alles in Ordnung mit dir?"

„Ja." Ich lasse einen Atemzug raus. Ich kann nicht vergessen, dass sie uns verraten hat, egal wie sehr mein Wolf sie will. „Hör zu, Baby. Ich muss mich wandeln und am Strand schnüffeln. Das hier tut mir wirklich leid." Ich drehe sie herum und halte ihre Handgelenke hinter ihrem Rücken zusammen.

„Was zum Teufel, hör auf!", schreit sie auf, echte Panik kommt in ihrer Stimme hoch.

„Ganz ruhig", murmele ich ihr ins Ohr. Während dies eine Notwendigkeit ist, versuche ich mich eher verführerisch als missbräuchlich anzuhören. Ich bin hart wie ein Stein und ich erinnere mich, wie sehr sie es mochte, letzte Nacht gefesselt zu werden. Wenn ich es sexy halten kann, ziehe ich es vielleicht durch, ohne dass sie mich für den Rest unseres Lebens hasst.

Ich arbeite schnell, wickle das Klebeband um ihre Handgelenke und hebe sie an der Taille hoch. „Bei mir bist du sicher, Anwältin. Nichts Schreckliches wird passieren. Es ist nur so, dass ich mich nach deinem kleinen Fluchtversuch, den du an der Grenze abgezogen hast, nicht wohlfühle, dich hier allein zu lassen, während ich mir den Strand ansehe."

Ambers Widerstand lässt nach. Ich spüre ihre Verwirrung.

Ich knabbere an ihrer Ohrenmuschel. „Sei ein braves Mädchen und ich verspreche dir, ich werde dich belohnen, wenn ich zurück bin, Baby. Ich werde dich sogar gefesselt lassen."

„Du sadistisches–"

Ich unterbreche ihre Tirade mit einem harten Kuss.

Als ich mich zurückziehe, sieht sie mich benommen an, Lippen geöffnet. Ich beiße meine Zähne zusammen, um nicht ihre Beine auseinanderzudrücken. Um sie nicht sofort zu belohnen. Ich halte sie zurück, lege sie in einen Stuhl mit hoher Rückenlehne und mache sie dort fest, während ich das Klebeband befestige. Kleine wütende Grunzlaute entkommen ihr.

Sexy kleine Grunzlaute.

„Knurrst du mich an, Prinzessin?"

„Nenn mich nicht so!"

„Du bist so verdammt süß, wenn du sauer bist." Ich sichere ihre Handgelenke und fessle sie an den Stuhl.

„Lass mich gehen, Garrett. Das ist nicht lustig."

Ich falle auf meine Knie zu ihren Füßen und spreize ihre Beine auseinander. Sie trägt die Yogahose von heute Morgen und ihre Erregung ist durchgesickert. Ich drücke mein Gesicht zwischen ihre Schenkel, öffne meinen Mund und knabbere an ihrem Geschlecht durch den dünnen Stoff.

Sie presst ihre Muschi gegen meinen Mund und macht das süßeste Geräusch der Unzufriedenheit. „Wir wissen beide, dass du gerne gefesselt wirst." Ich streichele mit meinem Daumen langsam über ihren Schlitz. „Ich mache es wieder gut, wenn ich zurück bin. Du hast mein Wort."

Sie sieht so schön aus, Augen geweitet, Haare verwuschelt, volle geöffnete Lippen. Mein Wolf springt an die Oberfläche und dominiert meine Sicht. *Scheiße.* Ich will sie wohl immer noch markieren. Dringend.

Zeit zu gehen.

Ich reiße ein weiteres Stück Klebeband ab und klebe es auf ihren Mund. „Sorry, Schätzchen. Aber nur so fühle ich mich wohl, dich zurückzulassen. Trey wird direkt im Wohnzimmer sein, falls du etwas brauchst. Ich komme bald zurück. Nicht mehr als ein paar Stunden."

„Rmphel mphs!", wiederholt sie in einem gedämpften Schrei.

„Sei brav." Ich streichle ihr Haar und beobachte, wie ihre Titten wackeln, während sie sich weiter windet. „Bist du hungrig? Brauchst du etwas, bevor ich gehe?"

Ihre Brauen ziehen sich zusammen. „Mmm, mmm, mmm, mmm." Sie tritt mich, ihre Augen verengt.

„Nein? Okay, Baby. Toilette? Das hätte ich wohl fragen sollen, bevor ich dich festgeklebt habe. Nein? In Ordnung. Ich komme zurück, bevor du es bemerkst."

Ich ziehe ihren Kopf zur Seite und knabbere an ihrem Hals. „Bitte mühe dich nicht mit diesem Klebeband ab."

Noch ein wütender Schrei und ich kann mich nicht davon abhalten, ihre Lippen durch das Klebeband zu küssen. Sie versucht, mir eine Kopfnuss zu geben.

Leise lachend lehne ich mich zurück und schauen sie von oben bis unten an. Ihre Brust hebt sich und es sind rosa Flecken auf ihren Wangen. Verdammt wunderschön. „Das ist ein guter Look für dich", sage ich affektiert, nur um die Wut und Frustration in ihren Augen wiederzusehen.

Sie erstarrt und blickt mich an. „Ffiiiii. Iccch." Sie artikuliert jedes Wort so klar, ich kann es selbst durch das Klebeband verstehen.

„Da ist mein gutes böses Mädchen."

Amber

NOTIZ AN MICH SELBST: *Ich werde den größten Nussknacker der Welt kaufen.* Wir werden sehen, wie gerne Garrett McBlödmann gefesselt wird, wenn er einen silbernen Nussknacker an seine Nüsse geklemmt kriegt.

Aber zuerst muss ich hier abhauen.

Ich zerre am Klebeband zum tausendsten Mal, aber es rührt sich nicht.

Die Haustür knallt auf. Ich sitze gerader, bereit, eine weitere Runde mit einem Werwolf zu kämpfen. Aber als Garrett hereinspaziert, mit gesenktem Kopf, die Schultern zusammengesackt, Sorgenfalten auf der Stirn, geht der ganze Kampf in mir flöten. Ich brauche keine Vision, um mir zu zeigen, dass er nichts gefunden hat.

Er trägt kein Hemd. Seine wohlgeformten Brustmuskeln sind leicht mit braunen Locken bedeckt, stehen ab über dem Eightpack seiner Bauchmuskeln und der schmalen Taille. In dem Moment, in dem er mich sieht, drückt die Länge seines riesigen Schwanzes gegen die Vorderseite seiner Jeans. Ich hatte es schon bemerkt, als er mich gefesselt hatte. Die Tatsache, dass es mich wahnsinnig geil gemacht hatte, machte mich nur noch wütender.

Ich schaue ihn fragend an, die Augenbrauen angehoben.

„Nichts." Er schüttelt seinen Kopf. „Es gibt keine Spur von ihr. Wir haben uns alle drei gewandelt, aber ich konnte ihren Duft nicht erfassen. Das Meer hat ihn wahrscheinlich weggespült."

Ich mache noch ein weiteres beruhigendes Geräusch. Er sieht so deprimiert aus.

Er zieht mir das Klebeband vom Mund und das Brennen hilft mir, mich an meine Wut zu erinnern.

„Aua", fauche ich.

„Sorry." Er löst das Klebeband von meiner Brust und den Handgelenken mit seinen bloßen Händen und reißt es ab, als wäre es Seidenpapier.

„Ich habe dir ein paar Dinge zu sagen, Kumpel."

„Ich bin mir sicher, dass du das hast, Anwältin." Müde, aber amüsiert, kreuzt er seine Arme über seiner Brust und macht mich nach. Aus irgendeinem Grund schickt das mein Temperament in die rote Zone der Wut.

„Das ist lustig. Du tust so, als würdest du mich respektieren. Denn als ich das letzte Mal nachgeschaut habe, entführst du nicht einfach eine Frau, wenn du sie respektierst, und fährst sie über die Grenze nach Mexiko." Ich kanalisiere Anwältin Amber so stark wie möglich, um nicht wie eine Verrückte zu schreien. „Du weißt schon, dass dies das schlimmste zweite Rendezvous aller Zeiten ist. Und das sagt viel aus, weil das erste episch war. Episch schlecht. Und warum grinst du mich so an?"

„Mein Wolf denkt, du bist entzückend, wenn du wütend bist. Aber sei vorsichtig, kleine Anwältin. Ich bin gerade ziemlich gereizt. Und ich weiß ganz genau, was mich besser gelaunt machen würde."

„Was?"

„Dich über meine Schulter zu werfen, dich ins Bett zu tragen und dich bis ins Unermessliche zu ficken."

„Das ist unangemessen." Meine Stimme klingt zittrig. Meine weiblichen Körperteile jubeln.

„Nein." Garretts Grinsen ist wild. „Ist es nicht. Und glaub mir, wenn ich erst einmal anfange, wird es etwa eine Woche dauern, bis ich mit dir fertig bin." Er lehnt sich nach vorne. „Wie ist dieses Ende für unser zweites Rendezvous?"

„Das ist kein Rendezvous."

„Ich weiß. Du bist diejenige, die es sogenannt hat. Verbringst du etwa gerne Zeit mit mir, Anwältin?"

„Was? Nein, ich … " Meine Wangen werden rot. Ich verdamme meine Libido, die in genau diesem Moment einen Gang hochschaltet.

Garrett tritt nah genug an mich, dass ich sein Lachen in meinem Höschen spüre. „Ich verspreche, unser drittes Rendezvous wird episch besser."

„Schau." Ich halte eine Hand hoch und versuche, Platz zwischen uns zu schaffen. Sie landet auf seiner steinharten Brust, was mir überhaupt nicht hilft mit meiner Konzentration. „Deine Schwester wird vermisst. Wir müssen sie finden."

Meine Bekanntmachung saugt die Energie aus dem

Raum. *Verdammt.* So viel zu meiner Belohnung. Ich hätte mich etwas länger von ihm fesseln lassen sollen.

„Ja", seufzt Garrett und er sackt zusammen. Er sieht ungefähr tausend Jahre alt aus. „Du hast sie von Männern umgeben gesehen, also ist sie nicht ertrunken. Oder hat sich verlaufen. Sie ist jetzt seit zwölf Stunden verschwunden. Kein Mensch hätte sie kidnappen können – sie hätte ihnen die Kehle rausgerissen. Also müssen es andere Wandler sein."

„In Ordnung. Du hast mich hergebracht, um zu helfen. Wie kann ich helfen?"

Er streift mit seinen Fingern durch sein zerzaustes blondes Haar. „Echt jetzt?"

Ich nicke. Ich hasse es, verrückte Amber zu sein, ich habe Angst, sie zu werden, aber ich war nie die Art von Person, die jemanden in Not zurücklässt. Wenn er denkt, ich kann helfen, dann muss ich helfen. Auch, wenn er mich praktisch entführt und mich mit Klebeband gefesselt hat.

„Hier ist die Sache. Wir sind an dem Punkt, an dem ich meinen Vater anrufen sollte. Aber wenn er hierherkommt, wird er hunderte von bewaffneten Wölfen mitbringen und diese Stadt auseinanderreißen, bevor er Fragen stellt. Wenn du noch mehr Informationen bekommen könntest, bevor ich ihn anrufe, könnte es Wölfe – insbesondere Sedona – davor schützen, verletzt zu werden."

„Aber ich weiß nicht, wie ich die Visionen kanalisieren soll. Sie kommen einfach."

Er nimmt meine Hand und reibt seinen Daumen über den Rücken. „Versuch es einfach?"

„Okay", flüstere ich.

Mist. Ich bin nicht bereit, diese Seite von mir selbst anzunehmen. Vor allem nicht um diese Menschen herum – *Wölfe* –, die ich kaum kenne.

Außer, dass Garrett nicht wie ein Fremder scheint. Überhaupt nicht. Und er lässt mich auch nicht verrückt fühlen. Vielleicht kann ich das hier tun.

Ich kann es wenigstens versuchen.

∼

Garrett

„ALSO, wer, glaubst du, hat Sedona entführt?", fragt Jared, als wir um den Tisch sitzen und die Fisch-Tacos essen, die er und Trey gekauft haben. Es ist schon spät, aber niemand kann schlafen. „Hast du gesehen, wie sie aussahen in deiner Vision oder was auch immer das war?"

Amber schüttelt ihren Kopf. Sie lehnt sich an den Küchentresen und isst im Stehen. Will immer noch Abstand zwischen uns bringen. Es ist eine gute Idee, aber ich will sie auf meinen Schoß ziehen und sie mit meinen Fingern füttern.

„Waren sie Wölfe?" Trey verkrümmt seinen Hals, um sie anzusehen.

Ihre Augenbrauen ziehen sich hoch. „Nein, sie waren Männer – oh." Sie pausiert. „Nun, woher sollte ich das wissen? Gibt es ein Anzeichen oder so?"

„Ihre Augen. Haben die ihre Farbe geändert oder geglüht?"

Stirnrunzelnd schüttelt sie den Kopf. „Ich erinnere mich nicht."

„Kannst du die Vision noch einmal aufrufen?"

„Es ist nicht wie ein Film, den ich ausleihe. Sie kommen einfach zu mir."

„Du kannst sie überhaupt nicht kontrollieren?"

Ich blicke Trey finster an, um ihn zum Schweigen zu bringen.

„Nein", faucht sie. „So funktionieren die nicht."

„Das ist ja scheiße", murmelt Trey.

Ich knurre und er lässt seinen Ausdruck etwas freundlicher wirken.

„Schau, ich versuche es ja." Amber legt ihr Essen nieder und dreht sich zur Spüle. Sie verbringt etwa eine Minute mit Händewaschen, holt dann ein Papiertuch und wischt den Tresen ab.

„Hey." Ich stehe von meinem Stuhl hoch und drehe mich zu ihr. Ich will sie nicht bedrängen, aber sie lässt das Papiertuch fallen und weicht trotzdem zurück. „Wir versuchen alle nur, dieses hellseherische Ding zu verstehen."

Sie zuckt bei dem Wort *hellseherisch* zusammen. „Du verstehst das nicht. Ich habe mein ganzes Leben damit verbracht, diese Visionen zu unterdrücken."

„Hast du deshalb Kopfschmerzen?"

Ihre Schultern heben und senken sich.

„Hast du jemals versucht, sie einfach geschehen zu lassen?"

„Ich kann es nicht."

Ich neige meinen Kopf zur Seite.

„Ich habe es nie versucht", ergänzt sie. „Ich befürchte, sie würden mein Leben übernehmen."

„Okay. Darf ich etwas ausprobieren?"

„Was zum Beispiel?" Sie beäugt mich misstrauisch. Sie vertraute mir davor, gegen ihr besseres Urteilsvermögen. Aber ich habe es zerstört. Dieser Abstand zwischen uns? Der ist meine Schuld.

„Ich werde dich anfassen", murmele ich.

Hinter mir räuspert sich Jared.

„Bitte", flüstere ich.

Ein kleines Zögern und sie nickt.

„Atme einfach. Entspann dich."

Ich lege eine Hand über ihre Augen. „Schließ deine Augen." Ihre Wimpern flattern gegen meine Handfläche. „Fühl dich einfach hinein. Menschen oder Wölfe?"

Sie bleibt so lange still, ich gebe schon fast die Hoffnung nach einer Antwort auf. Die Hitze ihres Körpers, so nah an meinem, macht meinen Schwanz härter. Ich atme ihren Duft ein, weiß, dass ich mich von ihr fernhalten sollte, meine Hände von ihr halten sollte, falls ich die Kontrolle behalten will.

„Wölfe", sagt sie schließlich.

Ich zwinge mich zurückzutreten. „Ich wusste es."

„Was, glaubst du, haben sie mit ihr vor?", fragt Jared. Er und Trey stehen auf.

Ich streiche mit meinen Fingern durch meine Haare. „Wahrscheinlich Zucht."

Amber sieht schockiert aus, also erkläre ich es ihr. „Viele Wölfe halten unsere Spezies für gefährdet. Unsere DNA wurde zu sehr mit menschlichen Genen verdünnt. Es ist eine Sünde gegen unsere Rasse, sich mit einem Menschen zu paaren. Aber das bedeutet, dass jetzt in kleineren Gemeinden die Inzucht das Problem ist."

„Was passiert, wenn sie sich mit einem Menschen paaren?", fragt Amber.

„Heutzutage produzieren sie menschliche Babys." Ich begegne ihrem intelligenten Blick. Denkt sie darüber nach, was passieren könnte, wenn wir diesen Pfad weitergehen, auf dem wir sind? Mit diesem verdammten Tanz unserer Anziehung? „Nachkommen, die nie krank werden und schnell heilen, aber menschlich sind, nicht Wolf."

„Sie können sich nicht wandeln?"

„Richtig. Ich meine, es gibt halbe Mischlinge, die sich

wandeln – das ist nicht ungewöhnlich. Es gibt eine Panterin in Tucson, die sich nicht wandelte, bis sie von einem Wolf schwanger wurde. Aber es ist selten."

„Du denkst also, sie haben eine Wölfin entdeckt, die nicht Teil ihres Rudels war, und haben sie einfach zum Züchten aufgegriffen?" Ambers Stimme verschärft sich und ich bekomme einen Hinweis darauf, wie sehr sie auf einem Kreuzzug sein muss.

Ich wette, sie ist verdammt toll im Gerichtssaal. Ich kriege einen Ständer, als ich sie mir in einem ihrer engen Anzüge vorstelle, wie sie durch den Raum in High Heels schreitet und jeden Mann im Gebäude mit diesen wohlge-formten Waden und diesem scharfen Verstand verführt.

„Ich denke, es ist möglich, ja. Sie ist ein Alpha-Weib-chen und jung genug, um viele Welpen zu haben."

Amber schluckt, sie sieht ein wenig krank aus. „Wir müssen sie zurückbekommen."

„Ja." Mein Magen zieht sich zusammen. „Bald. Bevor sie anfangen ... " Ich kann den Satz nicht beenden. Meine Fäuste ballen sich, jucken, um jemanden zu schlagen. Mein Wolf will Amok laufen. Ich will alles kaputt machen, was ich sehe. Wenn Amber nicht hier wäre, hätte ich es wahr-scheinlich schon getan.

„Also, was machen wir?", fragt sie, Kinn hoch erhoben, als wäre sie bereit, alles zu tun. Sie wird nicht mögen, was wir tun müssen.

„Wir haben keine Hinweise, Amber. Keinerlei Geruch. Wir haben nichts außer deiner Vision. Lass uns zwanzig Fragen mit dir spielen und sehen, was deine Intuition sagt."

Ihre Schultern senken sich. Zweifel sickert aus ihrer Haltung. Ich trete näher, damit mein Körper meine beiden Rudelkameraden blockiert, die sie beobachten, und ergreife ihr Kinn. „Du kannst das schaffen, Amber. Deine Gabe sollte benutzt werden."

„Was, wenn ich falsch liege? Oder ich nichts sehen kann?"

„Es wird immer noch mehr sein, als wir jetzt haben."

„Du bist verrückt", murmelt sie, aber sie geht zur Couch, setzt sich und kreuzt ihre Beine unter ihren Körper. Dann schließt sie ihre Augen. „Mach weiter."

Trey hat seinen Laptop offen. „Hier steht, dass Hellseher entweder klarsehen, Visionen hören oder Gefühle deuten. Was denkst du, was du bist, Amber?"

„Ich sehe klar. Ich *sehe* Dinge, normalerweise höre ich sie nicht. Vielleicht ist es auch emotional. Manchmal fühle ich Dinge wie Emotionen. Vor allem seine." Sie fokussiert ihren Blick auf mich.

„G, hast du etwas von Sedona?", fragt Trey. „Es heißt, dass Polizei Hellseher ein Objekt halten lassen, das einem Opfer oder einer vermissten Person gehört hat, um die Intuition zu starten."

Ich gehe ins Zimmer, wo Sedona geschlafen hatte, und schnappe mir eines ihrer Tanktops aus ihrem Koffer. Ich übergebe es Amber. „Das gehört Sedona."

„Kann wohl nicht schaden, es zu versuchen", murmelt Amber, nimmt das Oberteil und hält es in beiden Händen. Sie schließt ihre Augen.

„Wo ist Sedona jetzt?"

Amber sitzt komplett still, während drei Augenpaare sie schweigend anstarren. Minuten gehen vorbei. Sie atmet in einem lauten Atemzug aus, als ob sie ihren Atem angehalten hätte. „Ich weiß nicht", sagt sie schließlich.

„Ist sie immer noch in San Carlos?"

Noch eine lange Pause und dann ein Kopfschütteln. „Tut mir leid."

„Kannst du einen Namen von einem der Männer bekommen, die sie entführt haben?"

Unruhe wird von meinem kleinen Menschen ausgestrahlt, aber sie drückt ihre Augen wieder zu. „La ... Luh ... Lobo?" Ihre Augen öffnen sich. „Oh, das ist dumm. Das ist nur *Wolf* auf Spanisch."

„Nein, du könntest auf etwas gestoßen sein. Es könnte der Nachname einer Wolfsfamilie sein."

„Dein Vater könnte Kontakte zu einigen der Rudel hier unten haben", sagt Jared mit leiser Stimme.

Ich stoße einen Atemzug aus. Ich hatte gehofft, meine Schwester schnell zu finden, ohne meinen Vater einzubeziehen. „Zuerst lass uns etwas weiter graben. Wir brauchen eine Spur." Ich kenne meinen Vater. Er wird mit jedem Kriegerwolf in seinem Rudel losfahren, vielleicht sogar von Rudeln, die ihm einen Gefallen schulden. Es wird wie im Krieg sein. Mein Bauch sagt mir, dass Sedona dafür den Preis zahlen wird.

Wir müssen mehr Informationen bekommen. „Trey? Wirst du sehen, ob Kylie bei der Suche helfen kann?"

Einer der Wandlerinnen in Tucson – die Panterin, die sich mit einem Wolf vereinigt hatte – ist ein technisches Genie. Sie kann jedes System der Welt nach Informationen durchsuchen.

„Ich bin dran", sagt Trey.

„Ist sie derzeit in einem Haus? Draußen? Ist sie in Wolfsform oder menschlich?", fragt Jared.

Ambers Gesicht ist zusammengekniffen und sie schüttelt ihren Kopf. „Tut mir leid, Leute. Ich weiß es einfach nicht." Sie sieht blass und erschöpft aus. Mein Wolf jammert und hasst ihr Elend.

„Okay", sage ich. „Amber, warum ruhst du dich nicht

aus? Es war ein langer Tag. Wir versuchen es morgen früh wieder."

„Nein, das ist okay, ich kann weitermachen. Frag weiter."

„Amber." Ich fange an, etwas von meinem Alpha-Einfluss in meine Stimme fließen zu lassen. Jared begegnet meinem Blick und ich höre auf. „In Ordnung. Noch eine."

„Welchen Schritt sollten wir als Nächstes machen, um sie zu finden?", fragt Jared.

„Hmm, interessante Frage." Amber schließt ihre Augen wieder, als Trey nach draußen geht, um Kylie anzurufen. Ich fordere Jared auf, ihm zu folgen.

Ich setze mich wieder hin und warte in der Stille, das Geräusch der Wellen, die am Strand draußen branden, macht es zu einem Wiegenlied, um die Spannung im Raum zu lindern. Amber seufzt leise. Sie ist eingeschlafen.

So angespannt mein Bauch gerade ist und so sehr ich Sedona auch finden möchte, kann ich es nicht ertragen, Amber zu wecken. Ich hebe sie vorsichtig hoch. Ihre Augenlider flattern, aber sie öffnet sie nicht. Ihre Lippen bewegen sich, aber ich verstehe nicht, was sie sagt.

„Was war das?"

Sie runzelt ihre Stirn und schüttelt ihren Kopf. „Ich weiß es nicht."

„Doch, das tust du. Du weißt es", versichere ich ihr und trage sie ins Schlafzimmer. Wie kann sie so lange gelebt haben, ohne dass ihr jemand gesagt hatte, wie mächtig und besonders ihr Talent wirklich ist? Eine Gabe, kein Fluch, wie sie glaubt.

Ich ziehe die Decken zurück und lege sie auf das Bett. Mein kleiner Hitzkopf sieht so zerbrechlich aus, dass die Linie zwischen ihren Brauen sich vor Sorge furcht. Mein Wolf ist jetzt ruhiger, und ich kann nicht widerstehen, ihr einen Kuss auf dieser kleinen Furche zu geben. Wenn sie meine Gefährtin wäre, würde ich alles dafür tun, damit sie sich nie wieder Sorgen macht.

Amber

ICH WACHE AUF UND FINDE MICH AUF DEM BETT IM SCHLAFZIMMER WIEDER, Garrett sitzt auf dem Stuhl, Kinn in der Hand und Augen auf mich gerichtet.

„Wie lange war ich weg?", krächze ich.

„Eine Stunde. Irgendwelche Kopfschmerzen?"

„Nein. Wachst du über deine Gefangene?", murmele ich und setze mich aufrecht hin und reibe mir die Augen. Ich strecke meine Arme über meinen Kopf und beuge meinen Rücken. War die vorherige heiße Anziehung ein Zufall?

Nee. Ich sehe was, was du nicht siehst, und das beginnt mit einem S und ist lang und hart gegen seine Jeans drückt.

„Du nimmst diese Entführungssache sehr ernst." Ich sollte den Bären nicht wecken ... Wolf ... Aber ich kann nicht anders. Er sieht so lecker aus mit seinem dunklen Tagesbart und den zerzausten Haaren.

„Ich hätte dich wieder fesseln können." Seine Stimme ist tiefer als sonst, seine Augen brennen.

Meine Muschi zieht sich zusammen, aber ich lasse mein Gesicht ausdruckslos blicken. Er muss nicht wissen, wie gut er das Spiel spielt.

Seine Nasenlöcher flackern, seine Augen werden silbern, als er in der Luft schnüffelt. „Du bist kurz vor dem Eisprung."

„Was?" Ich ziehe die Decke hoch, zum Glück bin ich immer noch voll bekleidet.

„Dein Zyklus geht mit dem Mond. Das ist nicht mehr bei vielen Menschen der Fall."

Ich blicke auf das Fenster, wo die Vorhänge einen Vollmond umrahmen.

„Zwei Tage", antwortet er auf meine stille Frage. Sein sinniger Blick lässt mich die Decken bis unter mein Kinn ziehen.

Also, was passiert während des Vollmondes?

Ich gehe jagen.

„Was bedeutet das für dich?", frage ich.

„Ich muss dich vielleicht einsperren, damit du sicher bist." Sein glitzernder Blick schreit *großer böser Wolf*.

„Das hast du schon mal gemacht."

„Ich meine, dich vor mir wegsperren."

Lust überkommt mich. Garrett lehnt sich nach vorne, seine Hände zusammengeballt, seine Tattoos klar zu sehen.

Er ist eine Bedrohung, erinnere ich mich. *Er hat dich entführt. Dich gefesselt.*

Etwas pulsiert zwischen meinen Beinen. Es wäre so einfach, die Decken wieder nach unten zu schieben und meine Beine zu spreizen. Mit mir selbst zu spielen. Mal schauen, wie lange es dauert, bis er die Kontrolle verliert.

Nein, nein, nein. Böses Mädchen.

Dieser Typ ist jede schlechte Entscheidung, die ich nie getroffen habe, zusammengeballt in eine. Und wenn ich nicht bald von dieser Lust loskomme, werde ich den größten Fehler meines Lebens begehen.

Ein Klopfen ertönt an der Schlafzimmertür.

„Hey, Chef?", ruft Jared.

„Ja." Garrett schüttelt schnell seinen Kopf, wie ein Hund, und erhebt sich vom Stuhl. Er streift mit geschmeidiger Geschwindigkeit zur Tür, leise wie ein Wolf. Wie ein Raubtier.

„Ich habe von Kylie gehört. Sie schickte die Liste der Menschen mit dem Nachnamen ‚Lobo' in der Umgebung und dann in ganz Mexiko. Es gibt einen in der Nähe. Wir fahren jetzt hin und schnüffeln da rum."

„Danke, Leute", sagt Garrett. „Ich bleibe hier und frage Amber Löcher in den Bauch."

Ich beiße mir auf die Lippe, als die Jungs gehen. Eine Frau wird vermisst. Was auch immer Garrett und ich für einander übrighaben, kann warten.

Dreißig Minuten später bewege ich mich im Wohnzimmer auf und ab, balle meine Hände zu Fäusten. „Ich weiß es nicht. Ich weiß es einfach nicht. Ich wünschte, ich könnte helfen, aber ich kann es nicht."

„Entspann dich einfach. Du bist zu aufgeregt. Leg dich auf das Sofa und schließe deine Augen."

Mein Magen verdreht sich in einen Doppelknoten. „Ich kann es nicht. Garrett, das hier funktioniert nicht. Ich werde nicht in der Lage sein dir zu helfen. Du musst einen anderen Weg finden."

„Es funktioniert. Es hat funktioniert. Ich bitte dich nur darum, es noch Mal zu versuchen."

„Um Gottes willen, ich kann nicht", fauche ich zurück und schließe dann meinen Mund, als ich den Schmerz auf seinem Gesicht sehe. Ich zwinge mich auszuatmen. „Es tut mir leid, aber du stresst mich. Diese ganze Erfahrung ist sehr intensiv."

„Ich weiß. Deshalb wollte ich, dass du dich setzt. Du musst dich entspannen. Entweder findest du heraus, wie du es selbst machst, oder ich helfe dir."

Entschuldigung? Ich wirbele herum, meine Hände auf meiner Hüfte. „Du wirst mir helfen? Und ganz genau wie willst du das tun?" Aber Garrett kommt auf mich zu und zieht sein T-Shirt über seinen Kopf.

Ich weiche zurück, obwohl meine Eierstöcke ihre Motoren hochdrehen.

Du bist kurz vor dem Eisprung. Wer sagt sowas? Ein Werwolf, nehme ich an.

„W-was machst du?"

Seine Lippen verziehen sich zu einem schiefen Grinsen. „Ich weiß, was mir hilft, mich zu entspannen ..."

„Oh, nein." Ich flitze zur Seite, um seinem Griff auszuweichen.

Er bewegt sich schockierend schnell für einen Mann seiner Größe, schnappt mich an der Taille und schwingt mich herum, während ich nutzlos strampele. „Was habe ich dir über das Weglaufen vor einem Wolf erzählt?" knurrt er, sein Atem heiß gegen mein Ohr.

„Hör auf! Lass mich–", keuche ich, als er die Naht meiner Yogahose grob gegen meine Klitoris reibt. Meine Muschi verkrampft vor Lust.

„Du weißt, dass du das hier willst." Das Grollen seiner Worte hallt von seiner Brust bis zu meinem Inneren. „Du weißt seit der ersten Nacht, in der wir uns getroffen haben, dass das hier unvermeidlich ist."

Ich lehne meinen Kopf an ihn zurück. „Nein, wusste ich nicht", lüge ich, ein Kichern verlässt meine Kehle, während ich rumstrampele. Ich weiß nicht einmal, warum ich gegen ihn kämpfe, außer aus Empörung gegenüber seiner arroganten Gewissheit.

„Oh doch, das tust du. Denkst du, ich kann nicht jedes Mal riechen, wenn deine Muschi für mich nass wird?"

Ich werde still und überlege. Wie oft war ich feucht für ihn seit dem Tag, an dem wir uns trafen? Und er weiß es? *Jedes Mal?* Oh Gott.

Ich schließe meinen Mund mit einem Stöhnen,

während er weiterhin mit seinen rauen Händen an meiner Muschi durch meine Yogahose spielt.

„Du kannst dich und mich selbst anlügen, aber dein kleiner Körper sagt immer die Wahrheit." Er schafft es, mich wieder an seine Brust zu ziehen, und schiebt mit einer Hand mein Oberteil hoch, seine Hand ergreift meine Brust und drückt zu.

Ich wölbe mich mit einem Schrei vor Lust.

Er kneift die versteifte Knospe meiner Brustwarze zwischen seinen Fingern und rollt sie, während seine Finger weiter gegen meine Klitoris pulsieren und die Naht meiner Hose dagegen reibt. „Hast du gedacht, dass ich es jedes Mal verpasst habe, als diese kleinen Nippel hart wurden, oder wie sich deine Augen weiten, wenn du darüber nachdenkst, was passieren würde, wenn – nein, *wann* – du endlich vom großen bösen Wolf beansprucht wirst?"

Mein erster Mini-Orgasmus schießt durch mich, ein Schauder, den er sicher spürt. Soviel zum Vortäuschen, dass ich es nicht will.

Er beugt sein Knie und bringt es zwischen meine Beine, hält mein Gewicht, während er sich bewegt, beide Hände befreit, um den Bund meiner Hose zu ergreifen.

„Nicht", quietsche ich, aber meine Stimme klingt viel lüsterner als ernst.

„Sag ja", murmelt er mir ins Ohr.

„Ich bin nicht ... Ich kann nicht ..." Ich stöhne vor schierer Lust, die er in meinen unteren Regionen hervorruft.

„Du brauchst es."

Er schiebt die flache Seite seiner Hand meine Hose runter und ergreift meinen Venushügel. Ich zucke, sobald seine heißen Finger meine nasse Muschi berühren, und

wickle meine Hand um ihn, um mich an seinem Hals fest-
zuhalten.

Er wird langsamer, kippt mich zurück auf seinem Knie
und lässt seine Finger auf und ab entlang der Länge meines
triefend nassen Schlitzes gleiten. „Sag ja", murmelt er
wieder. Er beißt mir ins Ohr. „Und ich lasse dich kommen."

„Du *lässt* mich kommen?"

Niemand *lässt* mich kommen. Ich komme, wenn ich will
... Meine Augen rollen in meinem Kopf zurück, als seine
dicken Finger meine Schamlippen teilen und meine
inneren Falten erkunden. Meine Güte, sein Zeigefinger ist
so dick wie die Schwänze einiger Männer. Ich will ihn in
mir haben.

Als könne er meinen Verstand lesen, schiebt er ihn
zuerst alleine, dann mit dem Mittelfinger hinein, füllt und
dehnt mich aus, streichelt das Innere meiner schamlosen
Muschi.

Ich greife an seinen Nacken, kämpfe wie eine Katze in
Hitze, was ihm anscheinend nichts ausmacht.

„Das stimmt, Prinzessin. Ich *lasse* dich kommen." Er
entfernt abrupt seine Finger und tupft leicht auf meine
Klitoris. „Oder willst du, dass ich dich so erregt allein
zurücklasse?"

„I-ich könnte allein weiter machen." Technisch gesehen
ist es wahr, obwohl es nicht halb so befriedigend wäre.

Er senkt sein Knie und lässt meine Füße auf den Boden
kommen.

„Ja", belle ich in Eile, der ganze Stolz löst sich auf, als ich
mit dem Verlust seiner heißen Hände auf meinem Körper
konfrontiert werde. „Ich sagte *ja*."

Er lacht leise und hebt mich hoch. „Braves Mädchen",
murmelt er mir ins Ohr, als er mich ins Schlafzimmer trägt
und mich wie eine Stoffpuppe auf das Bett wirft.

Ich stütze mich auf meine Ellbogen, beobachtete, wie er über mich kriecht, seinen Schwanz prall gegen seine Jeans gedrückt. Sein Ausdruck ist räuberisch. „Ich werde dich so hart kommen lassen, dass du schreist."

Leicht arrogant? Aber dann hat er wahrscheinlich Grund, so zuversichtlich zu sein. Ein Mann – oder Wolf – was auch immer –, der so aussieht wie er, hatte wahrscheinlich ständig Mädchen um sich, die sich regelmäßig auf ihn werfen.

Er packt meine Hose an beiden Seiten und reißt sie herunter, reißt dabei mein Höschen ab und wirft beides über seine Schulter. Er ergreift meine Knie, spreizt sie und beugt sie auf und öffnet mich ihm. „Ich habe dir eine Belohnung versprochen."

Ich keuche vor Schock über meine Verletzlichkeit auf, weil meine intimsten Teile vor ihm ausgebreitet und für seine nahe Inspektion offenbart sind. Er bringt seine Daumenkuppe an meine Klitoris, lässt sie dort einfach ruhen, als ob er wüsste, dass ich einen Moment brauche, um mich zu beruhigen und mich an seine Berührung zu gewöhnen.

„Hände hinter deinen Kopf."

Ich starre ihn an, mein Gehirn ist zu langsam, um seine Worte sofort zu verarbeiten. Als er eine Augenbraue anhebt, zwinge ich meinen Verstand, seine Worte zu wiederholen, und bewege meine Hände aus dem Weg. Die Position erhöht mein Gefühl der schamlosen Enthüllung, aber ich vergesse es sofort, als Garrett seine Zungenspitze an die Naht meiner Schamlippen bringt, die Lippen trennt und auf jeder der Innenseite entlanggleitet, bevor er meine Klitoris umkreist. Ich bin schon lichterloh am Brennen, zucke bei der Berührung, wölbe mich ihr entgegen.

Er hält mein Becken mit einer riesigen Hand nach unten

gedrückt und dringt mit seiner Zunge in mich ein, sein Daumen kehrt zu meinem geschwollenen Kitzler zurück und vibriert sanft.

Ich stoße den Atem mit einem Schrei aus, meine Hände fliegen nach unten, um den Kopf wegzudrücken, da die Gefühle einfach zu intensiv sind.

„Oh, nein", schimpft er und stoppt abrupt all seine liebevolle Fürsorge. „Was habe ich dir über deine Hände gesagt?"

„Es tut mir leid", jammere ich verzweifelt, damit er weitermacht – so verzweifelt, wie ich es einen Moment davor war, damit er aufhörte.

Er zieht seine Knie unter ihm hoch und setzt sich hin, packt meine Knöchel und hebt sie in die Luft.

„Was machst du – aua!"

Garrett überträgt beide meine Knöchel in die eine Hand und schlägt meinen Arsch mit der anderen – hart. Er reibt das Brennen weg und dann folgt noch ein Klaps und wieder einer. Es sind keine sanften, leichten Klapse, sondern hart und absichtlich, abgefangen von meinen prallen Schamlippen und meinem freigelegten Geschlecht. Seine Handfläche werden nass von meinen Säften. Das Feuer, das er entzündet, ist mehr als ein oberflächliches Brennen. Es kommt aus meinem inneren Kern.

Trotzdem kämpfe ich gegen ihn, trete mit meinen Beinen, obwohl sie sich kaum in seinem Griff bewegen.

Es ist schrecklich und unglaublich auf einmal. Ich bin hilflos, aber zum ersten Mal im Leben kämpfe ich nicht um die Kontrolle. Ich lasse sie ihn haben. Lass ihn mich bestrafen, weil ich weiß, was als Nächstes kommt.

Lust.

Reine, unverfälschte Lust.

„Kleine Mädchen, die nicht gehorchen, werden bestraft,

nicht wahr Baby?" Ich höre reinen Sex in seiner Stimme und ich stöhne als Antwort. „Was war das, Engel?"

„Ja, Sir." Ich weiß nicht einmal, was mich dazu gebracht hat, es zu sagen. Es ist nicht so, dass ich BDSM-Pornos gucke oder etwas darüber weiß, von einem Liebhaber versohlt zu werden, aber es kommt einfach raus.

Er knurrt, seine Augen werden silbern. „Oh, Baby. Du machst mich härter als Stein."

Als ich mich unter dem Ansturm seiner Hand winde, bin ich plötzlich verzweifelt, ihm mit seinem steinharten Schwanz zu helfen. Wie viel würde davon in meinen Mund passen?

Er hört auf mich zu versohlen und ich lasse ein weiches, tiefes Stöhnen raus. Er hebt meine Knöchel noch höher in die Luft und pflanzt einen Kuss auf jede rohe Pobacke, bevor er mein Becken senkt.

Ich stecke meine Hände darunter, ergreife mein heißes, kribbelndes Gesäß und keuche immer noch von der Bestrafung. Aus eigener Kraft spreizen sich meine Knie und mein Becken bietet sich öffnend an.

Er kichert. „Was machen wir mit diesen Händen?"

Ich ziehe sie sofort weg, mein Arsch gibt mir ein schwaches Pulsieren als Erinnerung, was passiert, wenn ich ungehorsam bin. Ich will mehr und will doch nicht mehr von dem Gleichen. „Tut mir leid, Sir."

Garrett

OH, nein.

Sie hat mich nicht schon wieder *Sir* genannt. Schicksal, sie testet meine Selbstkontrolle.

Mein Schwanz drückt gegen meine Jeans, schmerzhaft hart, und sehnt sich danach, in Amber zu pflügen. Aber ich werde es nicht tun. Nein, das hier ist für sie. Ich schulde ihr Vergnügen. Außerdem vertraue ich mir selbst nicht mit ihr.

„Ich bin versucht, dich zu fesseln, da es dir schwerfällt, meinen Anweisungen zu folgen, aber ich will nicht in die Nüsse getreten werden, was ich stark vermute, wenn ich es nochmal versuche."

Sie lacht kurz auf. „Ich *dachte* darüber nach, einige silberne Nussknacker zu erwerben."

Ich senke mich herunter und kehre zu meiner früheren Freude zurück und vernasche ihre unglaubliche Muschi. Ich lecke sie und knabbere an ihren Schamlippen mit meinen Zähnen. „Baby, du schmeckst so gut für mich."

Sie zuckt. „Oh Gott!"

Ich hebe die Vorhaut ihrer Klitoris hoch und flicke sie mit meiner Zunge, dann lutsche ich an dem kleinen Knopf, bis sich ihre Beine um meine Ohren wickeln und ihr erstickter Atem verzweifelt klingt. Ich stoße zwei Finger in ihren triefend nassen Kanal und wirbele mit ihnen herum und streichele ihre inneren Wände. Als ich ihren G-Punkt finde, streichle ich ihn und spüre, wie sich das Gewebe unter meinen Fingerspitzen verhärtet, während sich ihre Stimme zu einem Kreischen verwandelt.

Ich lecke den Daumen meiner anderen Hand fürs bessere Gleiten und schiebe ihn zwischen ihre Pobacken und suche nach ihrer kleinen Rosette. Ihr Becken drückt sich vom Bett hoch, aber ich folge ihren Bewegungen, umkreise den engen Muskelring und dringe ein.

„Halt ... Was? Oh Gott", quietscht sie.

Ich schiebe meinen Daumen rein und raus aus ihrem

Arsch, während ich ihren G-Punkt streichle. Ich höre nicht auf, sie mit dem Finger zu ficken, fülle beide ihrer Löcher aus und fordere immer mehr von ihr. Meine Sicht verschwimmt, mein Wolf knurrt, aber ich werde verdammt sein, wenn ich ihm auch nur einen Zentimeter nachgebe. Es geht nicht darum, dass ich meinen Schwanz in einen heißen Menschen stecke, nicht einmal in einen, an den sich mein Wolf gebunden hat. Ich kämpfe gegen den Drang an, meine Finger gegen meinen Schwanz zu tauschen, ihre süße Pussy zu nageln, bis wir beide Erlösung finden.

Amber ist schon nah dran, so nah.

„Komm für mich, Baby", knurre ich. „Komm jetzt auf meinen Fingern."

Sie hält nur noch drei Sekunden länger aus. Sie explodiert, schreit, wie ich versprochen hatte, bockt und tritt, ihre inneren Muskeln ziehen sich um meine Finger zusammen wie in der schönsten Darstellung eines Orgasmus, die ich je gesehen habe.

Ich pumpe weiter, bis sie sich keuchend in einen leblosen Haufen verwandelt, dann ziehe ich einfach meine Finger raus und platziere einen Kuss auf die geschwollenen Lippen ihrer süßen kleinen Muschi. „Bin gleich wieder da." Ich krabbele hoch und gehe ins Badezimmer, um mich abzuwaschen und meinen Wolf unter Kontrolle zu bringen.

Das hier war für Amber. *Nicht* für mich.

Aber meinem Wolf ist es scheißegal, welche Entscheidung ich darüber getroffen habe, Amber nicht zu beanspruchen. Er ist sauer, weil ich immer noch einen harten Schwanz und ein nicht beanspruchtes Weibchen habe.

Ich zwinge mich, an Sedona zu denken, und nach ein paar Atemzügen weicht er zurück. Ich hatte Amber entspannt, damit sie Sedona helfen kann. Nicht, um sich mit mir zu verpaaren.

Sobald ich mich beruhigt habe, kehre ich zurück und sehe, dass sie sich nicht bewegt hat, Arme weit ausgebreitet. Ihre zerzausten Haare und erhitzten Wangen lassen sie gründlich durchgefickt aussehen. *Von mir*. Mein ist Wolf stolz. Ich klettere über sie und küsse ihren Hals und setze mich neben sie.

„Was ist mit dir?" fragt sie heiser.

„Ich glaube, du bist noch nicht bereit für Wolfs-schwanz", scherze ich und hoffe, sie hat meine versteckte Grimasse von Schmerz nicht gesehen. Ich denke ernsthaft, ich werde sterben, wenn ich ihr nicht bald das Hirn rausvögele. Aber Amber gehört nicht mir. Ich habe keine Pläne, mich mit einer Frau zu verpaaren, besonders keinem Menschen. Und verdammt nochmal, ich glaube nicht, dass ich in der Lage bin, nur mit ihr herumzuspielen. Nicht mit meinem Wolf, der danach heult, sie zu markieren.

„Nein?" schmollt sie. Sie ist entzückend. Ihre Wand ist zusammengefallen und ich sehe die echte Amber darunter. Die süße, weiche, engelshafte Amber. Und wenn ich nicht vorsichtig bin, werde ich ihr wehtun, trotz meiner besten Absichten. Ich muss ihr sagen, dass wir das hier nicht können. Sofort.

Sie geht auf ihre Hände und Knie und kriecht auf mich zu. Es ist reines Sexsklaven-Zeug und ich werde fast ohnmächtig nur vom Zuschauen. Sie schnippt den Knopf an meiner Jeans auf.

Ich ergreife ihre Hände, um sie aufzuhalten, aber es ist schon zu spät. Sie bringt ihren heißen, feuchten Mund zu meinem Schwanz und beißt durch meine Boxershorts.

„Scheiße." Ich packe sie an den Haaren und halte ihren Mund mit einer Hand still und hole meinen Schwanz mit der anderen raus.

Sie sperrt den Mund weit auf.

Ah Schicksal, ich sollte es nicht tun. Ich sollte es wirklich nicht tun. Aber ich kann ihn nicht zurückziehen. Ich tauche tief in ihren Mund ein, stoße gegen den Rachen ihrer Kehle und lasse sie würgen. Ich ziehe ihn sofort zurück, schockiert darüber, was für ein Arschloch ich bin. „Ich habe dir gesagt, du kannst mit Wolfsschwanz nicht umgehen", sage ich, aber es kommt abgewürgt heraus.

„Oh ja?" Ja, mein Mädchen liebt eine Herausforderung, weil sie sofort wieder an meinem Schwanz ist. Sie saugt hart und zieht ihn in die Seite von ihrer Wange und wieder raus. Sie greift die Basis und streichelt mit ihrer Hand auf und ab in synchronisierten Bewegungen mit ihrem Mund, damit es so scheint, als ob sie meine volle Länge nimmt.

Meine Sicht trübt sich. Meine Zähne verlängern sich, um sie zu markieren. Ich lege meine Finger auf meinen Kopf, kann sie nicht anfassen oder ich schwöre, ich werfe sie runter und ficke ihr das Sehvermögen raus. Sie sieht so verdammt heiß aus, diese vollen Lippen gedehnt um meinen pulsierenden Schwanz, die Augen starr auf mein Gesicht gerichtet wie die perfekte Devote.

„Verdammt, Amber. Ich werde nie wieder sagen, dass du mit Wolfsschwanz nicht umgehen kannst", würge ich hervor. Ich will ihren Kopf packen und sie schneller drängen, aber ich lasse mich nicht.

Kein Anfassen.

Fass sie nicht an, wenn du sie beschützen willst.

Sie nimmt selbst das Tempo auf und spürt wahrscheinlich wegen meiner zitternden Oberschenkel, wie nah ich am Kommen bin.

„Scheiße, Baby, ich komme", knurre ich. Ich fange an, ihn rauszuziehen, aber sie lässt mich nicht. Sie greift meinen Schwanz enger in ihrer kleinen Faust und saugt so verdammt hart.

Lichter explodieren hinter meinen Augen. Ich brülle und der Klang ist animalischer als es sich für einen Menschen gehört. Ich komme in ihrem Mund und sie saugt es ein und schluckt.

Die Erlösung gibt mir ein paar kostbare Sekunden, um von ihr wegzukommen. Um diese heiße kleine Muschi nicht von hier bis in die Ewigkeit zu nageln.

Ich torkele weg bis ich bei der Tür ankomme, wo ich meinen Schwanz zurück in meine Hose schiebe und sie wieder zumache. Ich zwinge mich, vor der Tür zu bleiben wie ein Kind, das bestraft wird und vor der Tür warten muss. Trotz meines Orgasmus brennt mein Fleisch immer noch, die Zähne sind immer noch bereit. Ich arbeite daran, meinen Atem zu verlangsamen. Ich kann das hier schaffen. Ich bin ein Alphawolf. Wenn ich nicht die Selbstdisziplin habe, um meine Bestie zu beherrschen, verdiene ich die Position nicht.

„Hör zu, Amber", sage ich mit erdrosselter Stimme. „Was wir gemacht ... Was wir gerade getan haben ..."

„Nein, ich weiß", unterbricht sie mich, steht auf und zieht sich an. „Das war nur, um mich zu entspannen." Ich wage es, mich umzudrehen, und das sanfte Glück in ihrem Gesicht ist verschwunden, als ob ein Licht ausgeschaltet wurde.

Der Schmerz dieses Anblicks reicht, damit mein Wolf zurückweicht. Meine Sicht wird klar. Die Zähne werden wieder normal.

„Wir können langfristig nicht funktionieren." Die Worte liegen schwer auf meiner Zunge. „Menschen und ... wir funktionieren langfristig nicht. Glaub mir, Baby, ich will dich. Ich will dich so sehr, dass es weh tut." Ich packe meinen Schwanz in meiner Jeans zur Untermalung. „Ich kann es aber nicht."

„Gut. Dein Plädoyer ist angekommen", sagt sie steif. „Ich werde aufhören, das als unser zweites Rendezvous zu betrachten."

Ein schreckliches Gewicht drückt auf meine Brust. „Nein, es ist definitiv ein Rendezvous. Ich entführe und fessele nicht jedes Mädchen, weißt du?" Ich versuche es mit Humor, werde dann aber wieder nüchtern. „Ich will, dass du weißt, dass ich sowas sonst nicht mache." Ich winke mit einer Hand, um auf das Bett zu zeigen. „Zumindest nicht ... beiläufig."

„Ja, ne ist klar. Ich wette, all diese Mädels im Club stehen bei dir Schlange."

Erkenne ich einen Hauch von Eifersucht? Mein Ego ist kurzzeitig erfreut. „Ich mache so etwas nicht", knurre ich.

Sie wendet sich von mir ab, als sie in ihre Yogahose steigt.

Scheiße. Ich habe ihr wehgetan. Ich habe das auf jeden Fall versaut. Ich gehe hinter sie und wickle einen Arm um ihre Taille, aber sie versteift sich. Ich spüre die Mauern, die sie errichtet hat, und es bringt mich um.

Sie nimmt Sedonas Oberteil, als würde sie es anstatt ihrem Oberteil anziehen. Dann wird sie still.

Ich bleibe auch still, obwohl ich weiß, dass meine Berührung unwillkommen ist. Es ist, als ob ich die körperliche Nähe brauche, um dem Abgrund, den ich gerade zwischen uns erschaffen habe, entgegenzuwirken.

„Sie ist in einem Käfig, wird aus einem Flugzeug genommen und in einem weißen Van gebracht."

Ich lasse meinen Griff los und wirbele sie herum. „Wo?", belle ich und fluche innerlich, als sie zusammenzuckt.

„Ich weiß es nicht. Die Männer, die mit ihr umgehen, sehen Latino aus. Also vielleicht noch in Mexiko?"

„Wo? Welche Stadt?"

„Ich weiß es nicht."

Ich halte an der Tür an, dann schreite ich zurück, packe Amber an der Taille und ziehe sie nah ran für einen Kuss. „Danke schön."

Sie errötet. „Nun, ich weiß nicht, ob es–"

Ich unterbreche ihre Proteste mit einem weiteren Kuss. „Danke schön." Ich lasse sie so abrupt frei, wie ich sie geschnappt habe.

„Trey", schreie ich und reiße die Schlafzimmertür auf. Ich hatte gehört, wie die Jungs vor ein paar Minuten zurückgekehrt sind. „Ruf Kylie an. Sag ihr, sie soll mehr über jedes Flugzeug herausfinden, das dieses Gebiet verlassen hat, seit Sedona verschwunden ist. Vor allem solche, die einen eingesperrten Wolf transportiert haben könnten."

Der gepiercte Wolf hat sein Handy am Ohr, bevor ich fertig bin. „Nächster Flughafen ist in Hermosillo."

Ich wende mich an Jared als Nächsten. „Öffne eine Karte von Mexiko." Als der tätowierte Wolf mit seinem Laptop mit der Karte auf dem Bildschirm rüberkommt, bringe ich ihn zu Amber, die sich angezogen hat und aus dem Schlafzimmer kommt. „Wo?"

Sie gibt mir einen zweifelhaften Blick, aber blickt auf die Karte.

„Denk nicht nach, sag einfach das Erste, was dir in den Sinn kommt."

„Mexiko-Stadt", murmelt sie und sieht dann überrascht aus, als ob sie nicht wusste, dass sie sprechen würde. Sie blinzelt mehrmals. „Aber ich hörte auch wieder das Wort *Lobo.*"

„Ich werde Kylie dazu bringen, diesen Bereich mit dem Wort *Lobo* zu überprüfen", sagt Trey.

„Mach es im Auto." Ich nicke zu Jared, der seinen Laptop einpackt. „Wir müssen nach Hermosillo."

KAPITEL SIEBEN

G *arrett*

BEI TAGESANBRUCH AM NÄCHSTEN MORGEN STEIGEN WIR IN EIN FLUGZEUG IN HERMOSILLO. Es ist ein Direktflug nach Mexiko-Stadt. Drei Stunden. Ich hätte meinen Vater anrufen sollen, bevor wir gingen. Es ist fast schon vierundzwanzig Stunden her, seit Sedona verschwunden ist, aber es gibt einen Teil in mir, der das alleine regeln muss. Beweisen muss, dass ich in der Lage bin, mein eigenes Rudel zu führen und meine Schwester zu beschützen.

Hoffentlich riskiere ich Sedonas Sicherheit nicht noch mehr, indem ich damit warte, ihn anzurufen.

Ich starre auf den goldenen Schopf, der auf meiner Schulter ruht, die goldenen Locken, die Ambers schlafenden Körper umrahmen. Sie hat normalerweise ihre Haare hochgesteckt, außer Reichweite. Sie hält ihr Vertrauen auf die gleiche Weise zurück.

Ich fingere an einer Strähne herum und reibe das unglaublich seidige Haar zwischen meinen Fingern.

Mein.

Gott, ich will diesen kleinen Menschen. Nicht nur zum Ficken, obwohl – das definitiv auch. Aber mein Bedürfnis nach ihr geht über Sex hinaus. Ich will alles von ihr besitzen – Herz, Körper und Seele. Ich will sie als mein eigen markieren. Ich möchte sie wertschätzen und verwöhnen, ihr jeden Tag sagen, wie besonders sie ist. Sie bewachen und beschützen, damit sie ihre Mauern fallen und ihrer Gabe freien Lauf lassen kann. Frei leben kann.

Aber es passt nicht zu meinem Erbgut, mich niederzu-lassen. Außerdem ist es nicht möglich. Ich kann sie nicht haben und Alpha bleiben, und mein Wolf ist zu dominant, um etwas anderes zu sein.

Ich könnte Wurzeln schlagen und wie ein einsamer Wolf leben, aber ich bin in einem Rudel aufgewachsen, dazu bestimmt, eines anzuführen. Mein Wolf ist zu sozial, um ein Außenseiter zu sein. Die Verachtung des Rudels und die Enttäuschung meiner Eltern wäre zu viel zu ertragen. Sogar mit Amber als meine Gefährtin könnte mein Wolf es ihr übelnehmen wegen dem, was ich aufgeben musste, um sie zu beanspruchen.

Es ist an der Zeit für mich, meinen Pflichten nachzu-kommen und den Regeln zu folgen.

Regel Nummer eins: *Menschen und Werwölfe vermischen sich nicht.*

Das Flugzeug fliegt das Ziel an. Amber rührt sich, hebt ihren Kopf von meiner Schulter und blinzelt, als sie meine Finger nimmt und drückt.

Sie hebt ihr Gesicht zu mir, um etwas zu sagen, aber ich unterbreche sie mit einem Kuss. Ich ergreife ihren Hinterkopf, streichele dann ihre Lippen mit meinen, wobei mein Geist von meiner nagenden Angst wegen Sedona die beste Ablenkung überhaupt kriegt. Ich lecke in ihren Mund, lutsche an ihrer Zunge und knabbere an ihren Lippen. Sie schmeckt so süß, wie sie riecht.

Das Flugzeug berührt den Boden und ich löse mich von ihr. Zeit sich zu fokussieren.

Ich bin angespannt, als wir mit dem Taxi durch den dichten Nachmittagsverkehr fahren. Nicht einmal Ambers Hand auf meinem Oberschenkel beruhigt mich.

Als wir beim nächsten Hotel ankommen, übernimmt Jared das Einchecken. Ich warte mit dem Rücken zur Wand, wo mich niemand überraschen kann. Die Menschen schauen mich an und dann weg, um mir Privatsphäre zu geben.

„Chef", sagt Trey leise und ich merke, dass ich knurre, ein weicher, niedriger Klang, der dennoch jeden in einem Umkreis von 30 Metern einschüchtert.

Sobald wir einen Fuß in das Hotelzimmer setzten, drehe ich mich fast um. „Ich kann das hier nicht." Meine Stimme wird erstickt von meinem Wolf. „Ich kann nicht eingeschlossen sein."

„In Ordnung", sagt Amber. „Schauen wir uns um."

Ich nicke, meine Brust hievt und bemüht sich, die Kontrolle zu bekommen. „Würde ich, wenn ich wüsste, wohin ich gehe sollte. Schon was von Kylie?"

„Nein. Oh warte – es kam gerade an. Hier." Trey hält sein Handy hoch. „Kylie fand den Namen des Passagiers, der mit einem Hund im Flugzeug unterwegs war, als er letzte Nacht Hermosillo verließ. Er ist ein Textilimporteur mit einem Lagerhaus hier. Ich habe die Adresse."

Ein Knurren reißt in voller Lautstärke aus mir raus. Trey taumelt ein wenig zurück und zeigt seine Kehle.

„Garrett", berührt Amber meinen Arm, als meine Sicht tunnelt.

Ich gehe gleich unter.

„Du musst die Kontrolle behalten. Sedona braucht dich."

„Bleib", sage ich.

Sie nickt. „Ich werde hierbleiben. Lässt du mir ein Handy hier? Meines hat hier keinen Empfang."

Ich überprüfe mein Handy, ob es funktioniert, und werfe es auf die Kommode. „Trey und Jareds Nummern sind da drin."

„Chef? Wann werden wir es dem Rest des Rudels sagen?"

„Wir gehen jetzt, spähen herum. Sehen, ob sie dort ist und ob wir sie rausholen können. Falls wir Verstärkung brauchen, rufe ich meinen Vater an. Er wird beide Rudel mitbringen und es wird Krieg bedeuten."

Amber

ICH SCHREITE DIE LÄNGE DES HOTELZIMMERS AUF UND AB. Ich hatte Zimmerservice bestellt, aber ich kann die *Torta* nicht essen – ein geröstetes mexikanisches Sandwich, gefüllt mit Schinken und Käse.

Ich spiele mit meinem Haar und drehe es zu einem Dutt, nur um es einige Minuten später wieder aufzumachen. Ich falle auseinander.

Verrückte Amber.

Um Anwalt Amber zurückzuholen, reiche ich imaginäre Zivilklagen gegen die Männer ein, die Sedona gefangen genommen haben. Liste alle Wege auf, wie ich sie unter Dach und Fach bringen könnte.

Aber was, wenn Garrett recht hat? Was, wenn die verrückte Amber die Einzige ist, die sie retten kann?

Nicht verrückt.

Garrett hält meine Visionen für eine Gabe.

Ich sitze mit überkreuzten Beinen auf dem Bett. „Komm zu mir", atme ich und versuche, den entspannten Zustand hinzubekommen, den ich mit Garrett erreicht hatte. Sofort erhitzen sich meine Wangen. Ich rutsche auf meinem Hintern rum und ignoriere das Kitzeln an meiner speziellen Stelle. Ich hoffe, ich muss nicht jedes Mal, wenn ich eine Vision brauche, es von einem rüpelhaften Wolfsmann besorgt bekommen oder masturbieren. Ich lasse ein humorloses Kichern raus. Ich muss mit dieser Bindung zu Garrett aufhören. Es gibt nichts für uns, keine Zukunft. Das hat er deutlich gemacht.

Ich muss Sedona finden. Zumindest kann ich ihm dabei helfen.

Wo ist Garrett jetzt?

Schmerz schießt mir in den Kopf. Scheiße. Heißt das, dass ich meine inneren Gabe zurückhalte? Ich stehe auf und schreite auf und ab durch den Raum. Als ich Garretts Tasche sehe, stöbere ich in ihr und ziehe eines seiner Hemden heraus.

„Gib sie mir", rufe ich wie eine absolute Wahnsinnige.

Sofort überschwemmen Visionen meinen Kopf. Wölfe in Käfigen reihen sich nebeneinander – Dutzende von ihnen. Einer von ihnen, ein riesiger grauer Wolf, ist da, der sich gegen die Gitter wirft und knurrt.

Ich komme aus meiner Vision heraus, atme schwer und breite meine Hände aus, um mich zu stabilisieren. Mein

Körper ist adrenalingeladen und bereit, als wäre ich in einem dieser Käfige gewesen.

Garrett?, frage ich. War das Garrett im Käfig?

Dringlichkeit wirft mich vom Bett. Aber was soll ich tun? Eine andere Vision schwimmt in meinen Fokus und ich schließe meine Augen. Garrett lehnt sich an meiner Tür zurück in Tucson und zeigt mir, wie man ein Schloss knackt.

Ich öffne meine Augen. Die Uhr zeigt 18 Uhr an. Kostbare Zeit ging verloren.

Ich weiß, was ich tun muss.

Amber

EINE HALBE STUNDE SPÄTER HÄLT DAS TAXI, das ich bestellt habe, einen Block vom Lagerhaus entfernt an.

Mit trockenem Mund bezahle ich den Taxifahrer und fange an zu gehen. Dämmerung drückt sich auf die Betongebäude, Müll liegt verstreut auf der Straße. Graffiti bedeckt mehrere der Gebäude. Das fragliche Lagerhaus hat jedoch einen frischen Anstrich erhalten und hohe elektrische Zäune.

Ich zögere.

Was, wenn das hier nicht gut ausgeht? Wer wird Sedona helfen?

Ich ziehe Garretts Handy heraus, das ich von der Kommode im Hotel geschnappt habe, bevor ich ging. Scrolle durch seine Kontakte zu einem Namen: *Vater*.

Ich drücke drauf.

Eine tiefe Stimme, die Garretts bemerkenswert ähnlich klingt, antwortet. „Hallo, Sohn."

„Hallo, Mr. Green. Mein Name ist Amber Drake, ich bin eine Freundin Ihres Sohnes?"

„Was ist los, Amber?" Macht vibriert durch das Handy und ich lasse es fast fallen. Garrett machte keine Scherze, als er von Alpha-Dominanz sprach.

„Sedona wurde entführt und Garrett, Trey, Jared und ich folgten ihr nach Mexiko-Stadt. Garrett und die Jungs gingen zu einem Lagerhaus, aber ich glaube, sie wurden auch gefangen genommen. Ich bin draußen, bereit, sie zu retten, musste aber jemanden anrufen und vor allem Ihnen zuerst sagen, was passiert ist."

„Wer bist du?"

„Ich bin Garretts Nachbarin."

Es gab eine Pause und ich wusste, was er fragen wollte. „Menschlich, ja." *Hellseherin.* Ich kann es immer noch nicht sagen. „Garrett wollte Sie anrufen, falls er Verstärkung brauchen würde. Wenn Sie in den nächsten Stunden nichts von mir oder Garrett hören, müssen Sie beide Rudel bringen."

„Ich werde heute Abend mit Verstärkung in einem Flugzeug sein. Bleib dort, bis wir da sind."

„Ich bin schon beim Lagerhaus. Ich gehe rein."

„*Nein.* Bleib, wo du bist, bis ich da bin." Offensichtlich ist der ältere Wolf genauso herrisch und beschützend wie sein Sohn. „Du wirst nicht alleine da reingehen. Warte, bis ich ankomme."

„Es tut mir leid, Mr. Green, aber ich muss gehen, ich bin schon hier. Ich wollte Ihnen nur die Adresse geben, falls ich nicht zurückkomme. Ich schicke sie Ihnen per SMS."

„Nein, verdammt–"

Ich beende den Anruf und stelle das Handy auf leise. Es blinkt sofort wieder mit *Vater* auf, während ich ihm die Adresse des Lagerhauses schicke, aber ich ignoriere den Anruf und lege das Gerät in meine Tasche. Bevor ich die

Nerven verliere, zwinge ich mich, die Straße zu überqueren und zum Lagerhaus zu gehen. Ich mag verrückt sein, aber es ist, was die Situation erfordert.

Ich öffne meinen Geist für meine Intuition, als ich mich dem verbotenen Betonbau nähere. Es trifft mich mit einer Welle von Übelkeit. Mein ganzer Körper erschaudert.

Welche Tür?, frage ich und lasse meine Aufmerksamkeit abdriften. *Links am Gebäude.*

Als ich auf die Seite der Tür renne, scanne ich die Regenrinnen nach Kameras ab. Ich weiß nicht, nach was ich suchen soll, aber die Luft scheint rein zu sein.

Ich ziehe die Werkzeuge raus, die Garrett in meine Handtasche geworfen hatte, als er mir beibrachte, Schlösser zu knacken. Tief durchatmend stelle ich mir vor, dass ich wieder vor meiner Wohnung bin, Garretts tröstliche Gestalt hinter meinem Rücken.

Langsam und stetig, Anwältin.

Ich höre ein Geräusch und lasse das Werkzeug fallen. Hockend warte ich. Spanische Worte und der Geruch von Zigarettenrauch wehen in meine Richtung. Ich greife den Türknauf, um mich hochzuziehen, und er dreht sich. Ich lache fast laut auf. Meine Intuition hat mich zu einem Eingang geführt, der nicht verschlossen war.

Im Inneren erstreckt sich ein langer, dunkler Flur. Männliche Stimmen kommen aus einem beleuchteten Raum auf halbem Weg, zusammen mit dem Murmeln eines Fernsehers. Wenn ich den Flur runtergehe, muss ich daran vorbeilaufen.

Ich zwinge mich selbst, mich zu bewegen, schleiche wie ein Wolf. Stellt sich heraus, dass das Licht im Flur von einem Fenster in der Tür kommt. Ich ducke mich darunter und laufe den Rest des Weges den Flur entlang. Er endet in einer Sackgasse zu einem anderen Eingang. Ich teste den Türknauf. *Abgeschlossen.*

Im Dunkeln fummelnd ergreife ich die Werkzeuge und führe sie ein.

Du kannst das. Ich stelle mir Garretts große Hand vor, wie sie sich über meiner schließt und mich führt.

Klick. Erster Bolzen fertig. Ich halte ihn fest und drücke den zweiten, dann den dritten runter und öffne die Tür. Metallregale gefüllt mit Reihen von Käfigen. Die meisten sind leer, aber vier sind von riesigen Wölfen besetzt.

Knurren begrüßt mich. Ich schlüpfe hinein und schließe die Tür schnell und befehle meinem Herzen, sich zu beruhigen. Ich bin jetzt in der Wolfshöhle. Meine Grundinstinkte schreien mich an, mich von dem Brüllen wilder Tiere abzuwenden, die in diesem höhlenartigen Raum gefangen sind. Das Lagerhaus muss schallisoliert sein, weil ich nichts davon draußen gehört habe.

Augen leuchten und Reißzähne schnappen nach mir, während ich vorbeigehe. Welcher ist Garrett? Ich suche nach dem großen grauen Wolf aus meiner Vision. Ich sehe keine weißen Wölfe, was bedeutet, dass Sedona nicht hier ist.

Ich nähere mich einem silbernen Wolf in einem Käfig, aber zögere. Seine Augen sind gelb. Garretts Augen werden Silber.

Ich höre ein schreckliches Zähnefletschen von links und wirbele herum. Ein riesiger silbergrauer Wolf wirft sich gegen seinen Käfig, schnappt und knurrt.

„G-Garrett?"

Der Wolf schmeißt sich gegen seinen Käfig und schlägt mit seiner Schulter in das Gitter. Silberne Augen. Ich ziehe mich von den reißenden Kiefern und glänzenden Zähnen zurück. Es kann nicht Garrett sein, er würde nicht versuchen, mich anzugreifen. Außer, dass ich diese Augen erkenne. Ich weiß, dass er es ist.

Ich versuche rational zu denken, kann mich aber nicht dazu bewegen, näher hinzugehen. Dieses riesige, erschreckende Tier, das in die Gitterstäbe beißt, hat keine Menschlichkeit.

„Garrett?", versuche ich es wieder.

Ein Krächzen aus mehreren Käfigen weiter unten erreicht mich. „Er ist es. Er flippt aus, weil du in Gefahr bist." Ich identifiziere die Stimme. In der Reihe weiter ist eine nackte menschliche Form in einen Käfig zusammengekauert. Jared.

„Ist es sicher, ihn rauszulassen?", frage ich, meine Wirbelsäule wird grade, als Garrett wieder knurrt.

„Ich weiß es nicht." Jareds Gesicht ist vor Schmerz verzogen. Er wirft seinen Kopf zurück, seine menschliche Form wird von einer Explosion von Fell verschluckt. Sekunden später starrt mich ein Wolf an.

Garretts Wolf lässt ein halbes Knurren und ein halbes Brüllen raus und Jareds Wolf wimmert und zieht seinen Schwanz ein. Gänsehaut kommt über meine Arme.

„In Ordnung", flüstere ich und hocke mich hin, damit mein Kopf niedriger ist als Garretts Wolf. „Hey, ich bin es. Amber."

Meine Hände zittern, als ich nach dem Schloss greife. Er ist aber genau da, er knurrt mich durch die Gitterstäbe an.

„Würdest du etwas dagegen haben, dich etwas zurückziehen? Du machst mir Angst."

Er wirft seine Schulter wieder gegen die Tür des Käfigs.

„Du musst dich beruhigen, sonst kann ich mich nicht konzentrieren. Wir müssen hier raus, damit du Sedona finden kannst, erinnerst du dich?"

Noch ein halbes Brüllen und ich zucke am Boden. Vielleicht war es keine gute Idee, seine Schwester zu erwähnen. Garretts Wolf schreitet hin und her, hält an, um an dem silbernen Gittern zu nagen und vor Schmerzen zu brüllen.

Ich weigere mich, mich in einen Ball zusammenzurollen und mein Oberteil über meinen Kopf wie ein Kind zu ziehen, das sich vor einem Monster versteckt. Garretts Entführer könnten jede Sekunde kommen und mich finden. Dann bin ich auch in einem Käfig. Wenn ich Glück habe.

„Wir müssen hier raus. Lass mich dir helfen", flehe ich und achte darauf, keinen Blickkontakt herzustellen. Garretts Wolf schnaubt, weigert sich aber, zurückzugehen, als ich anfange, die Werkzeuge zu benutzen. Sein Blick lässt die Haare in meinem Nacken sich aufstellen, während ich mit dem Vorhängeschloss rumfummele.

Sobald ich die Tür öffne, springt Garrett raus. Ich falle zu Boden. Er rast über meinen Kopf und landet auf allen vieren in einer so schnellen Bewegung, dass ich mir fast in die Hose pinkeln muss. Der Riesenwolf schnüffelt an mir auf und ab. Ich schließe meine Augen und ersticke ein Wimmern. Ein zufriedenes Pusten bläst mir die Haare zurück und als ich meine Augen öffne, ist er weitergezogen. Ich schätze, er hat beschlossen, mich nicht zu fressen. Er rennt zum Flur, hält davor an und knurrt.

„Okay, nur eine Minute." Ich renne zu Jareds Käfig, um das Schloss zu knacken. Der graue Wolf ist kleiner als Garrett, aber immer noch beängstigend. Ein Schnappen dieses wilden Kiefers und ich verliere ein Körperteil.

Sobald er draußen ist, schnappt er den Riemen meiner Handtasche zwischen seinen Zähnen und zieht mich zu einem dritten Käfig.

„Trey?" Der grau-braune Wolf leckt meine Finger durch den Käfig, während ich mit dem Schloss fummle.

Garrett knurrt wieder vor der Tür und ich eile, um sie

für ihn zu öffnen. Mit einem wütenden Brüllen rasen er und Trey den Flur hinunter in Richtung Büro.

„*Senorita*", ruft eine Stimme aus einem Käfig. „*Sueltame y te ayudaré.*" Der Käfig des gelbäugigen Wolfes enthält jetzt einen nackten Mann, dessen schwarzäugiger Blick nicht weniger einschüchternd ist als der seines Wolfs.

Jared zieht an den Riemen meiner Handtasche, aber ich wehre mich.

„Er sagt, wenn ich ihn befreie, hilft er uns", sage ich zu Jared, der immer noch nachdenkt. Er neigt seinen Kopf zu mir.

„Ich glaube, wir können ihm Vertrauen." Meine Intuition kommt dieses Mal als warmes Gefühl in meinem Bauch.

Schusswaffen werden weiter weg im Flur abgefeuert. Ich schreie, falle zu Boden und krabbele zurück. Jared schiebt seinen Körper zwischen mich und den Eingang. Ein Grunzen voll Schmerz und er wandelt sich wieder in menschliche Form.

Ich greife mit meiner Hand nach ihm, aber fasse ihn nicht an. Muskeln wölben sich unter seinen Tattoos. Er steht auf und ich behalte meinen Blick auf sein Gesicht gerichtet, aber nicht bevor ich die straffen Bauchmuskeln bemerke, die in seine gebräunte Haut gebrannt sind.

Mehr Schüsse explodieren im Flur.

„Wir müssen ihnen helfen", schreie ich, aber Jared fängt mich, bevor ich vorwärtslaufen kann.

„Das glaube ich nicht, Frau Anwältin. Garrett würde mich töten, wenn ich dich ungeschützt zurücklasse."

„Wir müssen etwas tun."

„Ich – helfe", bietet der fremde Wolf wieder an.

„Gib mir die Schlosswerkzeuge." Jared streckt seine

Hand aus. Er geht zum Käfig, hält mich aber auf, als ich versuche zu folgen. „Amber, bleib zurück."

Was denken diese Werwölfe, dass sie mir Befehle erteilen können? Sobald wir hier raus sind, werde ich sie daran erinnern, dass ich diejenige war, die ihre pelzigen Ärsche gerettet hat.

Ein weiterer Schuss fällt und ich zucke.

Okay, vielleicht ist die Rettung eine Teamleistung.

„Beeilung", sage ich. Jared nähert sich dem Käfig, Hände hoch, als würde er zeigen, dass er keine Waffen hat. Mit langsamen, sorgfältigen Bewegungen fängt er an, das Schloss zu knacken. Der Fremde geht zur Rückseite des Käfigs. Ich merke, dass beide Kerle ihre Augen voneinander abwenden.

Notiz an mich selbst: *Wölfe stehen auf Machtspiele.* Denn das ist definitiv das, was hier vor sich geht. Auch der kleine Mensch kann das spüren.

Ein grollendes Geräusch kommt aus dem Flur, als Jared das Schloss am Käfig des fremden Wolfes aufbekommt. Er springt zurück, als sich die Käfigtür öffnet.

Ich drehe mich um, um herauszufinden, was das Geräusch im Flur auslöst. Rein stolziert Garretts Wolf, der zehnmal größer aussieht, seine Augen leuchten wie die eines Dämons. Er stürzt sich nach vorne, hebt seine Nase, um in der Luft zu schnüffeln, und springt dann über mich, landet vor Jared und dem Fremden. Etwas Nasses spritzt auf den Boden. Etwas Dunkles und Flüssiges tropft vom seinem Wolfsmaul und seiner Seite.

Blut.

Garretts Wolf brüllt. Jared kauert und der mexikanische Wolf fällt auf seine Seite, um seinen Bauch zu zeigen.

„Nein", schreie ich und eile vorwärts wie eine verrückte Frau. „Tu ihnen nicht weh."

„Chef." Trey taumelt rein, nackt und in menschlicher Form, auch mit Blut bedeckt. „Ganz ruhig, Mann."

Garretts Macht grollt durch den Raum und zwingt mich in die Knie. Jared und Trey fallen zu Boden. Der Fremde springt zurück in den Käfig, in Wolfsform, und rollt sich mit einem Wimmern der Unterwerfung auf seinen Rücken. Seine Augen rollen sich vor Schrecken.

„Garrett, komm zurück zu mir." Mit Mühe erhebe ich mein Gesicht. Was auch immer an Alpha-Ballast er mit sich rumschleppt, es betrifft mich. Aber ich kann es bekämpfen. Ich taumele zu meinen Füßen und nähere mich dem riesigen grauen Wolf, Hände von mir gestreckt. „Bitte. Ich brauche dich."

Ein weiteres Brüllen und Garrett beginnt sich zu wandeln. Er erscheint in menschlicher Form, sein Kopf ist gebeugt, das Gesicht verzerrt. Als es fertig ist, hievt seine Brust, als ob er beim Ironman mitgemacht hätte. Seine Muskeln sind glänzend und rot, seine Augen leuchten immer noch silbern. Ich scanne seinen Oberkörper, um zu sehen, ob das Blut seins ist, und keuche, als ich eine Schusswunde sehe.

Er schüttelt abfällig den Kopf. „Es ist nichts."

Jared und Trey stehen langsam auf und stellen sich zwischen ihren Alpha und den fremden Wolf im Käfig, der immer noch in Unterwerfung wimmert. Ich stelle fest, dass sie zusammenpassende Wolfspfoten-Tattoos auf ihren Schultern haben, so wie Garrett. Muss ein Rudel-Symbol sein.

„Garrett", sage ich, ein bisschen atemlos. Er mag zwar wieder in menschlicher Form sein, aber sein inneres Raubtier ist immer noch derjenige, der die Ansagen macht. „Was ist passiert?", frage ich zur gleichen Zeit, als Jared sagt: „Die Räuber–"

„Tot", antwortet Trey uns beiden. „Sie sind alle tot."

Garrett wischt sich das Blut von seinem Mund und ballt seine Finger zu Fäusten.

Ich schaue weg, um mich von dem abzulenken, was Garrett getan hat. Sie waren böse Menschen, sie hatten es verdient. Es ist immer noch zu viel für unser zweites Rendezvous.

„Hast du etwas herausgefunden über–?", fragt Jared.

„Nein." Mit einem Brüllen nimmt Garrett einen nahen Käfig hoch und schleudert ihn durch den Raum. „Ich habe die Kontrolle verloren." Als ich die Bitterkeit der Selbstzensur höre, trete ich nach vorne und sehne mich danach, ihn zu trösten. Aber ich weiß nicht, wie.

Er schreitet ein paar schnelle Schritte hin und her, dreht sich, geht zurück und kämmt sich mit den Fingern durch seine Haare. „Niemand mehr zum Befragen", knurrt er. Seine Stimme ist kaum menschlich.

„Was ist mit ihm?" Ich neige meinen Kopf zum fremden Wolf. Er kriecht nach vorne und springt leicht aus dem Käfig. Kopf auf den Boden gesenkt. Er jammert, als ob er auf Erlaubnis wartet.

„Wandele dich", knurrt Garrett.

Der fremde Wolf verzerrt und wandelt sich in menschliche Form. Ich behalte meine Augen oberhalb seiner Taille. Rippen zeigen sich durch seine braune Haut und seine Augen sind von dunklen Ringen gezeichnet. Lange Haare fallen um seine Augen. Ich frage mich, wie lange er gefangen gehalten wurde.

Garrett kreist um ihn herum. Ich schreite vorwärts, zwischen ihnen, und er knurrt, hebt mich mit einem Arm um meine Taille hoch und versteckt mich hinter ihm. Trey und Jared schließen sich zu seinen Seiten an und erstellen eine menschliche Schutzwand mit mir dahinter.

Ich räuspere mich. „Spricht einer von euch Spanisch?"

„Du kannst von da hinten übersetzen", murmelt Garrett.

Ich rolle mit meinen Augen. „Señor, haben Sie eine weiße Wölfin gesehen? Klein und weiblich?", frage ich auf Spanisch, erhebe meine Stimme, um durch die Wand der Wolfsmänner zu kommen.

„*La Americana? Si.*", antwortet er.

Ich wusele an Jareds Seite, um den Mann zu sehen, aber Jared wirft einen Arm aus und hält mich zurück.

„*Fass. Sie. Nicht. An.*", knurrt Garrett.

Jared entfernt seinen Arm. „Ich fasse sie nicht an, Alpha."

„Wo ist sie? Weißt du, wo sie hingebracht wurde?", frage ich auf Spanisch.

„Sie verkauften sie an die Montelobos. Im Dschungel."

Ich übersetze seine Antwort. „Wo im Dschungel?", frage ich. „Weißt du das?"

„Monte Lobo."

Oh. Nun, natürlich Leben die Montelobos in Monte Lobo. Das ist fast zu einfach. Ich ziehe meine Handtasche von meiner Schulter und schiebe Garretts Handy zu Trey. „Monte Lobo – im Dschungel. Bring Kylie auf den neusten Stand."

Nach einem Blick auf seinen Alpha packt der Wolf mein Handy und geht. Jared geht mit ihm.

„Gibt es noch etwas, was du uns sagen könntest?", frage ich den Fremden auf Spanisch und wiederhole es auf Englisch für Garrett.

Er schüttelt seinen Kopf. „Frag ihn, wie groß deren Rudel ist und wie stark."

Ich übersetze die Frage an den Fremden.

„Mehr als hundert Wölfe", sagt er. „Gut verteidigt."

„*Gracias, señor.*"

„*A ustedes*." Er gibt eine halbe Verbeugung und geht zurück.

Jared kommt wieder rein, in Cargo-Hosen gekleidet, die er gefunden haben muss. Er wirft Kleidung zu Garrett und dem seltsamen Wolf, der seine Nasen rümpft, sich aber schnell kleidet. „Ich fand draußen den Schlüssel zu ihrem Van. Trey versucht immer noch, Kylie zu erreichen, aber wir sollten hier verschwinden."

„Bist du in Sicherheit, wenn wir dich verlassen?", frage ich den fremden Wolf auf Spanisch.

Er nickt und erklärt auf schnellem Spanisch, dass er aus einer kleinen Küstenstadt kommt, aber dort ein starkes Rudel hat.

„In Ordnung. *Gracias*", sage ich ihm und wir gehen raus, den Flur runter.

„Bedecke deine Augen", murmelt Jared.

Bevor ich verstehe, was er meint, schließt sich eine große warme Hand über meine Augen und ein Arm um meine Taille. So wie meine Sinne aufspringen, weiß ich, dass es Garrett ist. Er ist nicht sanft, aber beruhigend und stark. Meine Füße heben sich vom Boden. Ich versuche, nicht an den metallischen Geruch von Blut zu denken, während Garrett mich durch den Flur trägt.

Konzentriere dich auf Sedona.

Sobald wir draußen sind, lässt er mich auf den Boden runter und ich atme tief ein.

Garrett dreht mich um und starrt mir mit silbernen Augen in Gesicht. „Bist du verletzt? Sag mir, dass du nicht verletzt bist, sonst bringe ich diese Kerle ein zweites Mal um."

Die Gewalt in seiner Behauptung sollte mich erschrecken, aber das tut sie nicht. Es ist für mich. All diese Leidenschaft ist für mich. „Nicht verletzt", flüstere ich.

Er zieht mich an sich und drückt meinen Körper so fest an seinen, dass ich nicht atmen kann.

„Ganz ruhig, Alpha", würge ich hervor.

Er lässt mich abrupt gehen und schreitet davon, als ob er Angst hätte, mir zu nahe zu sein.

Trey trabt zu uns rüber, Handy in der Hand. „Ich habe keinen Handyempfang, um zu Kylie durchzukommen. Gehen wir einfach ins Hotel und schauen uns das selbst an."

Garrett nickt grimmig. „Ich muss meinen Vater um Verstärkung bitten. Wir fahren nicht alleine nach Monte Lobo."

„Das habe ich schon getan", gebe ich zu, als sich sechs paar glühende Augen zu mir wenden. „Ich war mir nicht sicher, ob ich es aus dem Lagerhaus schaffen würde, und ich wollte nicht ..." Das tiefe Knurren aus Garretts Brust warnt mich, dass ich seinen Wolf wieder beunruhige. „Dein Vater ist schon auf dem Weg."

KAPITEL ACHT

G *arrett*

ICH KANN DIE GANZE FAHRT ZUM HOTEL NICHT SPRECHEN. Ich bleibe kaum in menschlicher Form. Ich war noch nie so nah dran, meinen Verstand zu verlieren. Nein – scheiß drauf – ich habe ihn schon verloren. Ich war diesen Typen im Lagerhaus gegenüber so brutal, obwohl die Situation nach Intelligenz forderte. Wenn der Kerl im Käfig uns nicht einen Hinweis gegeben hätte, wären wir immer noch nicht näher dran, Sedona zu finden. Dank mir.

Der ganze Abend war ein Haufen Scheiße. Wir waren in der Textilfabrik aufgetaucht. Wie die meisten Gebäude in Mexiko-Stadt war alles aus Beton auf der Außenseite, keine Möglichkeit, nach innen zu sehen. Ich schickte Jared und Trey in eine Richtung um das Gebäude herum und ich ging in die andere.

Als wir uns trafen, hatte irgendein Arschloch Trey im Würgegriff, eine Waffe zeigte auf seinen Kopf. *„Manos arriba"*, schrie der Wichser.

Ich musste Spanisch nicht verstehen, um zu wissen, was er wollte. Ich hatte keine andere Wahl, als meine Hände in die Luft zu heben und in den verdammten Käfig zu klettern, die im Lagerhaus aufgereiht waren. Ein Wolf kann eine Schusswunde überleben, aber nicht in den Kopf.

Ich weiß nur von einer Wandlerin, die einen Schuss in den Kopf überlebt hatte. Sie ist eine ältere Panterin in Tucson und sie hatte extremes Glück, dass die Schüsse nichts Lebenswichtiges getroffen hatten. Ich wollte Treys Leben nicht riskieren.

Aber in der Sekunde, als ich im Käfig war, hatte ich mich gewandelt und meine Kleidung zerfetzt. Der Ort stank nach Wölfen, aber ich schwöre, ich hatte Sedonas Duft wahrgenommen. Ich hatte versucht, mich mit bloßer Gewalt aus meinem Käfig zu kämpfen, aber das waren keine gewöhnlichen Hundekäfige. Nein, diese Typen wussten, was sie taten. Die Käfige waren aus verstärktem Stahl gefertigt. Wenn Amber nicht aufgetaucht wäre –

Ich knurre auf dem Rücksitz des Vans und Amber dreht sich mit ihren schönen blauen Augen zu mir. Ich weiß nicht, warum sie keine Angst vor mir hat, wenn ich so bin. Sie sollte verdammt nochmal ängstlich sein.

Mein Wolf ist bereit, mehr Kehlen auszureißen, wenn er nur daran denkt, dass Amber wieder dort ist und sich selbst in Gefahr bringt.

Ich will sie über mein Knie legen und ihr dafür den Arsch rot versohlen, aber ich weiß, es ist nicht sicher für mich, sie zu berühren. Nicht, dass ich ihr wehtun würde – jedenfalls nicht auf diese Art. Aber ich bin nur wenige

Zentimeter davon entfernt, sie zu markieren. Zwischen dem Vollmond und dem Wunsch meines Wolfs, sie zu beschützen, indem er sie für immer mit meinem Duft markiert, zittere ich vor Anstrengung, mich bei ihr zusammenzureißen.

Wir kommen im Hotel an und ich gehe direkt duschen. Wenn ich mich vom Blutgeruch befreie, kann ich mich vielleicht endlich beruhigen. Fraglich. Aber es ist den Versuch wert.

Ich ziehe die viel zu enge Hose aus und trete in den Wasserstrahl, kneife meine Wunde, um die Kugel rauszutreiben, die mein Körper bereits an die Oberfläche geschickt hat.

Ich erinnere mich, wie meine kleine Anwältin blass wurde, als sie die Wunde sah, den Schrecken, der ihr ins Gesicht gezeichnet war. Verdammt, ich hatte nichts getan, um mir diese Sorge zu verdienen, aber ich werde sicher versuchen, von hier aus deiner würdig zu sein. Und ich *muss* einen besseren Job machen, um sie zu beschützen. Schicksal, sie hätte auch gefangen genommen werden können, und dann wären wir jetzt alle eingesperrt. Oder schlimmer.

Ich sollte ihr dankbar gegenüber sein, aber stattdessen bin ich nur sauer. Sauer, dass sie sich selbst riskieren musste, um mich zu retten. Ein Knurren hallt in meinem Hals wider.

Ich drehe das Wasser kalt. Es tut nichts, um meine brennende Haut abzukühlen, um den Wolf runterzustampfen.

Markiere sie, markiere sie, markiere sie.

Ich brenne danach, meine Zähne in Ambers reifes Fleisch zu versenken. Sie für immer mein zu machen. Ich brenne danach, meinen Schwanz in ihren süßen kleinen Körper zu rammen, das Gefühl, wie es ist, sich in ihr zu bewegen. Ich wette, sie ist verdammt eng. Wie im Himmel. Vielleicht kann ich sie ficken, ohne sie zu markieren.

Ich kann nicht sagen, ob es mein Wolf oder mein Verstand ist, der versucht, mich dazu zu bringen, das zu tun, was nicht getan werden kann, aber ich will sie so verzweifelt, dass meine Eckzähne herauskommen und mit dem Serum tropfen, um sie zu markieren. Ich beiße auf meine eigene Lippe und fange an zu bluten.

Meine hartnäckige kleine Anwältin ist ganz weich von Innen. Ein riesiges Herz aus weichen Daunenfedern. Ich würde alles geben, um das Recht zu verdienen, sie mein zu nennen. Wie wäre es, Amber unter mir zu haben? Ich sterbe, um zu sehen, wie sie mich mit diesen großen blauen Augen ansieht, ihr Vertrauen leuchtet hell auf, ihr kleiner Körper nachgiebig und süß. *Scheeeeeiße.*

Ich schalte das Wasser ab und wickle ein Handtuch um meine Taille. Meine Wunde hat bereits aufgehört zu bluten, die Ränder beginnen sich zu schließen.

Wir haben eine Suite gebucht mit zwei Betten in einem Zimmer und einem Wohnbereich in dem anderen. Trey und Jared sind im Wohnzimmer und ich will heulen, weil Amber bei ihnen ist. Was alle Arten von dumm ist, denn während ich weiß, dass sie für sie sterben würden, ist es nur, weil sie wissen, dass sie mir gehört. Und meine Jungs sind loyal. Sie würden nie, nie mit dem rumficken, was mir gehört.

Trotzdem schlage ich mit meiner Faust auf die Kommode. Ich will den Raum auseinandernehmen.

Ich weiß nicht, wie ich die Nacht in derselben Hotelsuite mit Amber überleben soll.

∽

Amber

Es KLINGT, als würde Garrett Dinge im Schlafzimmer rumschleudern. Ich spüre seine Unruhe durch die Wand. Schuld, Wut und Frustration rollt in Wellen von ihm ab. Habe ich immer genau gewusst, wie Menschen sich fühlen? Oder geht es nur bei ihm?

Trey schaut in Richtung Schlafzimmer und schießt einen besorgten Blick zu Jared. Wir sitzen um einen kleinen Tisch. Sie haben meine *Torta* in etwa drei Sekunden komplett verschlungen und bestellen mehr Essen vom Zimmerservice. „Ich habe ihn noch nie so nahe dran gesehen, die Kontrolle zu verlieren", murmelt Trey.

„Ich weiß."

„Was ist mit ihm los?", frage ich.

Jared fummelt mit einer Streichholzschachtel rum, die auf dem Couchtisch lag, und wirbelt sie auf ihrer Kante herum. „Vollmond. Schwester wird vermisst. Und du."

„Was ist mit mir?"

„Er hatte dort echt Angst um dich. Ich glaube, er ist immer noch sauer. Er ist wirklich verrückt nach dir, Amber." Die Streichholzschachtel hört auf sich zu drehen. Er nimmt sie hoch und fängt wieder an.

Mein Herz macht einen Sprung, dann stolpert es und sinkt. „Aber Wölfe können nicht mit Menschen zusammen sein."

„Das ist ein Problem. Aber es spielt für seinen Wolf keine Rolle. Das Tier hat dich beansprucht. Sobald unser Wolf seine Wahl getroffen hat, war es das. Du musst dich verpaaren oder–"

„Oder?"

„Oder dein Tier könnte mondverrückt werden", erklärt Trey und fummelt an seinem Lippenpiercing mit seiner Zunge.

„Was ist mondverrückt?", frage ich.

„Sie werden zum Tier und können sich nicht zurückwandeln. Sie sind für immer verloren. Das passiert nicht bei jedem Wolf", erklärt Trey.

„Nur bei den Dominantesten", sagt Jared.

Ich schlucke schwer. Garrett ist so dominant, wie es nur geht. Aber er will sich nicht mit mir verpaaren. Er hat mir schon gesagt, dass es nicht funktionieren würde. „Verpaaren sich Wölfe jemals mit Menschen?"

„Manchmal", sagt Jared mit einem Achselzucken. „Aber die Vereinigung mit Menschen wird von den meisten Rudeln nicht geduldet. Und ein Alpha-Männchen nimmt ein Alpha-Weibchen."

Ich verstehe die Botschaft. *Kein schwächlicher Mensch.*

„Garretts Vater würde es nicht mögen." Trey schnappt sich die Streichholzschachtel aus Jareds Fingern, öffnet sie und zieht eins heraus.

Großartig. Ich habe schon einen schlechten Eindruck gemacht.

„Aber es gibt viele, die glauben, dass es nur eine wahre Gefährtin für jeden Wolf gibt. Und der Wolf erkennt seine Gefährtin, wenn er sie sieht. In ihrer Nähe zu sein, regt ihn auf und beruhigt ihn gleichzeitig." Er reibt ein Streichholz gegen die Seite der Schachtel und wirft das brennende Holz auf Jared, der japst und ihm mit einem Grinsen ausweicht. „So ist er bei dir."

Amber Drake, Hellseherin. Bändigerin von Werwölfen. Vielleicht hänge ich das Schild doch auf.

Ein dumpfes Geräusch kommt aus dem Schlafzimmer,

als hätte Garrett seine Faust durch die Wand geschlagen. *Gut, dass das Zimmer nicht auf meiner Kreditkarte steht.* Wenn er sich über mich aufregt, ist es mein Job, ihn zu beruhigen. Ich drücke die Tür auf und trete hinein und schließe sie hinter mir. Ich sollte Angst haben, tue ich aber nicht. „Hey. Bist du sauer auf mich?"

„Nein", knurrt er und wirbelt herum. Ich spüre seinen Schmerz.

„Du bist verärgert, weil ich in Gefahr war? Warum redest du nicht mit mir darüber?"

Er schreitet rüber, silberne Augen blitzen auf. Als er mich an der Taille hochhält, stößt er mich gegen die Wand und hält mich auf Nasenniveau hoch. „Baby, du hast mich zu Tode erschreckt. Du hättest gefangen genommen werden können. Oder verletzt. Oder getötet", knurrt er. „Glaubst du, ich könnte mit mir selbst leben, wenn dir jemals etwas zugestoßen wäre?"

Ich kann nicht sprechen. Ein Kloß bildet sich in meinem Hals. Hat sich jemals jemand so sehr darum gesorgt, was mit mir geschieht?

„Nun, ich könnte es nicht. Ich könnte nicht weitermachen."

„Garrett." Das Ausmaß seiner Qual verblüfft mich und reißt ein hartes Stück aus der Rüstung, die mein ganzes Leben lang um mein Herz war. Jemand sorgt sich – um mich.

„Ich sollte deinen süßen kleinen Arsch rot versohlen." Er lässt mich zu Boden fallen und hält meine Wange. Seine Berührung ist viel sanfter, als ich erwartet hatte. Er lehnt seine Stirn gegen meine. „Du gefährdest *nicht* deine eigene Sicherheit für mich. Ich bin ein Wandler – ich heile fast sofort. Du bist *menschlich*."

Ja, ich hab es verstanden, Großer.

„Du hättest angeschossen werden können oder jemand hätte dir heute die Kehle rausreißen können", fährt er fort. „Was, wenn sie dich zur Zucht genommen hätten?"

„Aber ich bin kein Wolf."

„Diskutiere nicht mit mir." Er zieht mich in eine raue Umarmung, seine riesigen Arme wickeln sich um meine Taille. Er fährt mit seinen Lippen über meinen Hals. „Du bist *mein*, verdammt nochmal. Ich kann nicht zulassen, dass dir etwas passiert. Verstehst du das?"

„Ich verstehe", flüstere ich, als die Worte, *du bist mein*, in meinem Kopf herumschwimmen, wodurch mein Gehirn einen Kurzschluss kriegt. Für jemanden, der nie irgendwohin gehörte, könnte nichts süßer klingen. Und irgendwie gehöre ich zu Garrett. Obwohl ich ein Mensch bin und er ein Wolf ist. Auch wenn wir nichts gemeinsam haben – ich bin sein und er ist mein. Eine einfache Gleichung, ohne logische Grundlage. Nur verliebt.

Aber er hat mir letzte Nacht gesagt, dass er nicht mit mir zusammen sein kann.

Er ergreift meinen Arsch und drückt zu. „Ich behalte mir das Recht vor, diesen knackigen Arsch später zu bestrafen." Seine Stimme ist tief und heiser.

Ich lasse ein rauchiges Lachen raus. „Sorry, später kann ich für nichts garantieren."

Er züngelt an meinem Ohrläppchen. „Dann muss ich es jetzt tun." Er wendet mich von mir ab. „Hände an die Wand." Der tiefe Befehl klingt nach purer Verführung. Er schiebt seine Handflächen langsam meine Arme hinunter, um meine Handgelenke zu greifen und sie auf dem kühlen Putz zu platzieren. „Beweg dich nicht. Wenn du das tust, verdopple ich deine Strafe."

Ich wackle mit meinem Arsch, nur noch aufgeregter

über seine Drohung. Dieser Mann – Wolf – will mich. Braucht mich sogar. Ich habe mich in meinem Leben noch nie so begehrt gefühlt.

Seine Finger arbeiten am Knopf meiner Jeans und er hakt seine Daumen in den Bund meiner Jeans und meines Höschens und zieht sie über meine Hüfte. Sie fallen in einem Bündel zu meinen Füßen.

„Was ist meine Strafe?", frage ich heiser und trete aus meinen Hosen heraus.

Er donnert einen harten Klaps auf meinen Arsch. „Das hier." Er streichelt mit beiden Handflächen über meinen nackten Arsch und drückt zu. Klatscht wieder drauf. „Ich will dich", sagt er rau und löst meine Haare aus dem französischen Dutt. Sie fallen über meine Schulter. Er gleitet mit seinen Fingern unter mein T-Shirt und wandert hoch, bis sie meine Brüste erreichen. Mit einem Schnippen öffnet er den vorderen Verschluss an meinem BH und ergreift meine erregten Zwillingsschwestern.

„Du bist so verdammt schön, Amber. Ich wollte dich seit dem Moment, als du deine Hände in die Hüften gestemmt und mir im Fahrstuhl deine Meinung gegeigt hast. Ich weiß nicht, wie ich mich davon abhalten soll, dich besinnungslos zu ficken." Seine Stimme ist belegt.

„Worauf wartest du noch?", fordere ich ihn heraus.

Sein scharfes Einatmen lässt mich auf meine Lippe beißen. Eine schnelle Bewegung und mein Oberteil und BH fliegen über meinen Kopf. „Hände wieder hoch." Er hält meine Handgelenke mit einer Hand an die Wand, schlägt meinen Arsch mit der anderen.

Meine Muschi zieht sich zusammen, Aufregung kursiert durch mich. „Ich nehme die Pille", flüstere ich.

Ein unmenschliches Knurren füllt den Raum. „Warum?" brüllt er.

Ich versuche mich umzudrehen, aber er hält seine Hand um meine Handgelenke geschlossen. „Wegen meiner heftigen Periode. Mann, Garrett."

Ich spüre ihn hinter mir. „Gott sei Dank. Erzähl mir nie von einem anderen Mann, es sei denn, du willst, dass ich ihm die Kehle rausreiße."

„Zu viel, Garrett." Meine Stimme ist zittrig, aber ein Teil von mir ist begeistert von seiner besitzergreifenden Art. Seine Eifersucht. Ich will, dass er mich so beansprucht, wie es niemand zuvor getan hat.

Er lässt seine Hände die Länge meines nackten Rückens hochfahren, schlingt sie vorn um meine Nippel, zwischen seinen Fingern, und kneift zu. „Ich brauche dich, Baby." Seine Zähne streifen meine Schulter. „Ich brauche dich so verdammt sehr."

Ich versuche, meine Finger wieder von der Wand zu nehmen, plane, mich umzudrehen und ihm zu helfen, die Dinge vorwärts zu bringen, aber er hat eindeutig die Kontrolle. Er schlägt eine Hand über meine und fixiert sie wieder zurück. Ein tiefes Knurren der Missbilligung rumpelt neben meinem Ohr.

Seine freie Hand gleitet zu meinem flatternden Bauch hinunter, um meinen Venushügel zu ergreifen.

Ich bin schon triefend nass für ihn, meine Beine zittern.

Er streicht mit einem großen Finger über meinen Schlitz und gleitet durch meine Säfte. „Erzähl mir von dieser Muschi, Anwältin", murmelt er mit leiser Stimme. „Hat sie mich vermisst?"

„J-ja."

„Sag mir, ich bin der Einzige, für den sie nass wird." Er tupft auf meinen Kitzler.

„Du bist es", murmele ich. „Ich meine, der Einzige."

„Ich würde sie gerne noch einmal probieren, aber es

fällt mir schwer, mich zurückzuhalten. Ich verspreche dir, ich gebe ihr den besten Zungenfick ihres Lebens, wenn der Mond nicht so voll ist."

Mir ist klar, dass sein Atem geht, als würde er einen Marathon laufen. Als ob er sich alle Mühe gibt, nicht anzugreifen.

Ich will nicht, dass er sich zurückhält. Mit einer Verzweiflung, die sehr gut zu seiner passen könnte, möchte ich, dass er weitermacht.

„Nimm mich, Garrett." Ich drücke meinen Arsch raus und hoffe, ihn zu verführen.

„Scheiße." Ich höre das Rascheln und wie seine Jeans auf den Boden fällt. „Ich bin mir nicht sicher, ob ich das kann, Baby. Ich will dir nicht wehtun."

„Das wirst du nicht", verspreche ich. Ich hätte nie gedacht, dass ich der Typ Frau bin, der harten Sex mag, aber in diesem Moment würde ich alles für einen schönen, harten Fick geben. Anwältin Amber ist entsetzt.

Garrett knurrt und reibt den Kopf seines Schwanzes über meinen Eingang und bedeckt ihn in meinen Säften.

„Ja", atme ich. „Nimm mich."

Sein Atem raspelt mir ins Ohr. Er hält meine Taille und dringt ein, füllt mich und dehnt mich mit seinem riesigen Schwanz.

Meine Muschi verkrampft sich um ihn herum und ich keuche auf über die Intensität. Meine Augäpfel rollen sich in meinem Kopf zurück. „Hör nicht auf, ich brauche dich in mir."

Sein Atem stoppt ganz, kommt heiß in mein Ohr, als er sich entspannt und mich ausfüllt. Er drückt meine Brust in seiner Hand und fängt an zu pumpen, seine Hüften rammen gegen meinen Arsch.

Mein Kopf wird leichter. Das Vergnügen ist wie keines,

das ich je erlebt habe. Wolfsschwanz. Japp, ist definitiv besser. Er stößt mit dem Kopf seines Schwanzes gegen meine innere Wand. Es ist unglaublich. Wundersam sogar.

Mir ist klar, dass ich in meinen sechsundzwanzig Jahren nie richtig gefickt wurde. Wurde nie von hinten genommen, noch nicht mal das. Ich habe es noch nie im Stehen getan. Ich hatte nie Sex mit den heißen Handabdrücken meines Liebhabers, die auf meinen Arschbacken brennen.

Ja. Garrett ist eine Flut von vielen ersten Malen für mich und das hier kommt nah dran, mir den Verstand zu rauben. Und irgendwie habe ich das Gefühl, dass es so viel mehr gibt. Das hier ist nur die Spitze des Eisbergs, wenn es um Sex mit Garrett geht.

Seine Finger ziehen fester an meiner Hüfte. „Oh Gott", murmelt er und stößt härter zu.

„Fuck, Amber – ich kann nicht ..." Ein unmenschliches Knurren unterbricht seine Ansprache und er zieht ihn raus. Ich keuche auf und schaue über meine Schulter, um zu sehen, wie er stolpert, seine Augen leuchten silbern, die Zähne entblößt.

Reißzähne? Er ist immer noch in menschlicher Form. Warum zum Teufel hat er Reißzähne?

Er schüttelt den Kopf, wie ein Hund Wasser abschüttelt. „Amber." Seine Stimme ist so kehlig, dass ich ihn kaum verstehe. „Zieh dich an und raus."

„Was? Nein."

Die Sehnen in seinem Hals treten hervor. Seine Muskeln wölben sich und spannen sich an. *„Sofort,* Amber." Der Schmerz muss sich auf meinem Gesicht zeigen, denn er sieht bedrückt aus. „Tut mir leid", murmelt er. „Es tut mir leid, Amber. Aber du musst hier raus. Für dein eigenes Wohl. *Bitte.* Raus." Er geht ins Badezimmer und schließt sich ein.

Taumelnd hebe ich meine Kleidung auf und ziehe sie mir mit zitternden Händen an. Notiz an mich selbst: *Ich habe keine Ahnung, was gerade passiert ist.*

Ich will nicht gehen, aber ich muss Garretts Bitte erfüllen, also öffne ich die Schlafzimmertür und gehe raus.

Trey ist immer noch am Tisch und isst das gelieferte Essen. Er blickt mich an und steht auf der Leitung. „Alles in Ordnung mit dir?"

Verdammt. Tränen laufen über meine Wangen.

Er steht auf und öffnet seine Arme. „Komm her."

Ich stolpere nach vorn und lehne mich an seinen schlaksigen Körper, während er mich umarmt.

„Alles okay?" wiederholt er.

Ich will ihm nichts sagen. Aber ich will auch nicht, dass er mich weinen sieht. „Seine Zähne wurden lang und seine Augen wechselten die Farbe", platzt es aus mir heraus, während ich schluchze. „Er sagte, ich solle raus."

Trey teilt einen Blick mit Jared auf der anderen Seite des Raumes.

„Verdammt", murmelt Jared.

„Was?"

Trey bläst seinen Atem aus. „Er will dich markieren, Amber. Weißt du, was das bedeutet?"

Ich schüttle meinen Kopf. Keine Ahnung.

„Es ist die Art, wie Wölfe sich verpaaren – das Männchen versenkt seine Zähne in dem Weibchen, um seinen Duft dauerhaft dort zu lassen. Wir sind ziemlich territorial mit unseren Frauen. Sobald du markiert bist, seid ihr ein Leben lang zusammen. Aber er kann dich nicht markieren, weil du ein Mensch bist. Im besten Fall kann es schreckliche Narben verursachen. Im schlimmsten Fall könnte es dich töten. Er kann sich gerade nicht kontrollieren, also versucht er dich zu beschützen."

Eine Vision flackert vor meinen Augen: *Ich stehe vor einem Spiegel und hebe meine Haare von meiner Schulter hoch, um eine Narbe zu untersuchen.*

Die Schlafzimmertür öffnet sich mit einem Knall und Garrett lehnt sich an den Türrahmen, Brauen eng zusammengezogen über seinen silbernen Augen.

Trey schiebt mich von seinem Körper weg und hält seine Hände hoch. „Ich fasse sie nicht an."

Eine blitzschnelle Bewegung und ein Knurren und Garrett fliegt durch die Luft und schlägt Trey zu Boden.

„Ein bisschen Hilfe hier", keucht Trey, während er wegrollt und sich nicht wehrt, sondern sich schnell bewegt, um sich zu befreien.

Garrett drückt Trey mit seinem Unterarm auf der Luftröhre des Wolfs runter.

„Garrett, hör auf!", schreie ich.

Er dreht seinen glitzernden Blick auf mich und springt auf mich, ergreift meine Taille und zieht mich auf ihn herab. Seine Hände brennen wie Brandzeichen, Hitze durchflutet meine Haut überall, wo er sie berührt. Er reißt mein Oberteil hoch, als wolle er es mir ausziehen, seine Reißzähne entblößt und glänzend.

Offensichtlich ist er mehr Tier als Mensch und wenn man bedenkt, wie vorsichtig seine Freunde sind, gebe ich zu, dass ich Angst habe.

Ich schreie. Jared packt mich von hinten und zieht mich von Garrett zurück.

Er brüllt vor Unmut und springt hinter mir her, hoch auf seine Füße. Trey fängt ihn von hinten, bevor er mich erreicht, und Jared legt seinen Körper vor meinen und schließt sich Trey im Kampf gegen Garrett an. Die beiden jüngeren Wölfe schieben Garrett nach hinten, fixieren ihn an einer Wand und lehnen ihr volles Gewicht gegen ihn, um ihn dort zu halten.

„Geh ins Schlafzimmer und schließ die Tür ab, Schätzchen", sagt Trey.

Garrett brüllt wieder, zieht sich von der Wand frei, nur um von den beiden jüngeren Wölfen zurückgedrängt zu werden.

„Sorry! Ich wollte sie nicht *Schätzchen* nennen. *Amber*, geh ins Schlafzimmer. Sofort", bellt Trey.

Aber ich kann das hier nicht weitergehen lassen. Garrett leidet, weil er mich braucht, und seine Freunde riskieren ihr Leben, um mich vor ihm zu schützen. Ich ignoriere die Anweisung und gehe stattdessen auf Garrett zu. Ich lege meine Handfläche flach auf seine pralle Brust. „Ich habe keine Angst vor ihm." Ich halte meine Augen auf Garretts silberne gerichtet.

Ich schwöre, ich sehe den Funken der Erkenntnis, das Flackern von blau in seinen silbernen Augen.

„Das solltest du aber", schnaubt Jared, der offensichtlich mit aller Macht kämpft, um Garrett zurückzuhalten.

Ich ignoriere Trey und Jared und erwische Garretts Blick. Ich halte ihm stand. „*Markiere mich.*"

Er stürzt sich wieder nach vorne, aber als die Jungs ihn gegen die Wand werfen, schüttelt er den Kopf. „Ich werde dich auseinanderreißen, Anwältin. Hau. Hier. Ab. Bitte."

„Nein. Ich habe gesehen, wie das hier endet. Ich will, dass du mich markierst."

Garrett wird still, sein Atem rast in seiner Brust. „Was?"

Ich nicke. „Du musst mich markieren." Ich wende mich an die jüngeren Wölfe. „Lasst ihn los."

Sie schauen auf Garrett, der mich lange anstarrt, bevor er nickt. Die Jungs lockern ihr Gewicht von seinen Schultern und scheinen bereit zu sein, ihn jeden Moment wieder anzugreifen.

Er nimmt mich hoch und ich strecke meine Beine um seine Taille und schlinge meine Arme um seinen dicken Hals. Er schaut mir ins Gesicht. „Bist du dir sicher?"

Ich nicke. Obwohl mein Herz donnert, vertraue ich ihm. Er würde mir nie wehtun, wenn er es vermeiden könnte.

KAPITEL NEUN

G *arrett*

SELBST ALS DER WOLF SCHREIT, um freigelassen zu werden, funktioniert mein Verstand noch genug, um für Amber da zu sein. „Baby, verstehst du, was das bedeutet?", frage ich, während ich sie ins Schlafzimmer trage. Ich weiß nicht, woher sie überhaupt vom Markieren weiß.

„Ja", flüstert sie. „Dass du uns fürs Leben aneinander-bindest."

„Das stimmt. Sobald ich dich markiert habe, lasse ich dich nie mehr gehen – aus keinem Grund. Ich würde dir bis ans Ende der Erde folgen, um zu behalten, was mir gehört."

Wundersamerweise scheint es sie nicht zu stören. Meine harte, kleine unabhängige Anwältin scheint sich mir willig hinzugeben.

„Hörst du mich? Du wirst zu mir gehören. Für immer.

Du wirst mein sein, ich werde dich beschützen und behalten. Dich befriedigen."

„Ich möchte, dass du mich markierst", wiederholt sie, scheinbar unerschrocken von meinen Worten.

Ich schließe die Tür hinter uns. „Weißt du, was das involviert? Ich muss dich beißen, Amber. Ein Wolfsbiss. Es wird definitiv weh tun und wahrscheinlich eine Narbe bilden." *Und wenn ich es versaue, könnte ich dich töten.* Schicksal, ich will ihr das nicht antun. So ein Trauma hat sie nicht verdient.

Sie nickt. „Ich sah die Narben – in einer Vision. Deshalb weiß ich, dass das hier passieren muss."

Eine Vision. Dank dem Schicksal. Ich kann keinen Fehler machen, wenn sie es gesehen hat.

Ich setze mich auf einen Stuhl, Amber sitzt über meinem Schoß. Ich denke, ich muss unten bleiben. Alles, was mich verlangsamt und mich davon abhält, sie zu zerfleischen. Ich ergreife ihre Arschbacken mit meinen beiden Händen und drücke sie. Sie wippt mit ihrem Becken nach unten und reibt über meinen steinharten Schwanz.

Ich ziehe ihr Oberteil aus und ziehe ihren blassrosa BH aus. Er ist süß und zart, wie sie. Sie gehört definitiv nicht zu einem Kerl wie mir, aber ich kann mich nicht davon abhalten, sie zu beanspruchen, jetzt wo sie es mir angeboten hat.

Meine Position im Rudel wird sich ändern. Die Vorhersagung meines Vaters, dass ich nie mein eigenes Rudel führen kann, wird sich als wahr erweisen. Es ist mir scheißegal. Amber gehört mir. Ich brauche sie, wie ein Wolf rennen muss.

Ihre knackigen Brüste springen aus ihrem Satingefängnis und ich gehe auf eine los, sauge die steife Knospe in meinen Mund.

Amber lässt einen mutwilligen Schrei raus, der mich

fast in meiner Jeans abspritzen lässt. Ich bin eine Liebkosung davon weg zu kommen, so wie es jetzt ist. Einen
Atemzug davon entfernt, sie mit meinen verlängerten
Zähnen zu durchbohren. Sobald ich mich in ihr versenke,
werde ich wie eine Kanone losgehen. Aber ich schulde ihr
so viel mehr als das. Ich will nicht, dass sie sich an ihre
Markierung mit nichts als nur Schmerz und Trauma
erinnert.

Ich wende meine Aufmerksamkeit zu ihrer anderen
Brustwarze, schnippe sie mit meiner Zunge und knabbere
mit meinen Zähnen daran.

„Shirt aus", murmelt sie.

„Hmm?"

Sie greift mit ihren Fingern in den Kragen meines T-
Shirts. „Ich will auch dein Shirt ausziehen."

Ich lächle durch meinen Nebel der Lust, betrunken vom
Verlangen, und ziehe mein T-Shirt aus. Sie fährt mit ihren
Händen über meine Oberarme und neigt sich zu mir, reibt
mit diesen schönen Titten gegen meine nackte Haut.

Ein Knurren bricht mir aus meinem Hals. Ich muss sie
bald markieren.

„Ich muss in dir sein, Baby." Ich lecke eine Linie von
ihrem Solarplexus zu ihrer Kehle.

Sie zappelt sich von mir weg und zieht den Rest ihrer
Kleidung aus. „Gut", ermutigt sie mich.

„Nein", stöhne ich. Mein Atem kommt jetzt in kurzen
kleinen Stößen, da ich mir alle Mühe geben muss, sie nicht
zu Boden zu werfen und in sie zu hämmern, bis sie sich in
zwei Stücke teilt. „Ich bezweifle, dass es gut sein wird. Ich
werde kommen, sobald ich in dir bin." Ich knöpfe meine
Jeans auf und lasse meinen angespannten Schwanz frei.

Ich ziehe sie auf meinen Schoß und fahre mit meinen
Finger in die Kerbe zwischen ihren Oberschenkeln. „Ich

mache es später wieder gut, versprochen", sage ich. „Ich mache es wieder gut für den Rest unseres verdammten Lebens."

Ein Schauer läuft durch Amber. Ich weiß nicht, was es bedeutet. Ich hoffe nicht, dass es eine Vorahnung ist.

Aber ihre Muschi ist nass. Ich weiß, sie will mich. Ich reibe den Kopf meines Schwanzes entlang ihres schlüpfrigen Schlitzes. Mein ganzer Körper erzittert vor Anstrengung, um mich in Schach zu halten. Jede Zelle in meinem Körper schreit danach, sie runterzuwerfen und sie grob zu ficken und sie für immer mit meinen Zähnen zu markieren.

Sie bewegt sich, um ihren süßen Kanal an meine pochenden Länge zu bringen, und ich rolle mit meinen Hüften und spieße sie auf. Ein Schauder der Befriedigung läuft durch meinen Körper. Als wäre ich gerade zu Hause angekommen.

Nichts hat sich jemals so richtig in meinem Leben angefühlt. Meine Sicht trübt sich und wird scharf, als das Tier in mir nach vorne springt. Ich greife nach Ambers Taille und hebe und senke sie über meinen Schwanz in der Hoffnung, dass ich ihr keine blauen Flecken mache, sie nicht erschrecke darüber, wie fest ich sie ergreife und wie tief ich zustoße.

Meine Hüfte hebt sich, um sich mit ihrer zu treffen, und ich falle, falle tiefer und dunkler in meiner Not.

Sie macht ermutigende Geräusche – lüsterne Geräusche.

„Amber ... Amber ... Ich will ... ich brauche – " Schicksal, ich kann nicht mal einen Satz zusammensetzen. Ich lasse sie über meinen steifen Schwanz springen, als würde ich sterben, wenn ich nicht genug kriege. Wenn ich nicht tiefer komme. Schneller.

Ich drücke meine Augen zu und kämpfe gegen den

Impuls an, sie vollständig zu beanspruchen. Ich ziehe sie über meinen Schwanz, hart und schnell, besitze ihren Körper, beherrsche sie vollständig, als ich mit meinem Wolf um die Kontrolle ringe.

„Ja, Garrett", schreit sie.

„Wem gehörst du?" Ich knurre, reiten eine Welle der Lust so hoch, dass ich im Delirium bin. Jeder Stoß in ihren engen Kanal macht mich noch verrückter.

„Dir! Bitte, Garrett, ich bin so nah dran."

„Ich gebe dir, was du brauchst", knurre ich und hoffe, ich kann das auch liefern, weil das Fieber, das über mich kommt, heißer als Magma ist. Ich stehe auf und beuge sie an der Taille wie eine Stoffpuppe. Jetzt kann ich mit mehr Kraft in sie nageln.

Sie schreit. „Da! Oh Gott, genau da. Oh Gott, hör nicht auf, hör nicht auf, biiiiiiiiiitte." Sie stürzt über den Gipfel ihres Orgasmus. In dem Moment, in dem ihre enge kleine Muschi sich um meinen Schwanz klammert, reißt die Leine beim Wolf.

Meine Bewegungen werden ruckartig, als sie weiterhin meinen Schwanz mit ihrer Vollendung ausquetscht. Knurren erfüllt den Raum und ich öffne meine Augen, erkenne, dass ich das Geräusch mache. Meine Reißzähne tropfen mit dem Serum auf ihr Fleisch. Ich will es ihr so dringend geben. Jeder Muskel ist angespannt, bereit zu bersten.

Und einfach so gehe ich ab. Sperma schießt meinen Schaft hoch. Ich setze mich hin und ziehe sie fest auf meinen Schoß, meine Füße stampfen auf den Boden, ein Brüllen hallt von den Wänden. Wenn sie eine Wölfin wäre, würde ich sie hinten in den Nacken beißen, aber ich muss so verdammt vorsichtig sein. Ich fege ihr blassblondes Haar vom Hals weg und versenke meine Zähne in dem fleischigen Teil ihres Kapuzenmuskels, wo ich sie am wenigsten ernsthaft verletzen kann.

Ich halte den Strom der Energie zurück, die mich auffordert, mit Gewalt meine Kiefer zusammenzuschnappen und diese Zähne tiefer in ihr Fleisch zu bohren.

Sie schreit und ich drücke meine Augen zu im Versuch, gegen den Anstieg des Schuldgefühls anzukommen. Mein blöder Schwanz bekommt die Nachricht nicht und ich komme wieder und stoße in sie. Schüttelnd befreie ich meine Reißzähne aus ihrem Fleisch und lecke die Wunde sauber. Die Antikörper in meinem Speichel sollten ihre Genesung beschleunigen. „Es ist vorbei, Baby. Es tut mir so leid." Ich schnappe mir mein T-Shirt und balle es gegen die Wunde, drücke fest, um jeglichen Blutfluss zu stoppen.

Amber gibt mir noch ein Keuchen und ein Wimmern. Sie dreht sich um, mich anzuschauen, und ihre weiten blauen Augen füllen sich mit Tränen.

„Oh Schicksal", würge ich, meine eigenen Augen brennen.

Sie berührt mein Gesicht. „Nein, es ist okay, es ist okay, es ist okay."

Ich hebe sie von meinem Schoß und packe die Decke vom Bett und wickle diese um sie herum.

Ich muss entsetzt aussehen, denn sie hält ihre Hand hoch. „Mir gehts gut. Alles okay." Aber – *fuck!* – Blut tropft durch das T-Shirt an ihrer Schulter herunter. Ich will Dinge zerschlagen, alles in Reichweite. Meine Frau ist verletzt und es ist meine Schuld.

„Amber." Ich spreche ihren Namen wie ein Gebet. Wie ein Klagelied. Ein Betteln um Vergebung, obwohl sie es mir bereits gewährt hat.

Ein Klopfen ertönt an der Tür. „Alles in Ordnung?", fragt Trey durch das Holz.

Ich hebe Amber hoch und lege sie auf das Bett, ziehe meine Jeans an und öffne die Tür. Trey steht da, Jared hinter ihm.

Ich war noch nie so dankbar für die Unterstützung meiner Rudelbrüder, besonders wenn man bedenkt, dass ich gerade versucht hatte, ihnen ins Gesicht zu schlagen. „Glaubst du, es muss genäht werden? Oder was auch immer Menschen bei Wunden tun?"

Trey geht rein und strahlt Ruhe aus. „Lass es mich sehen." Er nimmt das Shirt von Amber und schaut auf die Wunden. „Nein. Es sieht okay für mich aus. Keine Hauptarterien. Ich denke, es wird ihr gut gehen. Die machen sowieso keine Stiche bei Stichverletzungen. Sie wollen, dass Luft drankommt, um Infektionen zu verhindern."

Gott sei Dank. Ich hoffe verdammt nochmal, dass er weiß, wovon er spricht.

Jared holt eine Flasche mit auf Spanisch beschriftetem Schmerzmittel. „Ich bin gegangen, um dir Ibuprofen zu besorgen", sagt er zu Amber. „Und Kokosnussöl, weil es antibakteriell und antifungiell sein soll."

„Nicht für eine große Wunde, du Idiot", sagt Trey und Jared schlägt ihn.

„Und ich habe auch Alkohol, falls du das bevorzugst." Jared hält eine Flasche Jose Cuervo hoch.

Ich schiebe die Flasche Cuervo weg. „Kein Alkohol. Ja zu den Schmerzmitteln. Kannst du ihr ein Glas Wasser holen?"

Amber akzeptiert die Ibuprofen. Sie sieht blass aus, was mich verdammt noch mal umbringt, also nehme ich sie hoch und klettere zum Kopf des Bettes und setze mich mit ihr gegen meine Brust gelehnt hin.

Jared kehrt mit dem Glas Wasser und drei Ibuprofen zurück. „Brauchst du sonst noch etwas?"

Ich schüttle meinen Kopf.

„In Ordnung, dann lassen wir euch in Ruhe."

Die beiden Jungs gehen raus. Vielleicht liegt es daran, dass meine Brust aufgerissen wurde, mein Herz offen und ungeschützt dort liegt, aber meine Dankbarkeit für ihre Loyalität überwältigt mich.

~

Amber

Ich lehne mich zurück gegen Garretts feste Brust. „Ich fühle ... mich irgendwie komisch."

„Das Serum, das meine Zähne beschichtet hat, enthält eine Droge, die dich ein wenig high machen wird. Es beruhigt das Weibchen, nachdem sie verletzt wurde."

„Ist das auch für Wölfinnen gefährlich?"

Er schüttelt seinen Kopf. „Nein. Wandler haben unglaubliche Heilkräfte. Es wäre ein vorübergehender Schmerz für eine Wölfin. Sie hätte in ein paar Stunden keine Schmerzen mehr, am Morgen wäre sie geheilt." Er streichelt mir die Haare aus dem Gesicht, Sorge ist in sein Gesicht gezeichnet.

„Mir wird es auch gut gehen."

Er fährt mit seinem Daumen über meine Wange. „Du bist unglaublich mutig. Du bist Alpha-Material, auch wenn du keine Wölfin bist."

Ich studiere ihn. „Was bedeutet das genau?"

Sein Gesicht verspannt sich, als hätte er etwas zu verbergen. „Nichts. Nur, dass du eine gute Gefährtin für einen Alpha bist."

Ah. Ich verstehe es jetzt. „Außer, dass eine Alpha-Gefährtin eine Wölfin sein sollte."

Sein Rücken strafft sich. „Das ist mir egal."

Ich muss nicht Hellseherin sein, um zu wissen, dass er etwas versteckt. Mich vor etwas beschützt. *Quark.* Meine Gewissheit über den Wunsch, markiert zu werden, löst sich in Luft auf. „Es ist also ein Problem, dass ich ein Mensch bin? Natürlich ist es das", beantworte ich meine eigene Frage. „Weil du keinen Wandler-Nachwuchs produzierst."

„Vielleicht nicht", korrigiert er. „Und das ist inkonsequent. Mir ist es auch egal, ob ich Alpha bin", erklärt er.

Gänsehaut überkommt meine Haut. Mein Kopf ist neblig von der Droge im Serum und ich schüttle ihn leicht, um den Nebel aufzuklären. „Warte ... Du könntest deine Position als Alpha verlieren? Weil du mit mir zusammen bist?"

Sein Gesicht verhärtet sich. „Du bist nicht nur ein Mensch. Du bist paranormal, mit der zweiten Sicht. Du bist eine perfekte Gefährtin für einen Alpha", wiederholt er, als würde er direkt mit meinen baldigen Kritikern sprechen.

Meine Sicht verschwimmt. „Es tut mir leid."

„Nein," sagt er leidenschaftlich. „Tut mir nicht leid. Es sollte dir besser nicht leid für mich tun, denn ich bin der glückliche Bastard, der seine Schicksalsgefährtin gefunden hat. Glaubst du, dass der Drang, jeden Vollmond zu markieren, mit jeder Frau geschieht? Das tut es nicht. Ich habe es noch nie gespürt, bevor ich dich traf. Ich habe mich vielleicht zurückgehalten, aber das lag nicht daran, dass ich mir Sorgen gemacht habe darüber, meine Position als Alpha zu verlieren, oder über das Stigma, mich mit einem Menschen zu vereinen oder so was. Verstehst du mich?" Er hält mein Kinn. „Nur über meine Angst, dich zu verletzen, und weil es nicht fair war, dich unter diesen Umständen zu beanspruchen."

„Welche Umstände?"

Sein Gesicht vernebelt sich. „Ich habe dich stark

bewaffnet dazu gebracht, mir zu helfen. Ich habe dich gegen deinen Willen hierhergebracht. Du kennst mich kaum. Und du hast keine Ahnung, worauf du dich eingelassen hast, indem du dich mit mir verpaart hast."

Das Serum hat mich jetzt total entspannt und die Aufregung und Schärfe des Schmerzes weggenommen. „Worauf habe ich mich eingelassen?", bringe ich mit einem neckenden Trällern in meiner Stimme hervor. „Ein dominanter Wolf, der mir droht, mich übers Knie zu legen, wenn ich keine Befehle befolge?" Nur die Worte zu sagen, aktiviert meine Lust von vorher, und als Garrett scharf einatmet, weiß ich, dass er meine Erregung riecht.

„Du hast einen Gefährten, der deinen kleinen Körper benutzen wird, wie er will, jederzeit und überall", knurrt er mir ins Ohr. Er wickelt seine Faust in meine Haare und zieht meinen Kopf zurück.

Meine Muschi zieht sich zusammen.

„Wenn du mich verärgerst, ziehe ich dein Höschen runter und versohle dich mit meiner Hand. Ich werde dir meinen großen Schwanz in den Arsch schieben und dich nicht kommen lassen."

Ein schockiertes Kichern kommt aus meinem Mund. Mein Körper verwandelt sich zu flüssigem Verlangen, ein Orgasmus kommt näher, ohne dass meine weiblichen Körperteile auch nur berührt wurden. Er scheint es zu wissen, denn er schiebt seine dicken Finger zwischen meine Schenkel und findet den geschwollenen Knopf meiner Klitoris.

„Ich fessele dich ans Bett und ficke dich besinnungslos. Und wenn ich fertig bin, schiebe ich dir einen dicken Analstöpsel in den Arsch und versohle dich, nur weil ich Lust drauf habe."

„Du bist verrückt", murmele ich, aber meine Schenkel

pressen sich zusammen und ein Orgasmus reißt durch mich. Meine Beckenbodenmuskeln heben sich, als meine Muschi sich in einer Reihe von Wellen zusammenzieht.

Garrett umfasst meinen Nacken. „Verdammt, Mädchen, selbst wenn ich dich markiert habe, weiß ich nicht, wie ich es durch die Nacht schaffe, ohne dich auf alle erdenklichen Arten zu ficken."

„Was hält dich zurück?", frage ich in meiner besten Schlafzimmerstimme.

„Die offene Wunde an deiner Schulter." Das tötete die Stimmung. „Und zu wissen, dass mein Vater bald hier sein wird."

Ein Blitz der Erleuchtung flackert auf. „Er ist jetzt hier", sage ich, kurz bevor ein lautes Klopfen an der Tür der Suite ertönt.

KAPITEL ZEHN

G *arrett*

„DU WARTEST HIER, Baby." Ich lege sie von meinem Schoß aufs Bett. Ich bezweifle, dass mein Vater unsere Verpaarung begrüßt, und ich werde verdammt sein, wenn ich Amber seiner Reaktion unterwerfen werde.

Sie sieht bezaubernd aus, Haare zerzaust und Augen hell mit dieser frisch gefickten Art von Look. Ihre Farbe ist zurückgekommen, Dank dem Schicksal. Ich drücke meinen Mund auf ihre vollen Lippen und ziehe mich zurück, kaum in der Lage, meine Augen von ihr zu reißen. *Mein Mensch. Meine Gefährtin.* Ich kann es kaum glauben.

Jared hat schon meinen Vater und die Top drei seines Rudels reingelassen, sie drängen sich in die Hotelsuite mit grimmigen Ausdrücken. Ein frischer Stich der Schande über meine Unfähigkeit, Sedona zurückzuholen, schießt durch mich, während ich vorwärtstrete, um die Hand meines Vaters zu schütteln. Er ist nicht der umarmende Vater – er erhält seine kalte Autorität aus der Ferne, auch gegenüber seinen Familienmitgliedern.

„Sohn." Er umfasst meine Hand. „Was zum Teufel ist los?"

„Sedona wurde während einer Reise in den Frühlingsferien nach San Carlos von Wölfen entführt. Sie ist in einer abgelegenen Gegend namens Monte Lobo. Mit eurer Verstärkung wollen wir sie bei Sonnenaufgang rausholen."

„Du hättest mich sofort anrufen sollen."

Ich habe diese Kritik erwartet, aber sie lässt meine Brust immer noch schwer werden. „Ich weiß. Ich wollte mich darum kümmern, ohne dir Sorgen zu machen, aber du hast recht und es tut mir leid."

Mein Vater blickt mich an, seine stahlgrauen Augen hart, die Falten auf seinem Gesicht lassen ihn so viel älter aussehen, als ich mich erinnern kann. Mir ist klar, dass er bei einem Wettbewerb zwischen uns um die Alpha-Position nicht mehr gewinnen würde, nicht dass ich ihn jemals herausfordern würde. Mein Vater nickt einmal. „Wer zum Teufel ist Amber?"

Wie auf ein Stichwort torkelt mein kleiner Mensch aus dem Schlafzimmer, angezogen, aber leicht benommen. Mein Herz taumelt. Ich halte meinen Arm aus und sie kuschelt sich darunter, schmiegt sich an meine Seite.

„Amber Drake, Sir." Sie streckt ihre Hand aus. Ich weiß nicht, woher sie weiß, ihn *Sir* zu nennen, aber ich schätze ihre Fähigkeit, sich der Situation anzupassen. Sie ist nur ein kleines Ding, aber ich sehe, wie sie größer wird, ihr Rücken gerader. Sie muss ein furchtbarer Gegner im Gerichtssaal sein.

„Sie ist meine Gefährtin." Ich umschließe meine Worte mit einem Hauch von Stahl, um meinen Vater vor Beleidigungen zu warnen. Er mag nicht zustimmen, aber es ist getan und er muss sich daran gewöhnen.

Mein Vater blickt auf die frische Wunde an ihrer Schulter und ruht dann auf ihrem Gesicht. Er gibt ihr einen strengen Blick, als wäre sie eines seiner Rudelmitglieder. „Ich sagte, du sollst dortbleiben, junge Dame."

„Lass es sein", knurre ich, aber Amber scheint unbe-eindruckt.

„Ich weiß, Sir."

Mein Vater blitzt Amber weiter an, die sich verblüffender Weise nicht kleinmacht. Wenn sie nur das geringste Anzeichen von Not gezeigt hätte, hätte ich meinen Vater sofort herausgefordert und dort bewiesen, wer jetzt der Alpha ist.

„Also bist du gegangen, um diese Wölfe ganz alleine zu retten?"

Amber hebt ihr Kinn so, wie sie es tat, als ich sie im Aufzug traf, und weigert sich, Einschüchterung zu zeigen. „Ich musste es tun, Sir. Mir wurde es in einer Vision gezeigt."

„Das hast du mir nicht gesagt." Es beruhigt meine Schuld und meine Angst, dass sie gefährdet war.

„Du warst in keiner gesprächigen Laune." Sie blickt mich unter ihren Wimpern an, lässt mein Herz springen und gegen meine Rippen schlagen. So eine kleine Sache und sie hat mich so fest um ihren kleinen Finger gewickelt.

„Also werden dir Dinge gezeigt?", fragt mein Vater. Skepsis zieht über seine Gesichtszüge.

Amber nickt. „Manchmal, Sir. Ich kann es nicht immer kontrollieren." Ihr Gesicht verzerrt sich in einer Grimasse von Schmerz.

Schicksal, es sind die Bisswunden. Ich ziehe sie näher an

meine Seite und bin bereit, sie im Handumdrehen ins Krankenhaus zu bringen.

„Sedona hat sich verpaart", würgt Amber hervor.

Ihr Zucken war von einer Vision, nicht die Markierung.

„Aber ihr Gefährte hat sie nicht entführt. Er arbeitet daran, sie freizubekommen."

„Ihr *Gefährte*?", knurrt mein Vater.

Ambers Augen fliegen weit auf, als ob ihre Offenbarung sie selbst überrascht. Sie schaut an meinem Vater vorbei, ihr Fokus wird weich. „Ja ... Sie waren über den Vollmond zusammengesperrt. Er hat sie markiert."

„Weißt du, wo sie ist?", zischt mein Vater und schaut mich an.

Ich nicke.

„Dann lasst uns in Bewegung kommen. Wir haben drei Vans voll mit Wölfen auf der Straße warten. Keine Menschen."

Auch wenn ich zustimme, hasse ich die Art, wie er den Befehl gibt, ohne Amber anzusehen.

Ich wende mich an sie und umschließe ihre Wange. „Du musst hierbleiben, Baby. Ich brauche das sicher nicht zu sagen, aber diesmal denke nicht mal dran, mich zu retten. Egal, was deine Visionen dir zeigen. Verstanden?"

Sie nickt. Da scheint eine Spur von Traurigkeit in ihr zu sein, die ich nicht genau interpretieren kann, aber mein Vater schiebt bereits alle aus der Tür raus.

„Trey, du bleibst bei Amber. Falls ihre Wunden schlimmer werden", befehle ich.

„Nein, mir geht es gut", sagt sie. „Völlig in Ordnung. Ihr solltet gehen."

Ich zögere, zerrissen zwischen dem Wunsch, gut vorbereitet zu sein, wenn wir Sedona holen, und meiner Sorge um Amber.

Sie schiebt uns aus der Tür. „Mir geht es gut. Ich schließe die Tür ab, bestelle den Zimmerservice und warte auf dich."

„Okay", gebe ich nach. Ich beuge mich runter, um sie zu küssen. „Ruh dich aus, Baby. Schlaf morgen aus. Ich rufe dich durchs Hoteltelefon mit einem Update an."

Sie hebt ihre Lippen und küsst mich zurück und ich verlasse sie widerwillig. Ihr Gesicht ist von Schatten gezeichnet und der einzige Weg, wie ich meinen Wolf davon überzeugen kann, sie zu verlassen, ist das stille Gelübde, zurückzukehren.

∿

Amber

ÜBELKEIT TRIFFT MICH, sobald sie gehen. Zwischen dem benommenen Gefühl vom Markiertwerden, der Schmerz und die allgemeine Erschöpfung, rebelliert mein Körper über das, was ich weiß, was ich tun muss …

Gehen.

Wenn ich gewusst hätte, dass Garrett seine Position als Alpha verlieren würde, hätte ich ihn das nie tun lassen. Sein Rudel ist alles für ihn. Ich habe gesehen, wie eng sie miteinander sind, näher als Familie. Sie kümmern sich umeinander, halten einander den Rücken frei. Seine Jungs würden alles für ihn tun. Er hat ein Rudel-Tattoo auf dem Arm, um Gottes willen.

Einsamkeit schießt durch mich, nur wenn ich darüber nachdenke, ihn zu verlassen. Bevor ich Garrett traf, schaffte ich es, mit meiner Einsamkeit klarzukommen. Verwendete Maßnahmen der Ordnung, Kontrolle und das Gefühl, zur

Gesellschaft beizutragen, um mein Leben in Schwung zu halten.

Aber jetzt sehe ich all diese Dinge für das, was sie sind, was sie waren – eine Maske, um die Wahrheit zu verbergen, die immer an mir nagte. Ich bin allein in der Welt.

Was in Ordnung ist. Nicht jeder kann aus einem großen Rudel oder einer Familie kommen. Ich habe gelernt, alleine zurechtzukommen, und ich komme auch ohne Garrett zurecht. Ich habe meinen Job. Und meine beste Freundin. Und Pflegekinder, die meine Hilfe brauchen. Nun ja, das ist mein Job.

Wir waren nur ein paar Stunden zusammen. Ich habe ihn nur für einen Tag als meinen Freund betrachtet.

Loslassen wird nicht so schwer sein.

Ja, ne ist klar.

Meine Augen brennen, als ich meine Sachen in den silbernen Rollkoffer werfe, den ich gepackt hatte, als Garrett mir es befahl. Jedes Mal, wenn ich in Selbstmitleid schwanke, erinnere ich mich daran, dass ich das für Garrett tue. Er verdient eine Alpha-Wölfin als Gefährtin.

Nicht die verrückte Amber.

Definitiv nicht die verrückte Amber.

Ich will die verrückte Amber nicht – wie könnte sie das sein, was Garrett will?

Nein, seine Sorge um Sedona, den Vollmond und ihre Nähe hatten ihn ungestüm gemacht. Früher oder später würde er bemerken, dass er einen Fehler gemacht hat. Vielleicht nächste Woche. Vielleicht in einem Monat. Vielleicht nicht für drei Monate. Aber es würde passieren wie die Unvermeidbarkeit des nächsten Mondaufgangs. Besser, das Pflaster schnell abzureißen. Oder zu gehen, bevor mehr Schaden angerichtet wird. Oder welches Sprichwort am besten passt.

Es war ein wildes Wochenende, aber das war auch alles. Wild. Und ein Wochenende.

Ich verlasse das Hotelzimmer und nehme den Aufzug in die Lobby. Es ist schon nach Mitternacht, aber ich finde draußen ein Taxi und bitte darum, zum Flughafen gebracht zu werden.

Als ich wegfahre, beginnt mein Kopf zu pochen. Ich ziehe die Ibuprofen, die Trey mir geholt hat, aus meiner Handtasche raus und schmeiße mir drei ein, obwohl ich weiß, dass sie nichts nützen werden. Ich starre auf die dunklen Straßen, die vorbeiziehen, und bereite mich auf den Schmerz vor. Nicht in meinem Kopf, sondern von dem riesigen Speer, der durch meine Brust gespießt ist.

Ich werde es schaffen. Das tue ich immer.

Am Flughafen überprüfe ich die Abflüge und finde einen, der um sechs Uhr nach Phoenix fliegt. Das ist zwei Stunden von Tucson entfernt, aber nah genug. Ich zahle für ein Ticket und setze mich in einen Stuhl, um auf den Morgen zu warten.

Die Visionen kommen, sobald ich die Augen schließe. Ich wehre sie ab, aber es fühlt sich an, als würde mein Kopf explodieren. Ich sehe einen vorgespulten Film von Sedona abspielen, eine schöne Brünette, in einem spärlich einge-richteten Zimmer mit einem jungen Mexikaner eingesperrt. Es verschwimmt und verschiebt sich in einen Kampf zwischen dem jungen Mann und den Wölfen, die die Tür bewachen. Dann stehen die beiden auf einer schönen Veranda mit dem Blick auf einen riesigen Dschungel. Der Transporter, der aus dem Lagerhaus von Trey gestohlen wurde, fährt auf der Straße darunter.

Garrett.

Mein Körper trauert um ihn, als ob er nicht nur seinen Duft, sondern auch sein Wesen in mir eingebettet hätte, sodass ich für immer süchtig nach ihm sein würde. Ich schiebe die Visionen zurück, schlucke sie runter. Meine Beine sind zittrig, als ich aufstehe, aber ich gehe ins Bad, um mir kaltes Wasser in mein Gesicht zu spritzen. Es ist fast morgens. Mein Flugzeug fliegt bald ab und ich kann dann schlafen.

Morgen bin ich zu Hause und kann so tun, als wäre das hier nie passiert.

Ich schaue in den Spiegel, aber ich sehe mich nicht, ich sehe die weißhaarige Frau von der Flughafentoilette von Jahren zuvor. Sie starrt mich mit Vorwürfen in ihren Augen an.

„Es tut mir leid", würge ich hervor, aber der Raum dreht sich. Alles, was ich tun kann, ist, am Waschbecken zu hängen und zu versuchen nicht hinzufallen.

Das Letzte, woran ich mich erinnere, ist, dass meine Sicht schwarz wird, kurz bevor mein Kopf gegen etwas Hartes trifft und ich selig das Bewusstsein verliere.

Garrett

Ich sitze auf der Beifahrerseite eines Zwanzig-Personen-Vans und knacke meine tätowierten Knöchel. Wir haben drei riesige Vans – eher wie Minibusse –, die in einer Karawane in den Dschungel fahren. Mein Vater hat sechzig Männer mitgebracht. Die Montelobos haben über hundert. Gute Chancen, wenn man bedenkt, wie wild mein Familienrudel sein kann. Trotzdem, es ist das erste Mal, dass ich kämpfe, obwohl es jemanden gibt, der auf meine Rückkehr wartet.

Das Leben fühlt sich jetzt kostbarer an. Mein eigenes Leben, Ambers. Gewiss Sedonas. Schicksal, sie ist noch ein Kind. Das hätte ihr nicht passieren dürfen.

Ich fahre mit meinen Rudelmitgliedern im Van, um ihnen mitzuteilen, wie sehr ich ihre Unterstützung schätze. Wie wichtig dieser Kampf für mich ist. Ich werde da nicht reingehen und verlieren. Verlieren ist nicht in meinem Blut, besonders nicht dann, wenn Sedona involviert ist. Da dasselbe Blut durch meine Adern fließt wie das meines Vaters, weiß ich, dass wir unbesiegbar sind.

Die Fahrt dauert zweieinhalb Stunden. Genug Zeit für mich, jeden Moment, den ich mit Amber verbracht habe, von dem Tag an, an dem ich sie traf, bis zu dem Moment, als ich sie im Hotel verließ, wieder abzuspielen. In kurzer Zeit hat sie mein Leben komplett verändert.

Ich fühle mich so weit wie möglich entfernt von dem Junggesellen-Partykerl, der ich noch vor einer Woche war. Der Typ, den mein Vater hart handhabe, weil er sich nicht wie ein echter Anführer benahm. Der Kerl, der nicht viel ernst nahm. Ja, ich war ein erfolgreicher Geschäftsmann, aber es war nicht schwer gewesen. Ich hatte ein glückliches Händchen dafür. Ich bin zur richtigen Zeit in den Immobilienmarkt eingestiegen. Mein Vater hat mir Startkapital gegeben, aber ich konnte ihm das innerhalb eines Jahres zurückzahlen. Den Rest habe ich alleine geschafft.

Es ist jetzt so einfach zu sehen, dass ich den Rebellen aus Angst gespielt hatte, um nicht mein Vater zu werden. Angst, ein verklemmtes Arschloch zu werden, das sein Rudel und seine Familie hart regiert.

Nur jetzt, wo meine eigenen Instinkte, meine Liebsten zu beschützen – Amber und Sedona und auch meine Rudelmitglieder –, auf Hochtouren laufen, kann ich ihn besser verstehen. Ich habe andere Entscheidungen bezüglich

meines Führungsstils getroffen, aber wir wollen wahrscheinlich beide die gleichen Dinge. Und jetzt, da ich eine
Gefährtin habe, ist es für mich offensichtlich, dass ich
erwachsen werden muss.

Ich muss die Art von Mann sein, auf die Amber stolz ist,
ihren Kollegen vorzustellen. Ihren Pflegekindern. Das heißt
nicht, dass ich einen Anzug und eine Krawatte anziehen
werde, aber es ist Zeit aufzuhören, wie ein Bruderschafts-
kerl zu leben.

Der Van windet sich einen schmalen Feldweg hinauf
und klettert immer höher in den dichten Regenwald. Alles
sieht ländlich und arm aus, bis wir an einem Hightech-Elek-
trosicherheitstor stoppen. Mein Vater und ich steigen aus.
Ich zertrümmere die Überwachungskamera, die auf uns
runterstarrt, und helfe ihm, das Tor aus den Scharnieren zu
reißen, das Metall zu zerbiegen und zu zerren.

Ich bin bereit, mich zu wandeln und auf vier Pfoten
reinzurennen, aber mein Vater befiehlt den Transportern,
weiterzufahren. Ich reiße mein Shirt ab, als ich wieder im
Van bin, und meine Jungs machen dasselbe. Wir werden
bereit sein, sie in menschlicher oder Wolfsform zu treffen, je
nachdem, was erforderlich ist.

Wir fahren weitere fünfzehn Kilometer und schlängeln
uns immer noch auf der Seite des Berges hoch. In der Ferne
thront eine Festung. Es gibt kein anderes Wort, um es zu
beschreiben. Umgeben von glatten Lehmziegeln sitzt ein
riesiger Palast auf einem hohen Hügel mit Balustraden,
gesäumten Balkonen und Türmen mit Blick auf die Enklave
der kleinen strohüberdachten Hütten darunter. Ein mittelal-
terliches Zuhause für Könige und Bauern – so sieht es aus.

Die Straße endet an einem riesigen Fallgitter – natürlich
geschlossen.

Die Vans halten an und wir sammeln uns draußen. Eine

blitzschnelle Bewegung, die von hinten kommt, lässt mich herumwirbeln und mich teilweise wandeln, aber ich halte kurz inne.

„Sedona?"

Meine Schwester rennt auf uns in voller Geschwindigkeit zu. Sie trägt eine Art fließendes altmodisches Kleid und ich rieche ihr Blut, vermischt mit dem eines Mannes.

Amber hatte recht – nicht, dass ich daran gezweifelt hätte. Sedona wurde markiert.

„Garrett!" Sie springt in die Luft und fliegt in meine Arme, wickelt Arme und Beine um mich herum wie ein Kleinkind.

Ich taumele von dem Aufprall zurück und umarme sie. „Sedona. Alles ist in Ordnung. Wir sind jetzt hier."

Als mein Vater zu uns kommt, setze ich sie runter und sie umarmt auch ihn.

„Wie kommen wir rein? Ich werde jeden letzten Scheißkerl umbringen–"

„*Nein.*" Sedona schießt einen Blick über ihre Schulter in die Richtung, aus der sie kam. Ein kleiner Junge, nicht älter als neun Jahre, steht da und schaut unsicher rein. „Bring mich hier weg. Ich will keinen Kampf. Ich will nur nach Hause. Lasst uns gehen."

Mein Vater schüttelt den Kopf. „Niemand stiehlt meine Tochter und lebt."

„Sie haben mich nicht gestohlen, sie haben mich gekauft. Du kannst gerne die Wichser töten, die mich gestohlen haben, aber ich will nur hier weg. Kein Blutvergießen. Lasst uns einfach abhauen."

Ich sehe, dass mein Vater es nicht will, also greife ich seinen Arm und rucke mit meinem Kopf in Richtung Van. „Vater, komm her."

Sein Mund schließt sich in einer strengen Linie, aber er

folgt mir zur Rückseite des Fahrzeuges, wo wir privat sprechen können. Nun, die Privatsphäre ist größtenteils eine Illusion, weil Wölfe ein unglaubliches Gehör haben, aber zumindest verstehen die anderen, dass wir privat sprechen wollen.

„Vater, glaubst du nicht, Sedona hat genug durchgemacht? Sie wurde *markiert*. Sie könnte dem Kerl gegenüber widersprüchliche Gefühle haben. Das Letzte, was sie braucht, ist mehr Trauma. Wenn sie hier kein Blutvergießen wünscht, müssen wir ihre Wünsche respektieren."

Mein Vater knurrt.

Ich halte meinen Grund und Boden und lehne es ab, mein Kinn zu heben oder gegenüber seinem Tier zu kauern. Mein Wolf ist jetzt Alpha. Er muss mir zuhören.

„Wenn wir sie nicht töten, senden wir die Nachricht, dass wir schwach sind."

„Also kommen wir später zurück und schlachten das ganze Dorf ab", sage ich trocken, obwohl mein Vater zu solcher Gewalt fähig ist. „Ich sage im Moment, holen wir Sedona hier raus, hören uns ihre Geschichte an und gruppieren uns neu. Wenn wir uns entscheiden zurückzukommen, kommen wir zurück. Ich reiße ihnen gerne jedes letzte Körperteil aus. Du weißt, dass ich es tun würde."

Das Grollen in der Kehle meines Vaters verstummt und stirbt. Er gibt ein einziges Nicken und läuft um den Van herum und gibt den Befehl, wieder einzusteigen. Ich blinzele etwas verblüfft, da mein Vater mich tatsächlich die Entscheidung treffen ließ.

Die Jungs bewegen sich mit militärischer Präzision und unsere Karawane ist in weniger als sechzig Sekunden unterwegs. Ich sitze auf einem Rücksitz mit Sedona, wickle einen Arm um ihre Schultern und warte, bis sie bereit ist zu sprechen.

Wir ziehen durch die Straßen von Mexiko-Stadt, als Sedona endlich spricht. „Wie hast du mich gefunden?" Trotz der Tortur, die sie durchgemacht hat, sieht sie lebhaft aus, Jugend und Vitalität strömt von ihr ab, als ob ihr Wolf es liebt, verpaart zu sein.

„Meine Gefährtin hat dich gefunden." Da ist so viel verdammter Stolz in meiner Stimme, als ich spreche, ich bin sicher, Amber kann meine Liebe in unserer Hotelsuite spüren.

Ich komme, um dich zu holen, Baby. Fast da.

Sedona hebt müde grüne Augen hoch. „Deine *Gefährtin?*"

Ich berühre ihren Nacken, wo ihre Bissspuren heilen. „Sieht so aus, als hätten wir uns beide diesen Mond verpaart."

Sedonas Augen füllen sich mit Tränen und sie schaut weg. Ich bin bereit, das Arschloch zu töten, der das getan hat, und ich sterbe, um ihre Geschichte zu hören, aber ich zwinge mich, zu schweigen. Wenn ich aggressiv werde, wird sie sich verschließen.

„Erzähl mir von ihr?" Ihre Stimme wird von Tränen erstickt.

Ich lasse einen Kuss auf ihren Kopf fallen. „Ihr Name ist Amber. Sie ist eine menschliche Hellseherin und Anwältin. Und meine Nachbarin von nebenan. Als du verschwunden bist, habe ich ihr gesagt, dass wir ihre Hilfe brauchen, und wir brachten sie mit nach Mexiko. Sie half uns, deine Spur nach Mexiko-Stadt zu verfolgen, wo wir deine Entführer fanden – sie sind übrigens schon tot –, und dann half sie, die Informationen über diesen Ort zu bekommen."

„Ein Mensch, was? Das hätte ich nie gedacht." Ich höre

keine Vorurteile in Sedonas Stimme, sonst wäre ich in die Defensive gegangen. Ich erwarte immer noch mehr Scheiße von meinem Vater.

„Ich auch nicht." Ich zucke mit den Schultern. „Mein Wolf hat sie ausgewählt."

Sedonas Gesicht wird betrübt, Traurigkeit durchdringt ihren Blick. „Ja. Ich glaube, das passiert."

Scheiße. Sie muss sich in ihren Gefährten verliebt haben, wer auch immer er ist. Das könnte aber auch das Stockholm-Syndrom sein.

„Willst du wirklich nicht, dass ich zurückgehe und das ganze Montelobo-Rudel töte? Denn ich werde nicht zögern, wenn du das Wort gibst, Schwesterlein."

Sie schüttelt ihren Kopf. „Ich bin mir sicher. Lass Vater auch nicht zurückgehen. Ich denke … Sie sind nur ein echt beschissenes Rudel." Sie dreht ihr Gesicht zu meinem. „Also, wo ist Amber jetzt? Wann kann ich sie treffen?"

Ich weiß, dass sie ein sonniges Gesicht für mich macht, und es bringt mich fast um. Wir parken vor dem Hotel. „Sie ist in unserer Suite. Komm schon. Du kannst sie jetzt treffen."

Wir kommen aus dem Van und ich steige mit Sedona, Trey und Jared in den Aufzug. Mir fällt auf, dass Sedona schnell zu mir kommt, genau wie sie schnell in meinen Van gestiegen ist. Sie will nicht mit unserem Vater umgehen. Ich werfe es ihr nicht vor. Ich drapiere einen Arm über ihre Schultern und sie lehnt sich gegen mich.

Ich bin erst seit sechs Stunden weg, aber ich sterbe fast, Amber endlich zu sehen. Ich hoffe, ihre Bisswunde hat ihr keine Probleme bereitet. Ihr gehts wahrscheinlich miserabel.

Ich stecke meine Schlüsselkarte in die Tür und schwinge

sie auf. In dem Moment, in dem ich das tue, weiß ich, dass etwas nicht stimmt.

Ambers Duft ist nicht da. Nun, Spuren sind da, aber sie ist nicht im Zimmer. „Amber?", rufe ich trotzdem aus. Da ist ein Zettel auf dem Tisch und ich schnappe ihn.

GARRETT,

ICH WILL DICH NICHT AN ETWAS BINDEN, *das unter dem Einfluss von Stress und Vollmond passiert ist. Ich weiß, dass die Verpaarung mit einem Menschen deine Position mit deinem Rudel und deinem Vater verändert, und ich will dieses Gewicht nicht auf meinen Schultern haben. Lass uns dies als ein interessantes zweites Rendezvous abschreiben und es gut sein lassen.*

Ich habe ein Flugzeug zurück nach Tucson genommen. Bitte gib mir etwas Zeit, bevor du bei mir vorbeischaust – ich möchte etwas Abstand, um zu heilen.

In Liebe
  Amber

NEIN.

Mein Brüllen schüttelt die Bilder an den Wänden. Ich zerknittere die Notiz und werfe sie auf den Boden.

Sie kann nicht weg sein.

Ich werde es verdammt nochmal nicht akzeptieren.

Ich schnappe mir mein Handy und tippe ihre Nummer ein, bevor ich mich erinnere, dass ihr Handy hier nicht funktioniert. Ich lasse es klingeln und es geht trotzdem zur Mailbox.

„Amber. Ich muss sofort mit dir reden. Ruf mich an." Ich will eine Million andere Dinge sagen, aber ich traue mir nicht zu, es nicht zu vermasseln und etwas Dummes zu sagen. Trey, Jared und Sedona haben alle weitaufgerissene Augen und sind vorsichtig, bleiben auf Distanz, aber machen mitfühlende Gesichter. „Trey, lass Kylie herausfinden, auf welchem Flug sie ist."

„Ich bin dran, G."

Ich stakse in einem engen Kreis im Raum umher und schlage meine Faust durch die Wand.

„Garrett", sagt Sedona scharf.

Ich drehe mich zu ihr um und balle die Fäuste. Mein Knurren macht es schwer, etwas zu hören.

„Wenn du deine Gefährtin zurückhaben willst, solltest du wohl einen besseren Plan haben, als Löcher in den Putz zu schlagen."

Ich blinzle sie an. Es dauert eine ganze Minute, bis ihre Worte einsickern, aber dann merke ich, dass sie recht hat.

„*Scheiße.*" Ich fahre mit allen zehn Fingern durch meine Haare und halte meinen Kopf.

Ich habe keine Ahnung, wie ich meine Gefährtin zurückgewinnen kann. Offensichtlich habe ich keine Ahnung, wie ich ihr den Hof machen soll, da sie sagte, dass unsere ersten beiden Rendezvous episch schlecht waren.

Treys Handy piept. „Du hast Glück. Sie hatte einen frühen Flug aus Mexiko-Stadt gebucht, aber sie ging nie an Bord. Sie hat jetzt einen Flug umgebucht" – er schaut auf sein Handy – „auf in einer Stunde. Lasst uns gehen."

Ich bin erleichtert, Trey für einen Moment die Führung zu überlassen, während mein Gehirn versucht, den wilden Wunsch meines Wolfs zu zügeln, seine Gefährtin zurückzugewinnen. Wir folgen ihm alle in den Aufzug und nehmen ihn runter. Mein Vater und einige seiner Rudelmitglieder sind immer noch in der Lobby und sie sprechen mit uns, aber ich kann es durch das Brummen in meinen Ohren nicht hören. Irgendwie kommen sie auch mit und wir strömen alle zurück in einen der Transporter.

Während das Fahrzeug durch den Verkehr schießt, spielt mein Verstand den Film jedes Augenblicks ab seit dem Tag, an dem ich Amber getroffen habe.

Falls ich Zweifel hatte, warum ich sie als Gefährtin auserwählt habe, dann ist es jetzt klar. Ein Leuchten durchdringt jede Interaktion, die wir miteinander hatten. Amber Drake ist ein Geschenk. An diese Welt. An die Kinder, denen sie hilft. An mich. Sie hat das Herz eines Engels und den Mut einer Wandlerin. Sie ist zart, aber stark. Mächtig auf ihre eigene Art. Ihre Fähigkeit, zu lieben, zu vergeben, anderen ihre Zeit und ihr Herz anzubieten, kennt keine Grenzen.

Ich brauche sie.

Nicht nur für meinen Wolf. Für mich.

Und ich werde alles in dieser Welt tun, um Amber Drake würdig zu sein.

~

Amber

NOTIZ AN MICH SELBST: *Mit einem Wolf Schluss zu machen, verursacht starke Kopfschmerzen.* Ich wache auf dem Boden der Toilette auf und finde heraus, dass ich meinen Flug verpasst habe. Ich habe keine Ahnung, wie lange ich dort lag oder ob mir jemand helfen wollte.

Frauen umgehen mich in einem großen Kreis, um mir nicht nahe zu sein, als ob das, was mich bewusstlos gemacht hat, ansteckend sein könnte. Gott bewahre, dass jemand 1-1-2 anruft. Natürlich würde diese Nummer in Mexiko nicht funktionieren.

Ich schleppe mich zu einem Ticketschalter, buche den nächsten Flug in die USA um und hocke mich zum Warten hin. Das Licht von den Fenstern dringt durch meinen Kopf wie ein physisches Objekt. Übelkeit lässt mich leicht schwindelig werden.

Ich kann das hier schaffen. Ich muss nur nach Hause, in mein Bett.

Dieser Gedanke erinnert mich natürlich an die letzten Kopfschmerzen, die ich hatte, als Garrett mich in mein Bett trug und mir einen kühlen Waschlappen auf den Kopf legte. Wie konnte ich je an ihn denken, als wäre er ein Grobian? Er mag ein raues Äußeres haben, aber er ist ein sanfter Riese. Er wollte mir nie wehtun.

Aber er hat es.

Nicht der Biss – ich weiß, dass das heilen wird. Ich weiß auch, dass ich darum gebeten habe.

Es ist mein Herz, das nie heilen wird.

Ich verbrachte mein ganzes Leben, ohne mich jemals sicher zu fühlen. Oder ganz. Oder geliebt. Ich gehörte nie dazu, passte nie rein. Mit Garrett war das alles weggegangen. Er umarmte alles, was ich war – nicht nur Anwältin Amber. Er kümmerte sich um mich, um meine Sicherheit.

Aber es war dumm, mich mit ihm nach einem einzigen Wochenende zu verpaaren. Es war das Äquivalente zu einer betrunkenen Hochzeit in Las Vegas um Mitternacht. Mit oder ohne den Elvis-Imitator als Priester. Das Ereignis, von dem du aufwachst und erkennst, es war ein riesiger Fehler.

Also gehe ich nach Hause. Werde wieder Anwältin

Amber sein. Kindern weiter helfen. Und früher oder später werden die Erinnerungen an dieses Wochenende verblassen.

Richtig?

Ich reibe meine pochenden Schläfen und sinke tiefer in den unbequemen Plastikstuhl.

Ein Tumult in der Nähe des Sicherheitstors zwingt mich, ein Auge aufzumachen, und ich werde still.

Garrett marschiert auf mich zu, flankiert von einem Dutzend riesiger, böse aussehender Männer, darunter Trey, Jared und sein Vater. Oh, und eine Frau, die seine Schwester sein muss.

Dunkle Entschlossenheit überzieht sein Gesicht, als er den Raum zwischen uns schließt, Augen auf mich gerichtet. Ich bereite mich darauf vor, dass meine Kopfschmerzen schlimmer werden, auf die Möglichkeit, dass ich wieder in Ohnmacht falle, aber es passiert nicht. Stattdessen wird meine Welt still. Der ganze Lärm in meinem Kopf fällt zurück.

Ich widersetze mich der Versuchung, mich an ihn zu schmiegen. Für Garrett. Ich bin für ihn gegangen. Ohne mich ist er besser dran. Also kann ich nicht zulassen, dass dies meine Entscheidung wanken lässt, auch wenn mein Herz in meiner Brust Saltos schlägt und mein Körper vor Aufregung vibriert, weil ich ihn sehe.

Wir sind Geschichte.

Garrett kommt so schnell und wütend auf mich zu, dass ich befürchte, er wird die ganze Stuhlreihe umkippen, in der ich sitze, aber er wird still. Schnell hockt er sich vor mir hin.

„Garrett, nicht."

„Baby."

Oh Gott. Ich habe nicht damit gerechnet, dass er so leise, so zärtlich spricht. Ich hatte erwartet, dass er mit seinem üblichen dominanten Wolf-Gedusel anfängt. Ich war bereit, meinen Standpunkt zu verteidigen. Aber diese Süße trifft mich zwischen den Augen, sendet einen Ansturm von Sehnsucht und Schmerz durch meine Brust und mein Gesicht, baut sich auf wie ein Dampfkochtopf.

Garrett räuspert sich, als wäre er unsicher, was er sagen soll. Ich bin es nicht gewohnt, den übermütigen Wolf so außerhalb seiner Rolle zu sehen. „Ich habe viele Fehler gemacht. Wenn ich es wieder tun könnte, würde ich dafür sorgen, dass unser erstes und zweites Rendezvous die besten deines Lebens gewesen wären."

Tränen schwimmen in meinen Augen. Ich blinzle wütend und will sie nicht vergießen.

Garretts Gefolge hat sich hinter ihm versammelt und bietet uns keine Privatsphäre, als wären sie auch ein Teil dieser Diskussion.

„Ich würde sicherstellen, dass du nie daran gezweifelt hättest, was ich für dich empfinde. Und ich würde dafür sorgen, dass du weißt, dass nicht der Vollmond oder mein Wolf dich als meine Gefährtin ausgesucht hat. *Ich* wähle dich, Amber Drake. Mensch. Begabte Hellseherin. Großherzige Anwältin. Ich brauche dich, Baby. Und es ist mir egal, was alle denken." Er bemerkt schließlich unser Publikum mit einem Ruck seines Kopfes. „Es ist mir egal, ob ich meine Position als Alpha verliere. Oder ob mich meine Familie verstößt. Ich will mich nur um dich kümmern. Mit dir zusammen sein. *Für* dich da sein.

Weil nichts in meinem Leben etwas bedeutet hat, bis ich dich traf. Jetzt kenne ich meinen Zweck."

So viel zu nicht weinen. Tränen strömen mir übers Gesicht, als ich versuche, mich nicht in Garretts Arme zu stürzen. „Was war das denn?", flüstere ich.

„Ich mache mich deiner würdig."

„Hör auf", sage ich erstickt.

„Ich werde meine Schuhe zum Glänzen bringen und das Motorrad verkaufen, wenn du das willst. Ich werde den Nachtclub den Jungs überlassen. Ich helfe deinen Pflegekindern. Was auch immer du von mir brauchst, ich werde das für dich sein, Amber. Weil du mein bist. Ich sagte dir doch, sobald ich dich markiert habe, werde ich dich nie gehen lassen. Und ich meinte das ernst. Aber ich werde hart für dein Glück arbeiten. Ich werde dich stolz machen, mich deinen Gefährten zu nennen."

So viel zu nicht springen.

Ich fliege auf Garrett zu und er fängt mich. Meine Arme wickeln sich so fest um seinen Hals, dass ich ihn würge.

„Baby", krächzt er. „Ist das ein *Ja*?"

„Ja", flüstere ich.

Das Rudel versammelt sich um uns herum, in einem engen Kreis. Jared legt mir eine Hand auf den Rücken, Trey berührt Garrett.

Garretts Vater räuspert sich. „Klingt, als hätte Amber dir die Inspiration gegeben, die ich dir nie geben konnte."

Garrett weigert sich, mich loszulassen, und flüstert mir unverständliche Worte in die Haare.

„Willkommen in der Familie, Amber", murmelt Mr. Green. „Ich weiß zu schätzen, was du getan hast, um meine beiden Kinder dieses Wochenende zu retten."

„Willkommen im Rudel", murmeln Trey und Jared und viele andere Stimmen.

Garrett lässt mich endlich los und seine Schwester nimmt beide meiner Hände und drückt sie. „Danke, dass du ihnen geholfen hast, mich zu finden", sagt sie. „Und willkommen in der Familie."

Ich nehme meine Hände von ihr, um die schöne

Brünette zu umarmen. Ich spüre ihren eigenen Herz-
schmerz als Resonanz über dessen, was ich einfach so losgelassen habe, und ich möchte es für sie reparieren.

„Entschuldigt uns für einen Moment." Garrett nimmt
meine Hand und schiebt uns durch den Kreis. „Ich muss
meine Gefährtin zurück ins Hotel bringen." Er schaut mich
an, seine Augen weich vor Zuneigung. „Wir fliegen morgen
nach Hause. Zusammen. Okay?"

Ich nicke stumm. Ich muss auf der Arbeit anrufen und
sie wissen lassen, dass ich nicht kommen kann, aber es ist in
Ordnung. Ich habe keine Gerichtstermine.

Garrett fegt mich in seine Arme und schreitet trotz
meiner Proteste aus dem Flughafen.

„Keine Sorge, Amber. Wir holen dein Gepäck", ruft Trey
hinterher.

Ich verstecke mein Gesicht an Garretts Hals. „Wie bist
du ohne Flugticket an der Sicherheitsschleuse vorbeige-
kommen?", frage ich.

„Ich weiß es nicht. Trey hat sich drum gekümmert."

Richtig. Er hat ein Rudel. Jetzt auch mein Rudel.

Garrett

Ich checke in eine private Suite ein, zurück im Hotel, und
Jared bringt unsere Taschen rüber.

Amber errötet wie eine jungfräuliche Braut, was das
Süßeste ist, was ich je gesehen habe. Sie wird noch härter
erröten, wenn sie realisiert, was ich für ihren heißen kleinen
Körper auf Lager habe.

„Klamotten aus." Meine Stimme kommt tiefer heraus,

als ich erwartet habe.

Sie schaut mich mit erhobenen Brauen an, wahrscheinlich überrascht vom groben Befehl, wenn man bedenkt, dass ich sie wie eine zarte Blume behandelt habe.

Was auch immer sie auf meinem Gesicht sieht, muss das rohe Verlangen sein, denn sie senkt ihre Augenlider und ihre Nippel werden hart. Sie zieht ihre Kleidung aus.

Ich stöbere durch meine Tasche nach dem Klebeband. Als ich es herausziehe, wird sie rot, aber ihre Hände fahren hoch, um ihre eigenen Brüste zu umfassen, als ob ich dort einen Schmerz ausgelöst habe, der gestillt werden muss.

„W-was machst du?"

Ich halte das Band hoch und pirsche auf sie zu wie ein Raubtier, das sich seiner Beute sicher ist. Mein Schwanz ist schmerzhaft hart für meine neue Gefährtin. „Da es dir schwerfällt, bei mir zu bleiben, dachte ich, ich sichere dich besser ab."

Sie leckt ihre schmollenden Lippen. „Das wird nicht nötig sein." Verdammt, ihre Stimme ist heiser. Ich liebe diesen Ton an ihr. Ich kann es kaum erwarten zu sehen, was ich noch so aus ihr rausholen kann. Ich hatte nicht die Zeit, den Körper meiner Gefährtin kennenzulernen und wie sie reagiert – was bringt sie zum Zittern, was lässt sie schreien? Ich werde es jetzt gleich wiedergutmachen.

Ich ziehe ein Stück Klebeband heraus und reiße es ab. „Oh, ich denke, es ist sehr notwendig. Du wirst den ganzen Tag und die ganze Nacht an mein Bett gefesselt sein, Baby, und vielleicht wirst du dann lernen, nicht mehr wegzulaufen." Ich reiße ein zweites Stück in der gleichen Länge ab und lege sie zusammen, klebrige Seite auf klebrige Seite. Ich will der Haut meiner Gefährtin heute nicht wehtun. Ich mag es zu dominieren, aber hier geht es definitiv nur um Lust.

Sie stößt ein ersticktes Lachen aus. „Ich laufe nicht–"

Ich unterbreche ihren Protest mit einem harten Kuss, während ich ihre Handgelenke zwischen uns halte und das Band um sie wickle –mit einem frischen Stück Klebeband, um sie zu sichern. Ich lasse meinen Finger unter die provisorischen Handschellen rutschen, um sicherzugehen, dass sie eng, aber nicht zu eng sind. „Das sollte reichen." Ich falte ein langes Stück Klebeband in der Mitte der Länge nach und schlinge es durch die Handschellen und ziehe meine Gefährtin wie eine Sklavin in Fesseln zum Bett. „Auf den Rücken." Ich hebe mein Kinn zur Matratze.

Ein winziges Lächeln spielt auf ihren Lippen, als sie auf die Knie geht und sich dann auf den Rücken legt. Ich ziehe ihre Handgelenke über ihren Kopf und sichere das lange Stück mit mehr Klebeband am Kopfteil. Es würde nicht halten, wenn sie wirklich ziehen würde, aber es geht mehr über die Illusion der Gefangennahme als das echte Prozedere.

Ich muss für einen Moment innehalten und kann nur die Ansicht genießen.

Verdammte Perfektion.

Ambers süßer kleiner Körper ist nackt ausgebreitet wie eine Opfergabe, ihre frechen Titten fallen zu den Seiten, ihr Bauch erschaudert, als sie atmet.

„Öffne deine Beine breiter, Baby."

Sie reißt ihre Schenkel breiter auseinander, eine Röte schleicht ihren Hals hoch.

Ich drücke meinen Schwanz durch meine Jeans und stöhne. „Du bist so schön, Anwältin, ich kann es kaum ertragen. Sogar obwohl wir den Vollmond überstanden haben."

„Zieh deine Kleidung aus", befiehlt sie, die Augen geweitet, ihre Wimpern flattern.

Ich schüttle meinen Kopf. „Nein."

Verwirrung flitzt über ihr Gesicht. „Warum nicht?"

„Zuallererst, Engel, ich bin der Chef im Schlafzimmer, nicht du. Und du und ich wissen beide, dass es dir so gefällt, also tu nicht mal so, als wäre es nicht so. Zweitens ist das eine Bestrafung. Du hast mich verlassen. Das habe ich nicht vergessen. Also, du wirst dich zurücklehnen und alles annehmen, was ich dir gebe, wenn ich es dir gebe. Verstanden?"

„N-nicht wirklich." Ihre Stimme ist zittrig, aber ich rieche ihre Erregung und die Art und Weise, wie sich ihre Brust schnell hebt und senkt, sagt mir, dass sie von meiner Anweisung total angetörnt ist.

Ich klettere langsam über sie, immer noch voll angezogen. „Lass mich erklären." Ich greife ihre Knie und drücke sie bis zu ihren Schultern und spreize sie breit. Ich starre auf das rosa Herz zwischen ihren Schenkeln, ein Knurren der Erregung rumpelt aus meiner Kehle. "Ich werde diese hübsche Muschi lecken, bis ich genug hatte. Wenn das achtzehn Stunden dauert und du dich heiser geschrien hast, dann wirst du vielleicht deine Lektion lernen."

Sie lacht dieses heisere Lachen, das mich verdammt wild macht.

Ich stoße ein Knurren aus und fülle meine Hände mit ihrem Arsch, hebe ihn hoch, bis ihr köstlicher Kern meinen Mund trifft, dann lecke ich sie.

Sie erschaudert, Knie an ihren Ohren. Ich lecke der Länge entlang, Teile ihre Schamlippen, und ertaste ihr Inneres mit der Zungenspitze. Ihre Schenkel beugen sich, und sie lässt ein unruhiges Stöhnen aus.

„Das ist es, meine Schöne, lass mich schmecken, was mir gehört."

Ich lutsche an ihren Schamlippen, knabbere an ihnen, bevor ich meine Zunge an ihre Klitoris lege.

Ihre Schreie nehmen einen höheren Ton an – den Klang der Verzweiflung. Ich mache meine Zunge flach und lecke sie vom Anus bis zur Klitoris, und sie beginnt zu keuchen und zu stöhnen. Ich kehre zu ihrem Kitzler zurück und lutsche, während ich einen Finger und dann zwei in sie stoße. In dem Moment, in dem ich ihre Innenwand streichele, findet sie Erlösung, ihre Muskeln ziehen sich um meine Finger zusammen, ihr Arsch zuckt, ihre Muschi drückt sich gegen mein Gesicht.

Ich bin im Himmel. Meine Frau zu befriedigen ist ganz klar mein Zweck im Leben, denn ich habe mich noch nie so mächtig gefühlt.

Sobald sie fertig ist, fange ich wieder von vorne an.

Ich bringe sie noch einmal zum Höhepunkt. Dann beginne ich mit dem dritten Akt.

Sie zieht an ihren Fesseln. „Ich kann nicht, Garrett", stöhnt sie. „Zu viel. Es ist so intensiv."

„Ich weiß, Baby. Das ist deine Strafe. Wem gehörst du?" Ich bearbeite ihren Arsch„ lecke um ihren kleinen Seestern.

Sie quietscht, verkrampft ihren Arsch, hebt ihren ganzen Beckenboden. „Dir! Garrett, dem besessensten, stursten, herrschsüchtigsten ..."

„Oh oh." Ich lache. „Jemand muss wohl übers Knie gelegt werden."

Ihr Beckenboden verkrampft sich wieder, daher weiß ich, dass sie die Idee liebt.

Ich rolle sie rüber und passe das Band an ihren Handgelenken an, um der neuen Position entgegenzukommen.

Sie wackelt mit ihrem Arsch und begrüßt meine Strafe sozusagen.

Ich teile ein paar schnelle Klapse aus und reibe dann das Brennen weg. „Weißt du, was mit frechen Gefährtinnen passiert, die versuchen, ihr Männchen zu verlassen, das sie markiert hat?" Ich greife nach einem der Kissen und hebe ihre Hüften an und schiebe es drunter.

„W-was?"

„Sie werden hart gefickt." Ich gebe ihr wieder einen Klaps auf jede Seite. „Bist du bereit für deinen Bestrafungsfick?"

Ihr entzückender Hintern zieht sich fest zusammen. „Gott, nein." Da ist ein Kichern in ihrer Stimme.

„Schade, Baby. Du wirst herausfinden, was passiert, wenn du deinen Gefährten verärgerst."

Ich spreize ihre Knöchel weit und benutze das Klebeband, um jeden an den Bettpfosten zu befestigen, wieder mit der Methode des verdoppelten Bandes, sodass ich nicht die klebrige Seite auf ihrer Haut benutze.

Ihre Erregung tropft zwischen ihren Oberschenkeln, ihr Rücken bewegt sich mit ihrem keuchenden Atem. Meine Frau ist so aufgeregt.

Ich klettere über sie und lege meine Lippen an ihr Ohr. „Weißt du, was passiert, wenn du wirklich frech bist, Baby?"

„Was?" Schicksal, diese heisere Stimme. Sie bringt mich um.

„Du wirst in den Arsch gefickt." Ich versohle ihren Arsch ein paarmal. „Willst du, dass ich deinen engen kleinen Arsch ficke?"

„Nein, Sir."

Mein Schwanz zuckt. Ich denke, er wird wahrscheinlich jedes Mal zucken, wenn sie mich *Sir* nennt, bis zu dem Tag, an dem ich sterbe. Es ist so verdammt heiß für mich, wenn sie sich unterwirft.

Ich ziehe mich aus und klettere hinter Amber, mache ein mentales Bild von der Art, wie sie nach unten schaut, gespreizt Beine, wie sie ans Bett geklebt ist. Ich lege es in das Album, von dem ich hoffe, dass es bald eine Million weitere erotische Bilder enthält: Amber, die an ihren Handgelenken an einem Haken an der Decke befestigt ist, Amber, die sich vom Bett lehnt, um meinen Schwanz zu lutschen, Amber in jeder Yoga-Position, nackt und auf meinen Befehl wartend.

Ein Knurren beginnt in meinem Rachen zu summen. Ich führe meinen Schwanz in die Kerbe zwischen ihren Beinen ein und reibe den Kopf in ihren Säften. Ich gleite mit meinem Schwanz langsam in sie, necke sie, indem ich mir meine Zeit nehme.

Sie keucht, hebt ihren Arsch hoch und kippt ihr Becken, um mir besseren Zugang zu geben. Ich versinke tief und ziehe ihn dann raus, fast ganz.

„Nein", wimmert sie. „Was machst du–"

Ich sinke wieder rein.

„Ja. Das." Sie klingt atemlos.

Ich lache leise. „Wer hat hier die Kontrolle, Baby?"

Sie zeigt, wie sie an ihren Fesseln zerrt. „Du, verdammt nochmal. Mach weiter!"

Ich ziehe ihn raus und teile zwei schnelle Schläge aus, einen auf jede Backe. „Du musst es heute in den Arsch wollen."

„Nein. Nein, das will ich nicht", antwortet sie schnell und lacht wieder. Ich nehme noch ein Kissen und stopfe es unter ihre Hüfte, um mir einen besseren Winkel zu geben, dann gleite ich wieder rein.

„Oh ja!" schreit sie.

Ich hätte nie gedacht, dass die verklemmte Anwältin, die ich am ersten Tag traf, so ausdrucksstark ist. So reaktiv.

Ich tauche immer wieder in sie ein und halte den Rhythmus für mehrere Stöße langsam und stabil. Dann bricht meine Selbstkontrolle zusammen.

„Das ist, wenn du es hart bekommst, Schatz", warne ich. Ich verlagere mein Gewicht auf meine Hände neben ihrem

Kopf und pflügen in sie, bumse sie tief. Wenn ihre Knöchel nicht gesichert gewesen wären, hätte ich ihr Gesicht bis zum Kopfteil hochgeschoben, meine Stöße sind so hart.

Ihre Schreie machen mich verrückt und mein Wolf ist in Ekstase. Ich ficke und ficke und ficke sie noch mehr, das Geräusch meiner Lenden, die gegen ihren Arsch klatschen, erfüllen den Raum, das Geräusch ihrer Schreie, die an meine Ohren dringen.

„Ja, ja, ja, ja, Garrett!", schreit sie. Ihre Muskeln ziehen sich zusammen und krampfen und pulsieren. Ich schiebe ihn tief hinein, damit sie ihren Orgasmus genießen kann. Sie ist fertig und wird schlaff unter mir. Ich ziehe ihn lange genug raus, um ihre Knöchel frei zu zerren, dann hebe ich ihre Hüften an, bis sie auf den Knien ist, Beine breit, Arsch in der Luft. Ihr Gesicht ruht noch auf dem Bett, die Arme über den Kopf gezogen.

Ich verhaue ihre Muschi. „Dachtest du, wir wären fertig, Engel?"

Sie lässt ein langes Stöhnen raus. „Ich kann es nicht. Zuviel ... Lust", murmelt sie.

„Oh, du wirst alles nehmen, Baby. Du wirst all die Lust nehmen, die ich dir geben möchte. Weißt du warum?"

„Weil ich dein bin?" Da ist ein Lachen in ihrer Stimme.

„Das stimmt. Du gehörst zu mir. Du bist mein. Für immer." Ich greife ihre Hüften und spieße sie noch einmal mit meinem Schwanz auf, nachdem ich ein weiteres mentales Bild mache. Ich pumpe in ihre Muschi. „Wirst du jemals versuchen, mich wieder zu verlassen, Baby?"

„Nein, Sir."

Drei weitere Klapse direkt über ihrer Klitoris.

Sie stöhnt.

„Ungezogenes Baby. Jetzt muss ich dich ficken, bis du im Delirium bist."

„Das bin ich schon." Ihre Worte werden von den Decken gedämpft und möglicherweise vor Lust genuschelt.

Ich lehne mich runter, um meine Zunge über ihre feuchten Falten zu schnippen.

„Oh Gott", stöhnt sie.

Ich möchte vielleicht meine Gefährtin mit multiplen Orgasmen quälen, aber meine Ausdauer wird nicht viel länger anhalten. Ich stehe auf meinen Knien hinter ihr und positioniere meinen Schwanz an ihrem Eingang. Ich versinke in ihrer feuchten Hitze und stöhne. Es ist noch besser von diesem Winkel aus. Finger eng um ihre Hüften, pumpe ich in sie, besitze ihren süßen Körper, befehlige ihn. Meine Augäpfel rollen sich in meinem Kopf zurück. Sie fühlt sich zu gut an. Zu eng. Zu heiß. Zu richtig.

Mein Höhepunkt kommt durch wie ein Güterzug, fährt durch mich durch. Ich würge an einem Fluch und ficke sie direkt durch und pflüge in sie, während Ladung um Ladung von Wichse aus meinem Schwanz spritzt.

Die Zeit rauscht an uns vorbei. Ich weiß nicht, wie lange es her ist, seit meine Sicht klar ist, aber ich bemerke, dass ich aufgehört habe, meine neue Gefährtin zu ficken. Ich bin immer noch an ihrer Rückseite zugange, bis zu den Eiern tief in ihr vergraben. Mein Atem kommt stoßweise, als wäre ich einen Marathon gerannt.

Amber stöhnt leise, ein zufriedener Klang, und kuschelt sich in die Decken. Ich reiße ihr die Klebeband-Handschellen von den Handgelenken und ziehe sie an meine Seite, damit ich mich um sie wickeln kann. Sie passt neben mich, als wären unsere Körper erschaffen, um miteinander zu kuscheln.

Ich streichele ihr die Haare aus ihrem Gesicht. „Alles okay?"

Sie nickt mit einem verträumten Ausdruck, der ihren Mund zu einem Lächeln bringt.

„Wie war das für ein drittes Rendezvous?"

„Mmm." Sie greift nach oben und berührt mein Gesicht. „Episch."

EPILOG

mber

DAS SCHILD AUSSERHALB VOM ECLIPSE VERKÜNDET: *Private
geschlossene Veranstaltung.* Drinnen laufen Kinder durch
Garretts Club. Es dauerte eine Weile, bis sie sich aufge-
wärmt haben. Die meisten Pflegekinder haben hässliche
Situationen durchgemacht. Sie sind nicht sorgenfrei. Sie
halten sich zurück.

Aber als Garrett zum Stand mit der Gesichtsbemalung
läuft und schreit: „Gesichter bemalen, wie cool. Kann ich
ein Wolf sein?", wärmt es die Kinder auf. Der riesige tätowierte, zähe Kerl, der einen Wolf gemalt bekommt, über-
zeugt jedes Kind, genau so einen auch zu bekommen.

Ihn zu beobachten, lässt mein Herz so voll anfühlen,
dass es fast platzt. Er hat sein Versprechen, meiner würdig
zu sein, mehr als erfüllt. Nicht, dass ich dachte, dass er es
vorher nicht war. Nein, seine Kleidung hat sich nicht geän-

dert und er fährt immer noch Motorrad, aber er macht jeden Tag Schritte, um unsere Zukunft schöner zu gestalten. Wie die Pläne für unser Traumhaus fertig gezeichnet zu bekommen. Und mich auf echte Rendezvous auszuführen.

„Alisa, holst du dir einen Shirley-Tempel?", frage ich die schüchterne Rothaarige, die gerade mit mir als ihre Vertreterin durchs System gegangen ist.

Ihre breiten grünen Augen schießen zu meinem Gesicht hoch, aber sie antwortet nicht, was ziemlich typisch ist.

„Es ist ein Getränk. Sam macht sie da drüben." Ich zeige auf die Bar, wo der junge Werwolf Kindergetränke mischt.

Ihre neue Adoptivmutter hält ihre Hand. „Willst du einen probieren?"

Sie nickt und starrt mich immer noch an.

„Ich gebe dir einen Tipp – sag ihm, dass du extra Kirschen willst." Ich zwinkere ihr zu und sie lächelt und enthüllt riesige Lücken, wo ihre Milchzähne herausgefallen sind.

„Wer weiß, wie man den Cupid Shuffle tanzt?", ruft Jared aus. Er spielt sowohl DJ als auch Tanztrainer auf der Tanzfläche, mit Trey als seine Verstärkung. Sie sind mitten unter den Kindern und tanzen mit in der Mini-Lichtershow.

Die Klänge von „Cupid Shuffle" fangen an und Jared nimmt einen Platz vor der Gruppe ein, führt sie nach rechts und dann links, tritt dann aus und dreht sich um.

Ich lächle wie ein Doofie, so berührt, wie großzügig Garrett und sein Rudel mit diesen Kindern ist, die nicht einmal Wandler sind.

Sie sind gute Leute. Wölfe.

Und ich fühle mich so geehrt, in ihre Mitte aufgenommen zu werden.

∾

Viel später drücke ich mich an Garretts festen, warmen Körper, als er den Berg hinauffährt. Die Stadt hat eine Lichtverordnung, um es dunkel zu halten für die Teleskope auf Kitt Peak; nur wenige künstliche Lichter konkurrieren mit dem Nachthimmel. Vor ein paar Monaten hätte ich gedacht, es wäre zu gefährlich, nachts zu fahren, aber ich halte mich an Garrett fest, fühle seine steinharten Muskeln, die sich gegen meine Arme anspannen, und ich habe mich nie sicherer gefühlt.

Das Motorrad schnurrt auf der Straße zu einem Aussichtspunkt. Garrett parkt es und zieht mich vor ihn. Wir sitzen zusammen und schauen uns die Show an.

„Das war eine tolle Sache, die du heute gemacht hast, den Club für die Kinder zu öffnen", murmele ich. „Ich wusste nicht, dass du so gut mit Kindern bist."

„Das habe ich auch nicht gewusst", lacht er.

„Nun, du warst großartig."

„Bekomme ich eine Belohnung?" Er verschiebt mich auf seinem Schoß und ich fühle, was für eine Belohnung er will.

„Mmm", streichle ich seine steife Länge unter seiner Jeans. „Vielleicht später."

„Nicht hier?"

Ich lache. „Ich bin noch nicht ganz so wild."

Er küsst mich, einen tiefen, langgezogenen Kuss, der mich in meiner Kehle stöhnen lässt.

„Wie wäre es mit jetzt?"

„Böser Junge." Ich verschiebe mich auf dem Motorrad, sitze auf seinem Schoß und ihm gegenüber. Die Aussicht ist so schön, aber ich will nur ihn anschauen.

Er kämmt mit seinen Fingern durch meine Haare. Ich trage es die meisten Tage offen jetzt. Es ist ungestüm vom Wind verwirrt, aber er scheint es zu mögen.

Für eine Sekunde verschwimmt sein Gesicht. Ich sehe

Garrett, ein wenig älter und er sieht aus wie sein Vater, in der Einfahrt eines Lehmziegel-Hauses. Drei Kinder – ein Mädchen und zwei Jungen – laufen und spielen um ihn herum, während er sein Motorrad repariert und manchmal anhält, um ihnen zu zeigen, wie man einen Schraubenschlüssel dreht.

Als die Vision verblasst, umarme ich ihn.

„Willst du Kinder?", platzt es aus mir heraus.

Ein leises Lachen rumpelt durch ihn. „Nicht sicher, wie toll ich als Vater sein werde, aber ja. Obwohl ich auf mehr Zeit mit dir alleine gehofft hatte, bevor wir kleine Wuselmonster hinzufügen."

„Wuselwölfe? Wir können Jared oder Trey immer babysitten lassen."

„Oder die Schlafzimmertür verschließen."

„Das funktioniert nur, wenn man ihnen nicht beibringt, wie man Schlösser knackt", schimpfe ich und er lacht und schiebt mich ein Stück zurück, damit er mein Gesicht sehen kann.

„Was ist mit all dem ganzen Gerede über Kinder? Bist du ..." Der hoffnungsvolle Ton seiner Stimme sagt mir alles, was ich wissen muss.

„Nein. Ich glaube nicht." *Noch nicht,* fügte ich leise hinzu und fahre den Tagesbart auf seinem Kinn entlang. „Ich hatte nur eine Vision von der Zukunft."

„Echt jetzt? Was war es?"

Ich lächle. „Du wirst es herausfinden."

ALPHAS PREIS - AUSZUG

S *edona*

MEINE AUGEN ÖFFNEN SICH. Sie sind sandig und wund. Ich würde sie reiben, wenn ich nicht in Wolfsform wäre.

Wo bin ich?

Ich versuche, mich zu bewegen, und treffe auf Metallstäbe. *Oh Schicksal.* Ich bin in einem Käfig – *einem verdammten Käfig.*

Es kommt alles zurück zu mir. Ich war bei meinem Morgenlauf am Strand in San Carlos. Frühlingssemesterferien in Mexiko. Ich witterte den Geruch eines männlichen Wandlers und ich hielt an, drehte mich in einem langsamen Bogen, um zu identifizieren, woher er kam. Ein Mann hebt seine Hand winkend. Er kommt rüber, lässig wie es nur geht, aber die Haare in meinem Nacken stellen sich auf.

Ich weiß, er wird ein Problem sein.

Ich glaube auch, dass ich eine gute Chance habe, mit

ihm fertig zu werden. Ich bin die Tochter eines Alphas. Ich bin einundzwanzig Jahre alt – jung. Fit. Bereit.

Der Typ geht mit einem freundlichen Lächeln auf mich zu. Er sagt etwas auf Spanisch.

Ich fange an, ihm zu sagen: *„No hablo–"*, als mir mit etwas von hinten in den Nacken gestochen wird. Ich wandle mich, aus Angst und Notwendigkeit. Meine Wölfin will mich beschützen. Mein Tanktop und meine Jogginghose reißen, als ich die Form wandle, aber meine Beine halten mich nicht. Ich bin auf meiner Seite im Sand, mein weißes Fell zu heiß in der Sonne. Über mir stehen fünf Männer im Kreis und blicken nach unten.

Von dort an wird es unscharf. Ich erinnere mich, dass ich in den Käfig gelegt wurde und der Käfig in den Gepäck-raum eines kommerziellen Flugzeugs gebracht wurde. Als wäre ich ein verdammter Hund oder sowas. Jemandes verdammtes Haustier.

Scheiße.

Mein Kopf schmerzt und ich habe einen fusseligen Mund. Viele schlimmer als jeder Kater, den ich in den letzten drei Jahren auf der Uni je hatte. Nicht, dass ich ein Partygirl oder sowas bin.

Nun, ab und an mag ich es zu feiern, aber wer nicht?

Ich drehe mich im engen Käfig um, aber es ist unmög-lich, sich wohlzufühlen. Ein tiefes Knurren grollt in meiner Kehle und meine Wölfin schnappt, als wäre sie bereit, jemanden anzuspringen, obwohl es keinen Ausweg aus diesem verdammten Käfig gibt. Ich weiß es, weil ich mich jetzt daran erinnere, bei früheren Gelegenheiten aufge-wacht zu sein und es versucht zu haben. Maria Jesus. Wie lange verliere ich schon das Bewusstsein? Zwölf Stunden? Vierundzwanzig?

Es sieht aus, als wäre ich in einem großen Lagerhaus. Es

gibt andere Käfige, die ein riesiges Metallregal mit Regalen auskleiden – wie Produkte in der Metro oder die beim Groß-handel gelagert werden. Die meisten sind leer. Ein dünner schwarzer Wolf mit gelben Augen blinzelt mich an, von wo aus er in einem von ihnen auf seiner Seite liegt.

Zigarrenrauch wabert durch die Luft und der Klang von Männerstimmen, die Spanisch sprechen, kommt von hinter einer Tür durch.

Ich erinnere mich, wie ich in meinem Käfig von der holprigen Fahrt hier her oder vielleicht nur von den Drogen gekotzt habe. Jemand hat mich danach gewaschen und leise auf Spanisch gesprochen, als wollte er mich beruhigen. Ich entblößte ihm meine Zähne und versuchte, ihm die Hand abzubeißen, aber er stieß mir noch eine Nadel in den Hals und ich fiel zurück in den tiefen Schlaf.

Die Tür schwingt auf und lässt einen Lichtschacht vom Flur hereinfallen. Die männlichen Stimmen nähern sich, bis sich eine Gruppe von Männern um meinen Käfig versammelt. Dieselben Arschlöcher, die mich am Strand entführt haben.

Wenn ich schlau wäre, würde ich mich wandeln und ein paar Informationen aus ihnen kriegen. Wer sie sind, was sie von mir wollen. Aber meine Wölfin will nicht reden.

Ich springe auf meine Füße, schlage mit meinem Rücken und dem Kopf gegen die oberen Gitter, das Gefängnis zu klein, um mich stehend zu beherbergen. Meine Lippen ziehen sich zurück, um meine Zähne zu zeigen, und das Knurren, das tief in meinem Hals beginnt, ist tödlich.

„*Que belleza, no?*", fragt einer der Männer.

Sie sind Wölfe, nach ihrem Duft zu urteilen. Alle von ihnen. Und wie sie mich anstarren, jagt einen eiskalten Schauer von Angst durch mich.

Ich schnappe meinen Kiefer durch die Stäbe und fletsche meine Zähne.

Die Männer nehmen meinen Käfig und bringen mich zu einem strahlend weißen Transporter. Die Männer öffnen die Hintertüren des Wagens und heben mich hinein.

Ich werfe mich gegen die Gitter des Käfigs, belle und knurre.

Einer der Männer kichert. *„Tranquila, Angel, tranquila."* Er schwingt die Türen mit einem entscheidenden Klick zu und lässt mich noch einmal allein.

ALPHAS PREIS (KOMMT BALD!)

MEINE GEFANGENE. MEINE GEFÄHRTIN. MEIN PREIS.

Ich habe die Gefangennahme der schönen amerikanischen Wölfin nicht befohlen. Ich habe sie nicht von den Händlern gekauft. Ich hatte nicht mal vor, sie zu beanspruchen. Aber kein männlicher Wandler hätte dem Verlangen des Vollmondes und einem verschlossenen Zimmer mit Sedona standhalten können, nackt und ans Bett gefesselt.

ICH VERLOR NICHT NUR DIE KONTROLLE, sondern habe sie auch markiert und sie mit meinem Wolfswelpen geschwängert zurückgelassen. Ich werde sie nicht gefangen halten, so sehr ich es auch möchte. Ich erlaube ihr, in die Sicherheit des Rudels ihres Bruders zu entkommen.

ABER EINMAL MARKIERT, ist keine Wölfin wirklich mehr frei. Ich werde ihr bis ans Ende der Erde folgen, wenn ich muss.

. . .

SEDONA GEHÖRT ZU MIR.

SIE GEHÖRT MIR. ICH WERDE SIE SCHÜTZEN. BESTRAFEN. MEIN.

Ich bin ein einsamer Wolf, und das gefällt mir. Mein Geburtsrudel hat mich nach einem Blutbad verbannt und ich hatte nie das Bedürfnis nach einer Gefährtin.

Dann treffe ich Kylie. Meine Versuchung. Wir stecken zusammen in einem Fahrstuhl fest und ihre Platzangst lässt sie fast in meinen Armen ohnmächtig werden. Sie ist stark, aber gebrochen. Und sie verheimlicht etwas.

Mein Wolf will sie beanspruchen. Aber sie ist menschlich und ihr zartes Fleisch wird die Markierung eines Wolfes nicht überstehen.

Ich bin zu gefährlich. Ich sollte mich fernhalten. Aber als ich herausfinde, dass sie die Hackerin ist, die fast meine Firma in den Ruin getrieben hat, verlange ich von ihr, sich ihrer Strafe zu stellen. Und das wird sie.

Kylie gehört mir.

Verlegerhinweis: Alphas Versuchung ist ein eigenständiger Roman in der Serie Bad Boy Alphas mit Happy End und ohne Fremdgehen. Dieses Buch beinhaltet einen heißen, fordernden Alphawolf mit einer Vorliebe dafür, sein Weibchen zu beschützen und zu dominieren. Wenn dir so etwas nicht gefällt, dann kaufe dieses Buch bitte nicht.

WILLST DU HÖREN, wie Jackson Kylie einen Antrag macht? Lade die kostenlose Kylie-und-Jackson-Bonusgeschichte „Liebe im Fahrstuhl" hier herunter. https:// BookHip.com/LGJCZN

DANKSAGUNGEN

Vielen Dank an Aubrey Cara, Katherine Deane und Margarita für euer Betalesen! Danke an Margarita für den Vertrag.

BÜCHER VON RENEE ROSE

Unterwelt von Las Vegas

King of Diamonds: Was in Vegas passiert, bleibt in Vegas, Band 1

Mafia Daddy: Vom Silberlöffel zur Silberschnalle, Band 2

Jack of Spades: Gefangen in der Stadt der Sünden, Band 3

Ace of Hearts: Berühmtheit schützt vor Strafe nicht, Band

4

Wolf Ranch

ungezähmt– Buch 1

ungestüm - Buch 2

ungezügelt - Buch 3

Wolf Ridge High

Alpha Bully - Buch 1

Alpha Knight - Buch 2

Bald verfügbar auf Deutsch:

Unterwelt von Las Vegas

Joker's Wild: Engel brauchen auch harte Hände (Unterwelt von
Las Vegas 5)

His Queen of Hearts: Band 6 aus der Unterweltreihe von Las Vegas

Dead Man's Hand: Band 7 aus der Unterweltreihe von Las Vegas

Wild Card: Band 8 aus der Unterweltreihe von Las Vegas

Die Meister von Zandia

Seine irdische Dienerin

Seine irdische Gefangene

Seine irdische Gefährtin

ÜBER DIE AUTORIN

USA TODAY Bestseller-Autorin RENEE ROSE liebt dominante, verbalerotische Alpha-Helden! Sie hat bereits über eine halbe Million Exemplare ihrer erotischen Liebesromane mit unterschiedlichen Abstufungen verruchter sexueller Vorlieben und Erotik verkauft. Ihre Bücher wurden außerdem in *USA Todays Happily Ever After* und *Popsugar* vorgestellt. 2013 wurde sie von *Eroticon USA* zum nächsten *Top Erotic Author* ernannt und freut sich ebenfalls über die Auszeichnungen Spunky and Sassy's *Favorite Sci-Fi and Anthology Autor*, The Romance Reviews *Best Historical Romance* und Spanking Romance Reviews *Best Sci-fi, Paranormal, Historical, Erotic, Ageplay and Couple Author*. Bereits fünfmal gelang ihr eine Platzierung in der USA-Today-Bestsellerliste mit verschiedenen literarischen Werken.

Besuchen Sie ihren Blog unter www.reneeroseromance.com

Die Nacht der Berserker – die Geschichte der Hexe Yseult
Eigentum der Berserker – Farn, Dagg und Svein
Gezähmt von den Berserkern – Ampfer, Thorsteinn und Vik

Beherrscht von den Berserkern

Unschuld mit Stasia Black (Eine dunkle Liebesgeschichte)
    Das Erwachen (Unschuld 2)
    Königin der Unterwelt: Eine Dunkle Liebesgeschichte (Unschuld 3)
    Die Gefangene des Biestes: Eine dunkle Romanze (Die Liebe des Biestes 1)
    Die Rache des Biestes: Eine dunkle Romanze (Die Liebe des Biestes 2)

Der Soldat, der mich verführt

Draekons (Drachen im Exil) mit Lili Zander (Eine Sci-Fi Dreierbeziehung Romanze)

Draekon Gefährtin
Draekon Feuer
Draekon Herz
Draekon Entführung
Draekon Schicksal
Tochter der Dragons
Draekon Fieber
Draekon Rebellin
Draekon Festtag

ÜBER DIE AUTORIN

Lee Savino ist *USA Today*-Bestsellerautorin. Außerdem ist sie Mutter und schokosüchtig. Sie hat eine ganze Reihe von Büchern geschrieben, die alle unter die Rubrik »smexy« Liebesgeschichten fallen. *Smexy* steht dabei für »smart und sexy«.

Sie hofft, dass euch dieses Buch gefallen hat.

Besucht sie unter:
www.leesavino.com

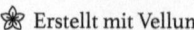